호텔 월드

호텔 월드

알리 스미스 장편소설 | 이예원 옮김

이 책은 실로 꿰매는 정통적인 사철 방식으로 만들어졌습니다.
사철 방식으로 만든 책은 오랫동안 보관해도 손상되지 않습니다.

감사의 말

이 소설을 쓸 동안 큰 도움을 준 왕립 문학 재단에 감사드립니다.

감사해요, 사이먼, 그리고 감사해요, 데이비드.

감사해요, 필리파, 앵거스, 케이트,
프랜시스, 잔드라, 캐시어, 실비아.

감사해요, 베키.

감사해요, 도널드.

감사해요, 세라.

에드윈 뮤어의 「죽음 앞의 아이The Child Dying」에서
발췌한 시 구절은 파버 앤드 파버사의 허가 아래
수록함을 알립니다.

필요시 해당 저작권자와 연락을 취하려 최대한
노력하였으나 의도치 않은 누락이 있을 경우에는
펴낸이에게 연락 주시기 바랍니다.

대프니 우드의
너그러움에

앤드루 & 시나 스미스의
자상함에

이 세계를 선사한
세라 우드에게

기억해, 죽어야 한다는 걸. _뮤리엘 스파크

에너지 그 영원한 환희. _윌리엄 블레이크

불친절한, 친절한 우주여,
나 이제 네 별들을 주머니에 챙겨
네게 이리 작별을, 작별을 고하노라.
너의 품을 떠나 사라질 수 있다는 것,
사라져, 사라져, 흔적 없이 소등되는 것,
아버지는 말씀하신다, 그것이야말로 기적이라고. _에드윈 뮤어

전통적인 종교는 불변성을 강조하고,
기계론 모델을 주창하는 모더니스트들은
예측 가능성을 중시하나, 코스모스란 실상
사전 설계된 세계나 죽은 기계, 그 단선적
구분을 능가하는 역동성을 지닌다……
매 도약이 하나의 거대한 신비다. _찰스 젠크스

추락은 새벽에 일어난다. _알베르 카뮈

과거
past

우우우우우우 —

후우우우우우 그토록 아찔한 추락이라니, 붕 떠올라
후다닥 내리박히는 어둠으로 빛으로의 벼락 이동, 풍덩 빠져
활공하다 우지끈 꽈당 와장창 그 낙하 그 하강 그 전율 그
소름 아악 그 공포, 미친 소용돌이 숨죽인 고요 이어 우당탕
철퍼덕 짓눌리고 쨍그랑 댕가당 도려지어 심장이 입에 덥석,
세상에 그런 최후.

세상에 그런 인생.

세상에 그런 시간.

그 모든 감각. 그러고는. 사라진.

사연인즉 이래. 이 이야긴 끝에서 시작해. 내가 추락했을
땐 여름이 한창 절정에 올라 가지마다 푸른 잎사귀가
무성했지. 지금은 겨울 한복판이고 (나무들도 이파리를 흘린
지 오래야) 마침내 올 게 왔어, 내 마지막 날이 — 그리고 이
순간, 내게 가장 절실한 건 신발 속을 굴러다니는 자갈 하나.
여기 호텔 앞 보도를 밟을 때마다 발바닥 밑으로 자갈이

데굴거리면, 모난 돌멩이가 발에 부대껴 살갗을 찌르는 그
유쾌한 통증을 느낄 수 있다면 얼마나 좋을까. 가려운 데를
북북 긁을 때의 시원함처럼 말이야. 가려운 느낌이라니,
상상이나 돼? 아직 발이 달렸다고 상상해 봐. 발바닥에
보도블록과 울퉁한 자갈이 와 닿는 느낌도 — 발에 온
체중을 실어 돌멩이를 내리누르면 엄지와 검지 사이와
새끼 발살에, 발허리와 발꿈치에, 그리고 여태 그 견고함을
잃지 않은 이 숨넘어가게 경이로운 세상의 표면을 꼿꼿이
오갈 수 있도록 우리 몸을 지탱해 주는, 몽실한 발밑 근육에
비비적대는 알갱이를.

　왜냐면 막상 내 숨이, 뭐랄까, 이렇게 차고 넘쳐 버리고 나니
그런 소소한 가려움들이 시도 때도 없이 그립거든. 다른 건
필요 없어. 아무리 자디잘고 보잘것없는 것이래도, 예전에는
신경도 쓰지 않고 생전에 눈길 한 번 안 줬을 법한 사소한
것들을 두고도 요즘은 끝없이 고민하고 걱정하게 돼. 예를
들어 — 이거야 순전히 내 마음의 평안을 위해서지만 —
사고만 해도 그래. 떨어지는 데 얼마나 걸렸는지, 정확히 몇
분 몇 초가 소요됐는지 꼭 알고 싶어. 기회만 주어진다면,
한 번이라도 좋으니 누군가 그런 기회를 선사한다면, 1분도
지체 않고 — 1분이라니, 무려 1분을, 장장 60초 동안 삶을
다시 누릴 수 있다니, 그렇게 긴 시간을 맙소사 — 또 아무런
고민과 망설임 없이 기어이 다시 일을 저지르고 말겠어.
아니, 그 2분의 1 내지 3분의 1에 불과한 찰나일지라도, 난
주저 없이 온 체중을 실어 그 순간을 되살 거야. 그럴 수만

16

있다면 (그리고 이번에는 기꺼이 몸을 내던지겠어 우우우 —
    후우우우 그러곤 얼마나 걸리나 잊지 않고 꼭 세어
볼 테야, 코끼리 한 마리 코끼리 두 마 — 아아아아) 한
번 더 느껴 볼 수만 있다면, 바닥과 맞대면하던 그때 그
충격을. 지하까지 장장 다섯 층 되는 높이를, 발끝부터 머리
꼭대기까지 와장창, 이어 사망. 다리, 사망. 팔, 사망. 두 손,
사망. 두 눈, 사망. 나, 사망 — 나와 세상 사이의 간격 총
다섯 층. 고작 그것밖에 안 돼. 측량할 깊이와 높이라곤,
죽음의 거리라고는. 그리도 짧디짧은 순간의 작별, 쇼트
굿바 —.
    층층이 높고 너른 방들이 들어선, 수준급 건물의 수준급
통로였어. 그럴싸한 퇴장이 아니었다고는 누구도 말 못
할걸. 탄탄한 고급 침대와 세련된 가구들로 새 단장한 객실,
돌림띠 둘린 2, 3층의 높다란 천장, 건물 중앙의 널따란 대
계단. 나는 계단통 뒤로 평행선을 그으며 추락했지. 층과
층 사이 스물한 개 계단에 지하까지 다시 열여섯 단. 난 딱
그 높이만큼 떨어졌어. 카펫 두툼한 바닥과 그다음 카펫
깔린 바닥 사이까진 거리가 꽤 됐어. 지하야 돌바닥이었고
(기억해, 그 딱딱한 느낌) 떨어진 것도 순식간이었지만. 층당
1초가 채 안 걸렸을 테니까. 이제 와 짐작하건대, 이리도
오랜 시간이 지난 지금 시점에서 그 사건을, 하강을, 내
최후를 돌이켜 보건대 말이지. 얼마나 근사했다고. 추락.
그 느낌. 처음이자 마지막이 될 호된 신고식 — 그리하여
씁쓸한 최후로의 비행, 먼지와의 마지막 입맞춤.

먼지와 입 맞출 수 있다면, 아니 먼지를 한입 베어 먹을
수만 있다면. 너야 언제든 틈나는 대로 또 내키는 대로
먼지를 주워 모을 수 있잖아. 방구석이나 침대 밑이나
문짝 꼭대기에 쌓인 먼지를 수시로 털털 탈탈 그러모아서.
돌돌 말린 머리카락과 바싹 마른 잡쓰레기, 한때 우리
피부의 일부였던 티끌 등등 그 정수만 남은 숨 탄 것들의
영화로운 잔존물들을 곱게 빻아, 닳아 빠진 거미줄과 나방
찌꺼기와 투명하게 분해된 금파리의 날개 오리 따위를
풀 삼아 덕지덕지 빚어낸 먼지 더께. 너라면 손쉽게 (너야
마음 내키면 언제든 그리할 수 있으니) 두 손 가득 먼지를
묻힐 수도, 엄지와 검지, 혹은 중지로 그 귀하디귀한 가루를
짓이겨 손끝 지문의 고유한 문양이 먼지로 겹게 물드는
모습을 구경할 수도 있어. 그러다 혀로 핥아 볼 수도 있고.
나도 그럴 수 있었겠지. 아직 혀가 있었더라면, 축축한
혀와 혀의 미각이 여태 남아 있었더라면. 앙상한 입천장에
들러붙어 무미에 가깝지만 진짜 무미보다는 월등히 나은
먼지 맛을 남기는 아름다운 티끌, 삶의 묵은 회색 때.
  어떻게든 맛을 느낄 수만 있다면. 먼지 맛에 불과할지언정.
  왜냐면 막상 없어질 지경에 이르니 예전 어느 때보다
여기에 있는 느낌이거든. 이렇게 한낱 공기에 불과해지고
나니 어떻게든 공기를 호흡하고 싶어 미치겠어. 막상 영면의
침묵, 하하 과연, 에 이르고 나니 말 말 말이 끊이질 않아.
단순히 손 내밀어 만지는 것조차 불가능해지고 나니 원하는
건 오직, 그리하는 것.

어떻게 끝이 났냐면 말이지. 그 속에 올라탔어. 그 뭐냐, 접시 옮기는 기계, 엘리베이터, 허공에 매달린 조막만 한 방. 분명 제 이름이 있는데 단어가 생각나질 않네. 벽이랑 천장이랑 바닥 죄다 은빛 쇳덩이었어. 우린 꼭대기 층인 4층에 있었고. 아직 하인들을 부리고 살던 2백 년 전엔 하인들 거처로 쓰이다가, 이후 유곽으로 탈바꿈한 뒤에는 제일 값싼 여자들, 가장 골골대거나 나이 든 논다니들이 한탕 하는 장소였는데, 이렇게 호텔로 용도가 변경되면서 밤마다 값을 치러야 묵을 수 있게 된 지금도 작은 꼭대기 방들은 천장과 바닥이 바짝 붙었단 이유로 여전히 돈을 적게 쳐 받고 있어. 난 그릇을 꺼내 복도 카펫에 올려놨어. 음식물이 쏟아지지 않게 조심하며. 겨우 이틀째라 근신 중이었거든. 그러곤 안에 올라탔어. 할 수 있단 걸 보여 주려고. 달팽이처럼 몸을 한껏 움츠려 목과 뒤통수를 최대한 접고 쇠 지붕에 짓눌린 채 얼굴은 두 팔 사이에, 가슴은 허벅지 사이에 구겨 넣었지. 그렇게 완벽한 동그라미를 만들었다 싶은 찰나에 방이 별안간 휘청, 하더니 줄이 뚝 끊기며 방이 통째로 아래로 떨어져 우우우 —

후우우우 바닥 위로 부스러졌고, 나도 부스러졌어. 쇠 천장과 바닥이 아래로 그리고 위로 솟구쳐 날 맞았지. 난 등이 부러지고 목이 부러지고, 얼굴이 부러지고 머리가 부러졌어. 심장을 감쌌던 새장까지 터져 심장이 쏟아져 나왔어. 아마도 심장이었을 거야. 가슴에서 튕겨 나와 입에 덥석 물렸지. 그렇게 이야기는 시작됐어. 난 난생처음

(그러나 너무 뒤늦게야) 내 심장의 맛을 알게 됐지.

심장이 있던 때가 부쩍 그리워. 쿵쿵대던 그 소리며
여기저기 온기를 퍼트리던, 혹은 밤새 잠 못 이루고 뒤척이게
만들던 그 버릇이. 난 이곳 객실들을 누비며 사랑과 잠의
흔적으로 뒤엉킨 침대와 단정히 재단장을 마치고 제 품으로
미끄러져 들어올 몸뚱이를 기다리는 침대들을 구경해.
반듯이 접어 내린 이불귀와 서걱대는 침대보. 마치 침대가
반가운 입을 벌려 〈안녕, 어서 들어와, 곧 잠들 시간이야〉
하고 말하는 것 같아. 참 매력적이야. 매일 밤 호텔 방방이서
기꺼이 입을 벌리고, 홀로 혹은 함께 잠자리에 드는 몸들을
맞이하는 침대. 그러면 뛰는 심장을 가슴에 보듬은 수많은
사람들이 다른 이들이 비우고 떠난 자리에 다시 제 몸을
뉘지. 몇 시간 전까지 같은 자리를 체온으로 훈훈히 덥혔던,
그러나 그 후 어디로 뿔뿔이 흩어졌을지는 하늘만이 알 그들
선임자들의 자취 위로.

그게 정확히 어떤 기분이었는지 되살려 보려는 중이야.
다시 눈 뜨리란 걸 알고 잠을 청하던 때의 기분 말이야.
난 그동안 사람들 몸을 조목조목 관찰했어. 애초 심장이
있기에 가능한 여러 행동도. 이후에 잠드는 모습들도 자세히
지켜봤어. 만족해하는 사람과 불만에 찬 사람, 코 고는
사람과 곯아떨어진 사람, 불면증으로 뒤척이는 사람, 다른
누군가가 저희들 방을 기웃거리고 있다는 사실을 전혀 감지
못 한 사람들의 침대 발치에 앉아 그 모습들을 관찰했어.

서둘러. 곧 잠들 시간이야. 색들도 바래 가. 오늘 보니

길을 오가는 차량도 무색이고, 한겨울 거리는 온통 퇴색된
것이 바람과 햇살을 너무 오래 쬔 듯 보였어. 오늘은
태양과 하늘마저도 무색이었어. 이게 뭘 의미하는지
잘 알아. 녹색이 있던 자리엔 윤곽만 남았어. 붉은 기도
찾아보기 어렵고 푸른색 계열은 어디에도 없어. 빨강이
그리울 거야. 파랑도, 초록도. 여자, 남자들의 몸 생김새도.
여름이면 발에서 나던 냄새도. 냄새 자체가 그립겠지. 내
두 발도. 여름도. 여러 건물들과 그 벽에 박힌 문창도.
먹을거리에 둘린 알록달록 포장지도. 값어치도 얼마 안 되는
푼돈과 주머니나 손바닥에서 짤랑거리던 잔돈의 무게도.
라디오에서 흘러나오는 노랫소리, 말소리도. 불구경도. 풀
구경도. 새 구경도. 새의 날개도. 구슬 같은   . 주위를
두리번거릴 때 쓰는 그거. 우리도 그걸로 세상을 보지. 코 위
얼굴에 쌍으로 박힌 것들. 단어가 기억나지 않아. 사라졌어.
좀 전까지도 알았는데. 새 머리에 박힌 그건 까만 구슬을
닮았지. 사람들 건 작게 뻥 뚫린 구멍 같고 그 주위로 갖가지
색이 둘렸어. 파란색이나 초록색이나 갈색. 혹 회색빛을
띨 때도 있어, 회색도 색깔이니까. 본다, 보인다. 보는 것도
그리워질 거야. 심지어 사고마저도. 날 이 상태로 우우우 —
   후우우우 전락시킨. 이런 빌어먹을, 영원히 영원토록,
가없고 그지없는 (그러나 끝내 끝은 있더라는) 이 세상
끝까지, 아멘. 그래도 난 다시 또 다시 되풀이할 거야.
지난여름, 곤두박이친 그날 밤 이래로 난 매일같이 저녁이
되면 꼭대기 층에 올랐고, 그게 모양새가 좋을 거란

나름의 판단에 따라 (흉흉한 참사, 감히 입에 못 담을 비극, 그늘진 이야기. 그렇게 내 죽음은 신문 지면을 하루 반짝 장식했다가 이튿날 바람결에 사라졌어. 호텔도 밥벌이부터 하고 봐야 하니) 그새 엘리베이터는 하늘만이 알 어디론가 서둘러 치워진 모양이지만 그래도 아직 엘리베이터 통로가 계단 뒤편으로 공허한 일직선을 그으며 꼭대기부터 저 밑바닥까지를 하나로 잇는 예의 그 숙연한 약속을 대롱이고 있기에, 나로서도 다시 몸을 던지지 않을 수 없어. 몸을 던져 공중을 부유하다 시시한 눈발처럼 바닥을 뒤덮는 수밖엔 도리가 없어. 아니면, 물론 기꺼이 뛰어든 경우에나 해당되는 얘기지만, 최대한 가속도를 붙여 돌바닥까지 돌진한 다음 물을 통과하듯 혹은 뜨거운 칼날로 버터를 베듯 거침없이 돌덩이를 꿰뚫기도 하지. 난 이제 어디 흠집을 내지도 못하니까. 더 이상 부러질 곳도 없고.

상상해 봐, 물속으로 첨벙 뛰어들면 사르륵 물러서 네 어깨를 감싸는 물살을. 따뜻함과 서늘함을. 상상해 봐, 따끈히 데운 빵에 스며드는 차가운 버터를. 황금빛으로 스미어 곧 사라질. 따끈히 데운 빵을 부르던 단어가 있지. 아는데. 알았는데. 아니, 역시나 사라졌어.

이야기인즉. 지하 바닥에 팽개쳐진 난 후우우우 산산조각이 났고, 불길 위로 불꽃이 일듯 머리 꼭대기서부터 불티를 날리며 틱틱 부스러졌어. 난 내가 누구였는지 알아보려고 장례식에 갔어. 조금 암울하더라. 6월치곤 쌀쌀해 사람들은 외투를 걸치고 있었어. 실은 아주 좋아,

그 애가 묻힌 데 말이야. 나무에선 새들이 지저귀고
멀찍이 차들이 오가는 소리도 들려. 그때만 해도 청력이
좋았으니까. 이제는 새들도 멀리 갔고, 차 소리도 거의
나지 않아. 꽤 자주 들르거든. 지금은 겨울이야. 사람들이
그 애 이름과 생몰년을 새기고 타원형 사진으로 단장한
빗돌을 세워 놨어. 사진은 아직 안 바랬어. 곧 바래겠지,
시간이 더 지나면. 오후 햇살이 드는 자리라서. 다른
묘비들도 마찬가지야. 저런 사진이 하나씩 꼭 붙어서, 비가
들이치거나 비석 주위로 계절이 돌고 돌며 사진을 덥혔다가
식히기를 반복할 동안 사진 위에 끼운 유리 안으로 수증기가
맺혔다 사라지곤 해. 다복한 풀밭 저편의 교복 모자 쓴
사내아이, 사랑받는 아내였던 나이 지긋한 아주머니,
25년은 유행이 지난 애지중지하던 정장 차림의 저 청년.
모두들 유리 뒤로 꾸준히 숨 쉬고 있어. 우리 것도 저렇게 숨
쉬었으면 좋겠어. 그 애 것도.
　　땅속의 냉랭한 기운과 흙과 나무와 물기 머금어 가는
니스의 짙고 미세한 향에 에워싸인 그 애에게, 지금
얼마나 흥미진진한 일들이 벌어지고 있는지 몰라. 성실한
지렁이들의 간질대는 입이라든가, 기타 무엇에 의해서건.
우리는 여자아이였고 어린 나이에 죽었어. 늙어서의 반대,
그렇게 죽었지. 우리는 이름도 있었고 다 해서 열아홉 해
여름을 났어. 이 정도는 비석에 다 적혀 있어. 그 애의/나의.
그 애/나. 똑똑. 누우우 ─
　　구우우우세요? 나. 나 누우우 ─

구우우우? 나 누구냐니, 넌 네가 누군지도 몰라? 누군가
저 애 사진을 오려다가 저기 끼웠어. 머리 둘레로 비쭉배쭉
조심스레 가위질한 흔적이 남았어. 여자아이의 머리고,
짙은 머리채가 어깨까지 내려와. 다문 입엔 미소를 띠었어.
그리고 저기 저, 뭐냐, 세상을 내다보던 저 초롱초롱 수줍음
가득한 것들. 한때 청록색이었던. 둥근 유리판 속 저 머리는
쟤네 집 안 방방이 놓인 사진틀 속 머리와 꼭 같아. 앞방에
하나, 부모님 방에 하나, 현관에도 하나 있어. 개중 제일 슬퍼
보이는 사람들을 골라내 어디 사는지 따라가 봤거든. 어딘가
막연하게 낯이 익은 사람들이었어. 교회에서 맨 앞줄에
앉기도 했고. 확실히 알 길이 없었거든. 넘겨짚어야 했지. 저
사람들이 우리 사람들인가 보다 대충 짐작했는데, 내 짐작이
맞았어. 식이 끝난 후 우린 집으로 갔어. 집은 작아. 위층도
없고, 그래서 추락하기 좋은 장소도 없어. 의자 하나만
들여놔도 벽 한 면이 가득 찰 정도야. 소파랑 걸상 두 개면
방이 꽉 차버려서 앉은 사람들이 다리 펼 자리도 없지.

두 집 아래에서 개 한 마리가 날 향해 짖어 댔어. 고양이
한 마리는 한때 그 애 발목이 있던 빈자리에 대고 떨리는
몸을 비비적거렸고. 장례식 손님들이 계속 찾아와 집은 더
비좁아졌어. 나는 사람들이 그 애가 살던 모자란 공간을
비집고 들어와 다과를 먹는 모습을 지켜봤어. 나는 그 애
방에 가봤어. 침대 두 개로 꽉 들어찬 방. 나는 한쪽 침대
위를 맴돌았어. 그러다 거실로 돌아와 슬퍼하는 사람들 머리
위를 맴돌았어. 텔레비전 위도. 청소기 위도.

사람들은 연어와 샐러드와 작은 샌드위치를 집어
먹고서 문간에 선 남자, 그러니까 그 애 아빠와 손 흔들어
악수하고는 집을 나섰어. 떠날 때가 된 데 안도하면서.
마당으로 내려가 사립문을 짤깍 닫고 돌아설 동안, 사람들이
머리에 이었던 검은 무리가 공기 중으로 흩어졌어. 나는
남겨진 사람들을 살피러 다시 안에 들어갔어. 세 명이
남아 있었어. 여자가 가장 슬퍼 보였어. 말 못 한 단어들이
여자의 머리 주위를 맴돌며 이렇게 얘기했어. 여긴 내가
지난 22년을 살아온 집이고 지금도 난 가족과 익숙한
물건들에 둘러싸여 있건만, 내 자리가 더 이상 기억나지
않아, 내 자리는 어디지? 남자는 차를 끓이고 그릇을 치웠어.
오후 내내 찻잔이 비고 싸늘하게 식은 찻물 위로 엷은
막이 떠오를 동안, 남자는 잔들을 쟁반에 챙겨 부엌으로
향했다가 주전자를 채우고 차를 우려 새로 채운 찻잔을 들고
돌아왔어. 부엌에 들어가서는 찬장 앞에 멍하니 서서 문짝을
열었다가 결국 아무것도 안 꺼내고 도로 문을 닫았어. 아직
죽지 않은 아이도 있었지. 역시나 여자아이로 노란 머리 선
아래로 금이 가 있었어. 울분의 흔적이 이마를 가로지르고
얼굴 한복판을 질주해 여자아이의 턱과 목과 가슴을 반으로
찢고는 복부에 이르러 검게 똬리를 틀었어. 복부에 얽힌
매듭이 두 조각 난 몸을 겨우 붙들고 있었지. 여자아이는
무릎을 껴안은 채 떠난 아이의 사진틀 아래 앉아 있었어.
사진 속의 우리는 목에 띠를 둘렀고 수줍은 얼굴로 수영
선수 모양 트로피를 들고 있었지.

접시 위엔 아직 연어가 꽤 남아 있었어. 어떤 맛일까 궁금해하는데 남자가 그릇을 치워 가더니 뒷마당에 있던 비닐봉지에 털어 넣었어. 그런 낭비를. 굳이 안 버려도 됐는데. 나중에, 어쩌면 내일이라도 세 사람이 먹을 수 있었을 텐데. 오히려 더 맛있었을 수도 있어. 남자에게 이 사실을 알리고 싶었어. 난 슬픈 눈으로, 이어서 수줍은 표정으로 남자를 쳐다봤어. 그러다 문득, 남자가 날 발견했어. 손에 들렸던 비닐봉지는 바스락대며 금 간 포석 위로 떨어졌어. 남자는 입을 벌렸어. 아무 소리도 나지 않았지만(그때만 해도 난 청력이 완벽했거든). 난 수영 트로피를 흔들어 보였어. 남자는 하얗게 질렸어. 그러더니 미소를 지었어. 그러곤 고개를 저으며 날 꿰뚫어 보듯 저 뒤로 시선을 던졌고, 그렇게 난 다시 흔적 없이 사라졌어. 남자는 접시에 남은 연어 찌꺼기를 마저 긁어 봉지에 담았어. 한쪽엔 손도 안 댔던데. 잘 구운 생선이라 가시도 쉽게 발렸을 거라고. 연어 살은 예쁜 분홍빛이었어. 이건 지난여름, 내 (느닷없이 닥친) 마지막 여름의 일이니까 아직 붉은색을 식별할 수 있을 때였지.

그래서 난 텔레비전 꼭대기에 놓인 학교 사진을 따라 연습했어. 순진하고도 피곤한 얼굴, 열세 살의 나이, 살짝 찌푸린 저, 저. 세상을 보는 창. 그 붉게 충혈된 모습까지 완벽히 모방하기에 이르렀어. 또 다른 사진에서 본 대로. 다른 여러 여자애들과 같이 찍은 사진이었는데 흔들린 얼굴마다 빨간 점 두 개와 대담한 척하는 표정이 어려 있고 손에는 술잔이 하나씩 들려 있었지. 내가 흉내 내고 있는 게 그 애가 맞는지 다시 확인해 봤어. 맞아, 사진 뒤쪽에 숨은 저 여자애였지. 벽난로 선반에 놓인 사진에 나오는 따뜻한 표정도 열심히 연습했어. 지금 거실 의자에 저리도 길 잃은 얼굴로 앉아 있는 여자와 함께 찍은 사진이었지. 그 애의 엄마.

비석에 달린 계란형 초상은 별 힘 안 들이고도 따라 할 수 있었어. 미소가 어리긴 했지만 진지한 표정, 간단해. 다른 세계를 드나들려면 필수라는 여권 사진이거든. 하지만 내가 제일 흉내 내기 좋아한 사진은 남겨진 동생과 같이 찍은 사진이었어. 동생은 지갑에 그 사진을 숨겨 다니다가 부모님이 잠든 후나 혼자 방문을 걸어 잠그고서야 몰래 꺼내 보곤 했어. 둘이 나란히 소파에 앉았는데 떠난 여자애가 마침 고개를 돌리고 무슨 말인가 하는 중이었어. 이거야말로 내 걸작 중 걸작이었어. 동작의 각도며 웃음기 가득한 표정이며 아직 입안에 남은 미처 꺼내지 못한 말. 그 자연스러운 느낌을 살린다고 엄청 진땀 빼야 했어.

여름과 가을 동안 난 할 수 있는 최대한을 했어. 그 애 아빠 앞에 나타났고 엄마 앞에 나타났고 동생한테도 나타났어. 그 애 아빠는 날 못 본 척했어. 자주 나타날수록 더 외면했지. 그러다 아예 어깨 위로 벽을 쌓기 시작해 내가 찾아갈 때마다 벽돌이 한 층씩 더 높아졌어. 가을이 됐을 땐 이미 머리 꼭대기를 훌쩍 넘어 거실 천장에 닿을 정도로 높이 쌓인 어설픈 벽돌 더미가 위태롭게 흔들리며 등잣에

부대꼈고, 그래서 남자가 거실을 가로지를 때면 방 안이
불빛과 그림자로 출렁거렸어.

그 애 엄마 앞에는 딱 두 번 나타났어. 날 볼 때마다
여자는 눈물을 흘리며 괴로워했고 지레 놀라거나 겁에
질리곤 했어. 피차 언짢은 경험이었지. 두 번 다 눈물과 몇
주간의 불면증으로 이어지는 걸 보며 앞으론 찾아가지 않는
게 선의겠다 싶어 그 후론 앞에 얼씬도 안 했어.

반면에 동생은 끝없는 갈증으로 내 진을 다 뺐어. 아무리
자주 나타나도 만족을 못 했어. 트로피를 들고·나타나건,
얼굴에 붉은 불빛을 띠고 나타나건, 여권 사진의 미소를
지으며, 혹은 미처 다 말 못 한 재미난 농담을 입에 머금고
나타나건 말이야. 어느 얼굴을 준비해 가건 내 표정은 그
아이의 몸에 난 틈새로 삽시간에 빨려 들어가 흔적도 없이
사라졌어. 여름이 지나고 가을이 되었지만 동생은 여전히
갈증으로 바싹 타 있었어. 오히려 예전보다 더 목말라 했고
더 갈구했는데, 그 와중에도 난 색깔을 잃고 있었단 말이지.
겨울로 접어들면서 난 동생 앞에 나타나는 것도 관뒀어. (그
후로 깨달은 사실이지만 우리와 아무 관계없는 생면부지들
앞에 나타나는 편이 훨씬 쉽더라고. 슬퍼하는 동생의 금
간 얼굴을 보며 알았어. 그런 심장함과 낯하느니 얼굴 없이
지내는 편이 나아.)

머리 위로 지저귀던 새소리도 점차 멀어졌어. 매일 조금 더
아득해지고 더 둔탁해졌지, 귓속 가득 털실을 틀어막은 듯.
(털실이라니. 상상해 봐, 그 깔끄러운 실오리 느낌.) 난 무덤

위의 푹신한 공기 방석에 앉아 있었어. 토요일 오후였지만, 세 식구들을 당황케 하는 일도 따분해졌고 그렇다고 우릴 알아보지도 못할 생판 남 앞에 무턱 대고 나타나는 데도 싫증난 상태였어. 나뭇잎은 희멀거니 색을 잃고 있었어. 새로 심은 단정한 잔디밭은 겨울을 준비하듯 희끗희끗해졌고 그 눅진한 풀 이불 밑엔 그 애가 누워 있었어. 겹겹이 쌓아 일군, 1.2미터에 달하는 비옥한 토양 아래. 난 둥근 유리 속 여권을 들여다봤어. 우리가 나누었던 형상의 안면. 그 앤 흙 속 깊이 잠들어 있었어. 위로 올라올 수도 없었지. 대신 난 내려갈 수 있었어. 기름진 흙과 여러 발 달린 생명체의 알, 흰개미들과 포식 중인 구더기들을 지나 아래로 아래로. 다들 땅거죽 위로 박차고 나갈 순간만을, 그 왜 있잖아, 겨울 다음에 오는 계절 말이야, 꽃들이 어김없이 밖으로 고개를 치켜드는 계절, 그것만을 애타게 기다리고 있었지.

아래로 아래로, 멍청히 붙박인 알뿌리들보다도 깊이 파고든 난 나무 뚜껑을 지나 겉은 고급스럽게 반들대지만 속은 싸구려 판자로 둘린 방 한가운데로 스며들었어. 그러곤 우리가 한때 공유했던 형체 속으로 마지막으로 한 번 더 미끄러져 들어갔지. 그 애의 어깨를 걸머지고 그 애의 두 다리와 두 팔과 잘게 조각난 갈비뼈 틈새로 비집고 들어가려 했지만, 이미 너무 많이 다치고 상한 터라 몸이 예전처럼 잘 맞지 않았어. 하는 수 없이 나는 절반은 그 애 몸속에, 절반은 몸 밖에 걸친 채 드러누워야 했지. 어차피 암흑인데 굳이 또 분홍빛 주름 장식으로 속살을 단장한, 그 지독히

추웠을 법한 나무 방 속에서.

그 애 얼굴에 박힌 두 창문은 검게 그을려 있었어. 입은 풀로 굳게 봉해졌고. 안녕, 그 애가 맞문 입술 사이로 말했어. 또 너구나. 뭔데?

잘 지냈어? 내가 물었어. 잠은 잘 와?

(내 말이 들렸나 봐!) 지금까진 그럭저럭. 걔가 말했지. 그런데? 뭐야? 별일 아니기만 해봐.

지상에 가져갈 얘기가 필요해. 내가 속삭였어. 뭐든 좋아. 오늘은 토요일이야. 알고 있니? 지난주엔 네 동생이 네 머리맡에 크로커스를 심었는데, 그건 알아?

누구? 그 애가 말했어. 뭘 어쨌다고? 됐으니 꺼져. 그만 좀 내버려 둬. 나 참, 난 이미 죽었다고.

궁금한 게 하나 있어. 내가 말했어. 추락했던 거 기억해? 떨어지는 데 얼마나 걸렸는지는? 그 직전엔 무슨 일이 있었지? 부탁이야.

침묵. (어쨌든 내 말을 들은 건 분명했어.)

말해 줄 때까지 기다릴 거야. 내가 말했어. 원하는 걸 얻기 전엔 안 가.

침묵. 그래서 난 기다렸지. 구석방에 드러누운 채 며칠을 보냈어. 그 앨 성가시게 한 건 물론이고. 꿰맨 자국을 건드려도 보고 몸을 수시로 들락거리고, 귓속을 파고들어 반대쪽 귀로 나오기도 했어. 웨스트엔드 뮤지컬에 나온 노래들도 불렀어. (오 이리도 아름다운 아침이라니. 내 방 하나가 생기면 / 밤바람도 무섭지 않을 텐데. 이만 떠나지만

곧 돌아오리. 당겨, 당겨. / 쏠 테면 쏴봐. / 그래도 널
사랑해.) 그 애 뒷골에 대고 줄곧 노래를 불러 대다가 이웃한
무덤들에서 항의가 굴러들어 그만둬야 했지. 대신 그 애
손가락으로 막힌 콧속을 후비고 귓불을 꼬집으며 놀았어.

해가 뜨고 지는 걸 무려 세 번이나 놓친 후에야 (내겐
하루하루가 소중해, 걔야 호주머니 가득 흙 쟁여 넣고 밤낮
구분도, 지하 맨 밑바닥에 종지부 찍을 일도 없는 토굴에
아늑한 흙먼지 담요 덮고 누웠으니 근심 걱정이랄 게 없다
쳐도) 그 애는 깜빡여지지 않는 눈을 부릅뜨고 이렇게
말했어.

알았어, 알았어. 얘기해 줄게. 대신 끝나는 대로 여길 떠나
다시는 괴롭히러 오지 않겠다고 약속해.

그래, 좋아. 약속할게. 내가 말했어.

맹세해?

너희 엄마 목숨에 대고.

이런 쌍. 엄마라니. 규칙 하나. 지난 일은 언급 않기. 걔가
말했어. 그리고 또 하나. 사고 얘기로 끝이야. 그 이상은
말하지도 묻지도 말기.

알았어. 내가 말했어. 그거면 충분해.

어디까지 아는데? 굳게 악물린 이 사이로 걔가 물었어.
어디서부터 얘기해야 하지?

음, 작은 방에서 접시를 꺼낸 건 알아. 조심했던 것도
기억하고. 방 안에 기어들어 가 배 속에 든 아기처럼 다리를
말던 것도 기억하는데 왜 그랬는지는 기억이 안 나. 아,

그리고 추락한 것도 기억해, 우우우 —

후우우우 물론 기억하고말고 —

나는 우리의 두 다리로 얄팍한 나무 벽을 걷어찼어. 그 앤 못마땅해하는 눈치였어. 죽은 사람답게 땅이 꺼져라 한숨을 내쉬더니 이렇게 말했어.

방이 아니야. 방이라기엔 너무 작았지. 식기 승강기였잖아 —

(맞다, 맞다. 그래, 〈그거〉였어. 식기 승강기 식기 승강기 식기 승강기.)

— 암튼 그리도 간곡히 원한다니 얘기해 줄게. 행복이란 말이야, 너무 늦었다 싶기 1초 전에나 깨닫는 법이야.

너무 늦었다니? 뭘 하기에 늦었단 거야? 내가 물었어.

말 좀 끊지 마. 걔가 말했어. 이건 내 얘기라고. 지금부터 시작이니 잘 들어. 난 사랑에 빠졌어. 그것도 아주 단단히. 전혀 예상 못 했던 일이었어. 그 덕에 난 행복했어. 그러다가 괴로워졌지. 어떡해야 할지 몰랐거든. 평생 남자아이나 남자 어른하고만 사랑에 빠질 거라 믿어 왔고, 그래서 그 사람이 나타나기만을 고대해 왔었으니까. 그런데 어느 날인가 손목시계가 고장 났어. 물이라도 들어갔나 싶어서 장터 건너에 있는 그 시계방을 찾아갔어. 어딘지 알지?

아니, 하지만 찾을 수 있어. 난 말했어.

좋아. 걔가 말했어. 시곗바늘이 2시 10분 전에 멈춰 있었어. 제 시간이 아닌데도. 손목에서 시계를 풀어 카운터에 올려놓자 카운터 뒤에 있던 여자애가 시계를 집어 살폈지. 두 손으로 시계를 쥐었어. 진지해 보이는

손이었어. 주머니를 얼마나 희생해야 하려나 보려고 그 애
낯을 살피는데, 그러는 순간, 그러니까 양미간을 좁히고
내 시계를 만지작댔다가 감았다가 흔들어 대는 그 애의
얼굴과, 시계 얼굴을 골똘히 들여다보는 그 애의 표정을
보는 순간, 어쩔 수가 없었어. 난 빠졌어. 그 앤 시계를 팔아.
각양각색의 손목시계와 시곗줄과 손목시계용 전지를 팔지.
사람들이 맡기고 간 고장 난 시계를 어디론가 보내 내부
청소를 맡기기도 해. 유리장과 선반과 벽들을 오르내리는
온갖 시계들에 둘러싸여서는 말이야. 시계 종류가 그렇게
많으리라곤 상상도 못 했어. 그것도 죄다 멎어 버린
것들이라, 시침과 분침마다 하루를 관통하는 여러 시각의
각기 다른 순간을 가리키고 있어. 그날 오전 그 가게를
통틀어 유일하게 작동하는 시계라곤 그 여자애의 손목
안쪽에 매인, 따뜻한 속살 위로 째깍대는 시계뿐이었지. 그
애는 내 죽은 시계의 뒷면을 열고 전지를 확인했어. 세콘다.

그게 걔 이름이야? 내가 물었어.

경고했지. 열리지 않는 입 사이로 그 애가 말했어. 딱 한
번만 얘기한다니까. 기억하지? 약속했잖아. 세콘다는 시계
뒤에 적혀 있던 말이야. 시계의 종류를 알려 주는 이름이지.
그 애가 나한테 처음 건넨 말이기도 하고. 세콘다? 이렇게,
물음표를 달아서 말이야. 내 것도 세콘다예요, 라면서.
그러곤 손목을 내밀어 팔에 찬 시계의 얼굴을 보여 줬어.
로마 숫자가 새겨져 있었지. 그러더니 이렇게 얘기했어.
수리를 맡겨야 할 거예요. 최소 3주 걸리는데, 좀 더 걸릴

수도 있어요. 수리비는 35파운드 정도 돼요. 보통 그쯤
드는데 더 나올 수도 있어요. 지금으로선 장담 못 하죠.
그 돈이면 새로 사는 게 나을 수도 있어요. 그래도 저한테
맡기실래요? 나는 네, 하고 대답했어. 그 애한텐 그 말밖에는
할 수 없었거니와 달리 떠오르는 단어도 없었어. 전문가에게
맡겨야 해요. 그 애가 말했어. 세콘다 시계는 무조건 외부
수리예요, 여기선 못 고치거든요. 네. 내가 말했어. 네. 난
여자애가 내민 영수증을 받아 가게를 나섰어. 문머리에 달린
종이 귓가에서 딸랑였어.

난 두 팔로 옆구리를 부둥켜안고 가게 벽에 몸을 기댔어.
귓가에서 종소리가 떠나질 않았어. 뭐가 잘못된 건지
모르겠더라고. 한편으론 그런 생각도 들었어. 가게로 돌아가
여자애한테, 당신 시계가 내 것보다 훨씬 예쁜데요, 나도
로마 숫자로 표시된 시계가 갖고 싶어요, 당신 거랑 똑같은
걸로 하나 주세요, 하고 말을 걸어 볼 수도 있겠다고. 하지만
난 그 자리에서 꿈쩍 안 했어. 아예 움직일 수가 없었거든.
가게 밖에 기대선 채 째각대는 내 심장 소리나 듣고 있었지.
기분이 이상했어. 모든 게 달랐지.

그러다 불현듯 깨달았어. 사랑에 빠졌다는 걸. 시계방의 그
여자애와. 난 기뻤어. 게다가 나한텐 영수증이 있었으니까.

(나는 땅속에 길게 뻗어 있었어. 그 애의 몸 위로. 방 안은
옴짝달싹 못할 정도로 좁았어. 내가 워낙 형체가 없기에
망정이지. 이야기를 듣는 동안 난 우리가 죽었다는 사실조차
잊었어. 그러다 얼핏 밑을 내려다보니 그 애의 단호히

맞물린 입꼬리가 보이더라고.)

그래서 난 영수증을 둘둘 말아 손에 꼭 쥐었어, 하고 그
애가 말했어. 영수증에 밴 온기가 식을세라 주머니에서
손을 빼지도 않았지. 그날 난 장장 세 시간 동안 길거리를
종횡무진 활개 치며 다녔어. 길거리는 물론, 온 세상이 내 것
같았어.

그러다 수영을 갔어.

5월인 데다 날이 따뜻해 야외 수영장으로 갔지. 그 왜
있잖아, 옛날처럼 탈의실 안에 칸막이가 쳐지고 입구엔
나무 문이 달린 곳. 알지, 서부 영화에 나오는 술집에서처럼
좌우로 밀쳐 열게 돼 있는 그 쌍 여닫이문?

우리 서부 영화라면 환장했었잖아, 그렇지? 내가 말했어.

노스탤지어라면 사양이야, 걔가 말했어. 그것도 규칙
위반이야. 무슨 얘기 중이었지? 맞다. 나중에 그 수영장도
찾아가 봐. 그날 난 수영하기 위해 태어난 사람처럼
물속을 헤치고 다녔어. 난 몹시 행복했고, 물살은 내 몸을
앞으로 앞으로 떠밀었지. 난 탈의실로 돌아갔어, 수건을
목에 걸치고. 수건으로 머리를 말리는데 수영장 쪽에서
왁자한 소리가 들렸어. 무슨 소동인가 벌어진 것 같았어.
난 밖을 내다봤어. 어린 남자애 둘이 날 손가락질하고
있었어. 위층 좌석에서도 몇 사람이 몸을 굽혀 날 가리키고
있었고, 다이빙대 위에서는 하늘을 등지고 선 여자애가 날
내려다봤고, 그 외에도 여러 사람들이 저 아래 또 위에서,
수영장 가장자리에서, 심지어는 수영장 안에서까지 벽에

몸을 기대거나 코로 물을 뿜어 가며 날 쳐다보고 있었어. 대놓고 웃는 사람들도 있었지. 난 등줄기가 서늘해졌어.

알고 보니 젖은 머리칼에서 흘러내린 물 때문이었지만. 사람들도 실은 날 손가락질하는 게 아니었어. 당연히 아니었지. 다만 내 근처를, 내 바로 옆을 바라보고 있었어. 나는 뭔가 싶어 고개를 쑥 내밀었다가 이런 광경을 봤어.

중년의 여자 하나가 내 옆으로 세 칸 떨어진 탈의실에 들어가 문을 닫으려 하고 있었어. 다만 문이 닫힐 생각을 안 한 거야. 그 여자가 유난히 덩치가 크다거나 그런 건 아니었지만 원래 여자 탈의실은 폭이 좁고, 그래서 불룩 튀어나온 여자 배에 걸려 문이 닫히질 않았던 거지. 여자는 밖으로 나와 거꾸로 후진해 들어가 봤지만 그래도 문은 닫히질 않았어. 이번엔 엉덩이가 가로막았지. 다시 뒷걸음질 쳐 나와 옆으로 몸을 집어넣어 보려 했지만 그건 더 고역이었어. 보아하니 한동안 이렇게 빼고 박고를 반복하고 있었던 모양이더라고.

나는 다시 풀장으로 내려가 수영장 반대편까지 헤엄쳐 갔어. 사람들이 옆으로 물러서며 자리를 양보해 준 덕에 그 틈에 앉아 풀장에 다리를 담그곤 남들처럼 구경할 수 있었어.

난 남들처럼 구경했어. 그새 여자는 탈의실 문을 닫으려던 것도 포기했는지 문을 열어 놓은 채 옷을 벗기 시작했는데, 팔을 뻗거나 몸을 숙이기에는 칸막이 안이 너무 좁아 결국 밖으로 나와야 했어. 여자는 신발을 벗었어.

스타킹을 벗으려 몸을 숙이자 허벅지가 드러났어. 누군가
휘파람을 불었어. 모두들 웃기 시작했어. 여자는 윗도리를
벗으려고 팔을 머리 위로 번쩍 들었어. 옷 밖으로 얼굴이
다시 나타났을 땐 당황했는지 볼이 붉게 상기돼 있었어.
이제 여자는 달랑 속옷 차림이었어. 안전 요원 한 사람이 더
늦기 전에 여자를 만류하겠다고 수영장 저편에서 달려드는
걸 보고 우리 모두 환호성을 질렀어. 또 한 안전 요원이
타일 바닥에 떨어진 옷가지를 챙겼어. 가게를 털다 들킨
좀도둑이나 법정에 출두하게 된 사람처럼 여자는 경찰 대신
두 안전 요원의 호위를 받으며 환호와 갈채 속에 밖으로
호송됐어. 맨발에 치마 차림으로, 위에는 속옷만 걸치고
있었지. 늘어진 팔 살이 눈에 훤히 보였어. 어떤 남자가
몸 좀 가리라고 소리쳤어. 동의하듯 우물거리는 여자들
목소리도 들렸어. 저 여자가 수영하러 들어왔다가는 우리가
낄 틈은커녕 수영장 물도 남아나지 않겠다고 내 옆에 앉은
남자가 말했어. 남자는 이제 물기 묻은 내 목을 바라보고
있었는데, 그건 추파였고 그래서 난 고개를 끄덕이며 미소
짓고는 다시 물속으로 미끄러져 들어갔어.

　이후 수영장 분위기는 한층 격앙됐어. 물기가 덜 말라
옷감이 착착 감기는 살에 옷을 걸칠 동안 밖에선 떠들썩한
소리가 계속됐어. 수영장을 나서는데 몇 사람이 나랑 오랜
친구라도 되거나 평소 안면 트고 지낸 사이인 양, 아님 우리
모두 특별한 경험을 공유한 사이인 양 잘 가라는 인사를
건넸어.

그날 밤 침대에 누워 있는데 동생이 잠자리에 들려고 옆에서 옷을 갈아입었어. 동생은 날 빤히 쳐다봤어. 뭘 봐? 하고 물으며. 내가 걜 보고 있었던 거야. 나도 모르게 동생의 몸을, 배와 바지에 가린 부분을 훑어보며 시계방에서 만난 그 여자애의 몸은 옷에 가리지 않았을 때 어떻게 생겼을지 상상하고 있었던 거야. 상대가 누구건 그런 생각을 해본 건 그때가 정말이지, 맹세코 처음이어서, 난 수치심에 배가 꼬이고 온몸이 화끈거렸어. 안 봤어, 내가 말했어. 보기만 해봐, 이 변태야, 동생은 그렇게 말하곤 날 등지고 서더니 브래지어 끈을 풀기 전에 잠옷 윗도리부터 머리에 걸쳤어. 다시 돌아서서도 나와 눈을 마주치지 않았는데, 어쨌든 자기도 창피했는지 얼굴이 빨갰어. 동생이 침대에 기어들어 가 불을 끄자 우리는 어둠에 에워싸였어.

어둠 속에서 나는 그 여자애에 대해 조금 더 생각해 보기로 했어. 그런 생각은 어두운 데서 하기가 훨씬 쉬웠어. 불 켜진 곳에서 그 애 생각을 하다 스스로에게 들킬 때에 비하면 덜 위험하게 느껴졌거든. 동생이 숨 쉬기가 버거운 듯 색색대며 잠들 때까지 난 그 애에 대해 생각했어.

동생이 어떻게 생각할진 뻔했어. 부모님은 또 뭐라 생각할지 상상해 봤어. 벽 너머에서 숨 쉬고 있는 부모님. 이웃들은 또 뭐라고 할까, 반대편 벽 너머에서 숨 쉬고 있는 옆집 사람들. 쇼반과 메리와 안젤라, 그리고 남자애들, 펍에서 매주 마주치는 친구들은 과연 어떻게 생각할지. 날 아는 사람들이 어떻게 생각할지. 날 잘 알지도 못하거나

전혀 모르는 사람들은 어떻게 생각할지. 예를 들어 야외
수영장에 모인 사람들이, 내가 맨살과 두근대는 심장만 남겨
놓고 그 앞에서 옷을 홀러덩 다 벗어 버린다면 그런 나를
어떻게 생각할지.

심장이 두근댔어.

다음 날 영수증을 들고 가게로 찾아가 아무렇지 않은 척
시계를 돌려 달래야지. 그럼 그 애는 영수증을 받아 고장 난
내 시계를 찾아낼 테고, 카운터 너머로 시계를 건네며 무심히
고개를 들어 무심한 눈길을 내게 돌릴 테고, 그렇게 나를
보게 되겠지.

다음 날 나는 시계방을 찾아갔어. 그러곤 가게 앞에
한참을 서 있었어.

그다음 날도 나는 시계방을 찾았고, 밖에 한참 동안 서
있었어.

평일은 물론 토요일까지 3주에 걸쳐 그러길 반복했지. 그
애는 쉬는 날이 그때그때 달랐어. 점심시간도 매일 달랐어.
11시 반에서 4시 사이 어느 때고 될 수 있었지. 3주째
되던 주에는 매일 12시 반부터 점심시간이었던지라, 그
일주일간은 매일 같은 시각에 그 애가 종소리를 딸랑이며
가게 문을 열고 나와 매장 안의 누군가에게 손을 흔들고,
가게 문이 절로 닫힐 동안 보도를 가로지르고 차도를 건너
내게로, 그러니까 내가 서 있는 곳 바로 앞까지 걸어와 불과
몇 센티미터 차이로 날 지나치는 걸 볼 수 있었어. 그 애는
정말 아름다웠는데, 내 곁을 지나치면서도 날 전혀 의식 못

한 듯 시선이 내 몸을 관통했어.

그 아이에게 빠진 순간 나는 보이지도 않는 사람이 된 거야.

기다린 지 18일째 되던 날, 난 갈색 재킷에 가려진 그 아이의 등을 마지막으로 바라봤어. 그러고 집으로 돌아갔어. 우리 방에 들어가 문을 닫았지. 난 영수증을 최대한 여러 번, 더는 접히지 않을 때까지 접은 다음에 풀 먹인 종이처럼 고개를 쳐들려는 영수증을 화장대 위 음악상자에 넣었어. 엄마가 쓰던 음악상잔데, 1960년대니까 엄마가 아직 소녀였던 시절에 만들어진 거야. 뚜껑을 열면 플라스틱 발레리나가 구부렸던 몸을 펼치고 일어서 받침대 위를 빙글빙글 도는데, 발 한쪽이 받침대에 고정돼 있어. 발레리나는 다리가 하나뿐인데, 원래 두 개였던 게 하나로 들러붙은 거야. 두 팔은 머리 위로 동그랗게 모아져 있어. 거푸집에 부어 만든 양손은 하나로 붙었고 손가락도 서로 녹아들었어. 발레리나가 회전할 동안은 노래가 나와. 라라의 테마곡, 「닥터 지바고」에 나왔던 곡이지. 음질이 싸구려야. 나는 영수증을 인형 다리 밑에 붙은 받침대 아래 틈새에 억지로 밀어 넣었어. 뚜껑이 닫히고 발레리나의 몸이 도로 접히자 음악도 멈췄어. 나는 상자를 제자리에 돌려놓고 나갈 준비를 했어. 서둘러야 했지. 그날 밤은 새 일자리에서의 첫날이었거든.

첫날엔 룸서비스에서 일하는 남자애가 줄 다루는 법을 가르쳐 주겠다고 했어. 그날은 주말이라 분주했어. 둘째 날 밤 우리는 꼭대기 층을 맡았어. 월요일이었지. 그 층엔

40

손님이 거의 없었어. 남자애 이름은 기억나지 않아. 나한테 호텔의 연혁을 얘기해 줬어. 그 애 호주머니엔 미니바에 보충할 병이 잔뜩 들어 있었어. 우린 할 일 없이 빈둥대며 빈방에 들어가 이 침대 저 침대에 앉아 보거나 자막을 틀고 텔레비전을 봤어, 들키지 않게 소리는 죽여야 했지만. 꽤 이른 시간이었어, 10시 반 정도. 그 앤 식기 승강기에 빈 접시를 싣고 있었어. 쇠뚜껑을 열어 보니 누군가가 거의 손도 안 댄 스테이크 조각과 감자튀김을 남겨 놨더라고. 난 감자튀김을 몇 개 집어 먹었어. 먹지 마, 남자애가 말했어. 나라면 안 그럴걸, 너야 일한 지 얼마 안 돼 모르겠지만 어디서 굴러먹던 건지 장담 못 한다고. 난, 내가 저 안에 들어가 볼게 5파운드 내기하자, 라고 말했어. 그리고 승강기에서 쟁반을 꺼냈어. 카펫에 그레이비가 쏟아질 뻔했지만 다행히 쏟지 않고 내려놓을 수 있었어. 승강기에 기어오른 난 네모 안에 몸을 완벽히 끼워 맞추고는 그 애한테 어서 돈을 내놓으라고 말하려고 고개를 구부렸는데, 바로 그때.

　나머지는 너도 알지, 그 애가 말했어. 너도 거기 있었으니까.

　수직 통로 밑바닥에 산산이 부서진 우리 둘의 몸. 그래, 나도 있었다마다. 우-우-우-우-우 —

　후우우우, 그래, 그 느낌, 그땐 아직 감각이 있었으니까. 그러니까 생각나는 게 있어. 몇 초나 걸렸어? 내가 물었어.

　시간 다 됐어, 그 애가 말했어. 얘기 끝났어. 그만 꺼져.

　근데 정확히 얼마나 걸렸냐니까? 내가 다시 물었어.

우리가 얼마 걸려 떨어졌는지 기억 안 나?

안 나, 그 애가 말했어.

그 남자애가 보여 줬다는 줄은 무슨 줄이야? 내가 물었어.
긴 줄이었어, 짧은 줄이었어? 줄 때문에 추락 속도가
달라지진 않았어?

나 참, 돌겠네. 그 애가 말했어. 난 아는 대로 다 얘기했어.

그 애를 곧 놓치겠다 싶어 난 다른 방법을 써봤어. 그
수영장 있잖아, 내가 말했어. 거기서 제일 높은 다이빙대
말이야, 거기서도 다이빙해 봤어? 정말 그렇게 높았어? 다른
수영장 건 어땠어? 내가 보기엔 딱 그 느낌이었을 것 같거든,
딱 그만큼 되는 거리 우우우 ―

후우우우 혹은 그보다 조금 더 높았거나.

당연히 해봤지, 그 애가 말했어. 너도 알잖아. 얼마나
잘했는데. 2회전 공중제비도 할 줄 알았다고. 야. 자꾸
얘기했더니 속만 상하잖아. 그만 가줘. 그러기로 했잖아.
궁금해하던 것도 말해 줬고. 넌 갈 집도 없니? 천국인가,
지옥인가, 어딘가 가야 하지 않아?

머지않아, 내가 말했어. (하늘만 아는 어디론가.)

빠를수록 좋아, 그 애가 말했어. 나 피곤해. 이제 가봐.
다신 돌아오지 마. 우리 사이에 볼일은 이제 다 끝난 거야.
그러고서 그 애는 뚜껑처럼 스르륵 몸을 닫아 버렸어. 결국
난 그 애를 내버려 두고 지상으로 다시 올라왔어. 홀로 저
밑에 잠들어 우리가 공유했었던 이름의 철자들을 하나씩
풀어 헤치고, 그것을 이 세상 누구와도 같지 않은 우리만의

42

이름으로 만들어 주던 짤막한 색실들마저 미련 없이 바람에
흘려 버리도록.

지금이라도 다시 물어보고 싶어. 세상을 내다보는 동그란
구멍, 그것들 이름이 뭔지. 따뜻하게 데운 빵은 뭐라고
부르는지도 묻고 싶고.

그새 또 잊어버렸어. 접시 옮기는 그 기계를 뭐라고
했더라. 너희한테 그 애 얘기 들려주느라 아주 기운이 거덜
났어. 무덤덤하게 호텔 앞을 오가는 너희들, 보도블록
거닐고 보고 들을 줄 아는 사람들 말이야. 단어를 자꾸
놓치게 돼 — 돌덩이를 두드려 이름 철자대로 깎아 낸
화강암의 부스러기 조각처럼, 놓쳐 버린 단어들이 땅
여기저기 흩어져 있어. 나는 땅을 뚫고 위로 올라왔어.
땅을 한입 머금는다면 굉장할 거야. 토탄 섞이고 돌멩이
대글대글한, 짙고 옹골지게 혓바닥을 이기는 흙, 혀 밑으로
오돌토돌 비벼 대고 이 사이에 겨자씨처럼 끼는 흙. 혹은
땅 한 줌 쥐어 볼 수만 있다면 — 무성한 잔디와 흙 한 켜를
손가락으로 비벼 대면 질 좋은 케이크 믹스처럼 부슬부슬
부스러지겠지, 그러다 침이라도 곁들이면 페인트처럼
갈쭉해질 테고.

침이라도 있다면. 혹은 손가락이, 엄지가락이, 손이, 입이.

너라면 땅을 주워 입에 담을 수 있을 테지, 그렇지? 너,
그래, 너. 넌 손을 가졌잖아. 넌 흙을 손에 쥘 수도 있어.
난 그 묵직한 무게를 헤치고 올라오면서도 흙 한 톨
간직할 수 없었지만. 다시 하늘 높이 떠오른 나는 차량에

신음하는 고가 도로들 위를 지나쳤어. 역사 언저리마다
쓰레기 밭으로 변해 버린 잔디도 봤어. 폐기 냉장고,
유기 폐차, 빗물에 썩은 낡은 가구 한 점. 활짝 입을 벌린
수영장도 지나쳤어. 닥칠 추위에 대비해 물을 싹 비운 채
덩그렇게 자리를 지키고 있었지. 어둠이 다가오고 있었어.
풀장의 수심 깊은 쪽에서 묵은 낙엽 더미가 바람에 실려
소용돌이를 그렸어.

　그 좌우에선 겨울을 맞아 굳게 걸어 잠근 문들이 줄줄이
덜컹댔어. 참새 한 마리가 낙엽이 가라앉길 기다렸다가 풀장
바닥을 총총 가로지르며 머리를 갸우뚱거렸어. 그래 봤자
아무도 없어. 먹을거리도 없어.

　해줄 말이 있어, 나는 참새와 텅 빈 수영장에게 말했어. 잘
들어. 살아야 한다는 걸, 기억해.

　맨 꼭대기 다이빙대가 내 밑에서 미세하게 몸을 떨었어,
엷은 공기에 뒤숭숭해진 듯.

　난 어디로 가지? 호텔로 돌아가는 수밖에. 그리 향하는
길에 난 폭포수처럼 명멸하며 쏟아지는, 수많은 면면으로
이뤄진 벽을 봤어. 예컨대 이런 인상들 — 끙끙대며 길을
가는 한 젊은 여자. 여자는 거추장스러운 보따리를 한
아름 들고 있었어. 지붕을 활짝 젖힌 집 꼭대기에 우뚝 선
남자. 흰 먼지를 뒤집어써서 머리도 코도 하얗게 표백되고,
귓가에는 연필이 꽂혀 있었어. 줄지어 선 사람들. 개중엔
같이 온 여자의 치마에 손을 넣은 남자도 있었어. 남자는
가랑이를 붙잡아 여자를 번쩍 들어 올렸고, 두 사람은 기분

좋게 취한 얼굴로 깔깔대며 웃었어. 그 앞뒤에 선 사람들은
예의를 지키려는 마음과 치미는 부아 사이를 오락가락하며
어정쩡히 줄을 서 있었지. 난 그중 한 사내의 머릿속을
들여다봤어. 사내는 칼부림과 피바다를 상상 중이었어.

　내가 본 한 나이 든 남자는 자기보다 훨씬 젊은 남자 뒤로
두 손을 치켜든 채, 청년이 차 한가득 물건을 싣고 멀어지는
모습을 지켜보고 있었어. 노인은 차가 사라진 뒤로도 한참
동안 손을 들고 있다가, 발길을 돌려 새소리와 공허만이
남은 정원 담벼락 앞에 섰어. 난 페이스트리 냄새를 맡기도
했어, 희미하게나마. 카페테리아 식탁에 신문을 펼치고 앉은
한 여자가 뱃놀이하러 나갔던 가족이 한 사람만 빼고 죄다
상어 떼에 잡아먹힌 이야기를 읽고 있었어. 여자는 소리
내어 기사를 읽으며 다리가 잘려 나가고 머리를 물어뜯긴
이야기를 카운터 뒤의 여자에게 전했고, 카운터 뒤의 여자는
그 잔혹함에 경악하며 소리 내어 웃었어. 여자가 입 벌려
웃는 동안 담배 연기가 그녀 주위를 구불구불 휘감고
목구멍을 뿌옇게 물들였어. 난 초저녁 비를 맞으며 외딴
주차장에 서 있는 자동차도 봤어. 차 앞에는 L자가 붙었고
뒤에도 L자 연수 표지가 붙었으며 안쪽 좌석에선 여자와
어린 남자가 격렬히 몸을 놀리고 있었어. 아, 사랑이여.
다른 이의 무게를 오롯이 느끼는 것. 여자는 겨드랑이에
클립보드를 낀 채 한쪽 팔로 남자애에게 매달렸고, 남자애는
팔팔 끓어올랐어. 두 사람 위로 김이 피어올라 차창을
미끄러지듯 가로질렀어.

난 그 사람들 모두에게 그 말을 전했어.

영화관 밖에 줄지어 선 사람들에게도 말해 줬어.
뭔가 보겠다고 기다리는 이들. 부츠 약국에서 마주친
사람들에게도 얘기해 줬어. 처방 약을 기다리는 이들.
(상상해 봐, 코감기에 걸린 그 먹먹하고도 황홀한 느낌. 새
한 마리가 무릎 관절을 콕콕 쪼아 대는 느낌. 혹은, 한결같던
얼굴색이 갑자기 거무칙칙해지는 느낌을.) 나는 슈퍼마켓에
가보았어. 통로마다 식용품에 휘청대는 선반들. 난 계산대
뒤의 여자애들에게도 그 말을 전해 줬어. 토요일 오후가
후딱 지나기만을 기다리는 이들. 토요일은 그 애들이 가장
싫어하는 날이었어.

기억해, 언젠가 떠나야 한다는 걸.

어둠이 오고 있었어. 나는 유리창 가득 손목시계가 진열된
가게를 찾아갔어. 여자애 하나가 유리 카운터에 팔을 기댄
채 혼자 앉아 있었지. 그 애 아래로도 손목시계가 즐비했어.
등 뒤도 손목시계 천지였고. 여자아이는 손목 안쪽에 찬
시계 얼굴만 하염없이 바라봤고, 그 와중에도 시곗바늘은
껑충 뛰었다 정지, 껑충 뛰었다 정지, 껑충 뛰었다 정지하고
있었어.

나는 여자애의 몸을 통과해 봤어. 참을 수가 있어야지.
하지만 아무 느낌도 나지 않았어. 그 가게가 맞았길 바라.
그 애가 맞았기를. 그 앤 몸서리치듯 어깨를 움츠리며 날
몸에서 털어 냈어.

난 한때 내 입이 붙어 있던 자리를 그 애 머리 옆에 갖다

댔어. 그리고 말했어.

전할 말이 있어. 잘 들어.

그 앤 고개를 젖히며 머리카락을 훌렁 넘기고 목덜미를 긁었어. 그러고는 카운터로 손을 내려 차곡차곡 시간을 쓸어 모으는 시계를, 초침을, 물끄러미 바라보았어.

우우우우우 —

후우우우우우? 이번에는 뭔가 느껴지려나? 아니, 전혀. 난 다시, 또다시 시도해 보지. 하지만 아무 느낌 없어. 그저 영면만이, 오는 중. 시간, 거의 바닥남.

이곳에서의 마지막 밤이야. 난 호텔을 맴돌며 바위를 먼지를 흙을 호출해. 객실은 작기도 하고 크기도 해. 크기가 가격을 결정하지.

나는 복도 사이를 미끄러지듯 떠다녀. 눈에 보이지 않기론 에어컨 바람과 다를 바 없지. 레스토랑에서는 식탁과 식탁, 요리와 누벨 요리 사이를 떠돌고, 주방 문 사이로 스며 나가 뒤 통로에 늘어선 쓰레기통 다섯 개와 그 안에 든 먹다 남은 음식물 위로 피어오르기도 해.

호텔 로비의 나는 배경 음악처럼 공중을 휘감아. 너도 딱 들으면 알 수 있을 거야. 지나치게 낯익은 곡조, 그게 바로 나니까. 난 윤기 잘잘한 난간을 타고 위로 위로 미끄러져 올라가 꼭대기 층까지 올라가 객실 문을 통과하고 카펫을 가로지르고 맨 위쪽 창밖으로 나가, 건물 높이만큼 되는 거리를 빙글빙글 돌아 내려와. (타일로 호텔 이름을 박아

넓은 보도 한가운데로, 매일 아침 6시 반이면 피로에 지친 아주머니가 양동이와 대걸레를 들고 나와 비가 오건 눈이 오건 날이 밝건 어둡건 빼먹지 않고 물청소하는 그 타일 바닥까지. 그나저나 내일은 그 아주머니도 보지 못하겠지, 보고 싶을) 우-우-우-우-우 —

후-우-우-우-우-우 전할 말이 있어, 하고 난 호텔 위에 내걸린 검은 하늘과 4시 반인 이 시각 건물 옆, 뒤, 앞으로 불을 밝힌 창문과 사람들을 들이쉬고 내뱉는 회전문에게 말을 걸지.

여기 한 여자가 그 문에 막 집어삼켜지고 있어. 잘 차려입은 여자야. 등에는 아무것도 지지 않았어. 머지않아 이 여자의 인생도 변할지 몰라. 여기 또 한 여자가 있어. 호텔 제복을 입고 리셉션 뒤에서 일하고 있어. 이 여자는 병에 걸렸는데 본인은 아직 그 사실을 몰라. 인생, 곧 변화. 여기 한 여자애가 있어. 내 옆에, 담요를 두른 채, 호텔 정문에서 조금 떨어진 여기 이 인도 위에. 그녀 인생, 변화.

이 이야기야.

기억해 살아야 한다는 걸.

기억해 사랑해 하다는 걸.

기어코 사막을 해돋는 걸.

(사막이 그리울 거야. 해돋이가 그리울 거야. 그리울 거야 그, 그. 뭐였지 그 단어? 놓쳤어, 난, 그 단어. 그걸 뜻하는 단어. 알잖아. 집 말고. 방 말고. 그 왜,   물정.   을 하직하다.   을 초월하다. 그 단어. 단어, 곧 세계.

나는 이 단어와 다음 단어 사이에 걸쳐진 채 추락하고 있어, 깨어지고 있어.

시간 좀 재줄래?

너 말이야. 그래, 너. 너한테 하는 얘기야.)

역사적 현재

present historic

엘즈는 밖에 있다. 고작 들어온 거라곤 푼돈, 그것도 대부분 구리 돈 아니면 5펜스, 10펜스짜리다. 개중에는 막스앤드스펜서 돈 서랍에서 갓 꺼낸 듯 반짝거리는 새 돈도 있지만, 사람 손과 추위를 타 칙칙해진 동전이 더 많다. 하기야 누가 신경 쓰겠어. 손에 쥐었거나 주머니에 넣어 뒀던 1페니 동전을 길바닥에 흘렸다고 누구 알아차릴 사람이나 있을까? 저기도 하나 있네, 엘즈의 발 바로 옆에. 요즘 1페니에 연연할 사람이나 있나? 씹할, 아무도 없어. 그거 퍽 웃긴데, 그 짓 할 사람이 아무도 없다니, 아무도 없는데 그러고 있는 꼴이라니. 몸이 있어야 할 곳엔 텅 빈 공간뿐이라, 그 희미한 공중에 대고 저 혼자 앞뒤로 몸을 허우적이는 짝이라니.

앞으로 좀만 숙이면 저 1페니 동전, 앉은 채로도 주울 수 있을 텐데.

엘즈는 몸을 숙인다. 상체를 굽히니 통증이 인다.

엘즈는 포기한다. 나중에 자리 옮기면서 줍지, 뭐. 엘즈는

(잔돈 좀?)

약간이나마 온기가 올라오는 맨홀 근처에 앉아 있다. 호텔
앞의 이 자리는 터도 좋은 데다 엘즈 차지다. 현관에서 조금
떨어진 벽감에 바짝 붙어 어지간히 얌전하고 단정하게만
앉아 있으면 직원들도 웬만해선 건드리지 않는다. 엘즈는
고개를 든다. 여기는 하늘이 천장이다. 일찍 어두워진 하늘이
묵직이 죄어든다. 마주한 건물 꼭대기에 찌르레기 한 무리가
날아들어 발과 부리를 휘두르며 부산스레 자리를 잡는다.
찌르레기의 알 빛깔: 옅은 푸른색. 풀과 깃털로 둥지를 치나
간혹 종이 등 잡쓰레기 오리를 사용할 때도 있으며, 나무와
처마 밑, 석조물 틈새에 둥지를 틂. 찌르레기야말로 도시
새다. 가슴팍에는 별이 총총 박혀 있다. 황혼 무렵 찌르레기
떼는 하나의 웅장한 몸짓으로 하늘을 휩쓴다.

황혼은 이미 졌다. 가로등 불과 호텔과 주변 가게들에서
새어 나오는 조명, 지나치는 자동차 불빛이 건물들 틈에 낀
거리를 밝힌다. 한참 고개를 들고 있었더니 목이 아프다.
엘즈는 건물 아래로 시선을 옮긴다. 역시. 그 애가 어느새
또 카펫 월드 매장 앞에 앉아 있다. 분명 그 애다. 아예 습관
들일 생각인가 보다. 이 구역이 엘즈 차지인 건 누구나 아는
사실인데. 근데 저 앤 모르는 척 굴고 있단 말이지. 후드
모자를 뒤집어쓰긴 했지만 그 애가 틀림없다.

엘즈는 소녀를 주시한다. 소녀는 엘즈를 살짝 비낀 지점을
주시한다. 엘즈는 눈을 거둔다. 누군가 앞을 지나고 있다.
거동을 보아하니 엘즈를 보긴 했으나 모른 척하기로 작정한

눈치다. 대다수 사람들은 엘즈를 아예 못 보고 지나치기에
이런 경우 구하면 얻기 마련이다.

　　　(잔돈 좀? 감샤.)

　10펜스짜리 동전 두 닢.

　10펜스짜리 동전 한 닢을 입에 넣고 깨물 때 이가 단단치
못하다면 그대로 부러지기 십상이다. 쇠붙이 중 어느 게 더
단단하려나, 은 혹은 동? 이건 진짜 은이 아니다. 합금이지.
다음 비 오는 날엔 도서관에 가 백과사전을 찾아봐야겠다.
도서관이 여는 날이라면. 전에도 한 번 찾아보긴 했는데
그사이 잊어버렸다. 보나마나 10펜스짜리가 더 단단할 것
같다. 상식적으로 그렇잖아. 전에 한번은, 에이드랑 같이,
더는 안 들어갈 때까지 입안 가득 돈을 쑤셔 넣어 봤었다.
엘즈보다는 에이드가 더 많이 집어넣었다. 원체 입이 커서,
하하. 에이드는 얼굴이 햄스터처럼 잔뜩 부풀었고, 수염
밑으로 복작거리는 동전들 테두리가 엘즈 눈에까지 다 보일
정도였다. 돈은 머리를 무겁게 만드는 법이다. 입안 가득
돈을 채워 넣었다면 더더욱.

　생각만으로도 웃음이 난다. 웃으면 아픈데. 두 손에
동전을 빼보니 침 범벅이 돼 있었다. 에이드가 엘즈의
손바닥에 돈을 뱉자 동전이 윤기 번드르르한 토사물처럼
입에서 흘러 나왔다. 네가 가져, 나보단 네가 더 필요하잖아,
하고 에이드는 말했다. 세상에, 둘 다 코가 비뚤어지게
취했거나 정신이 나갔던 모양이다. 돈이 얼마나 더러운지
뻔히 알면서도 그걸 몽땅 입에 구겨 넣다니. 돈은 쇠붙이

맛이었다. 그 뒤 에이드가 엘즈 입에 키스했을 때, 에이드
입에서도 쇠붙이 맛이 났다. 에이드는 10펜스 동전을 혀에
올려 엘즈의 입에 밀어 넣었다. 엘즈의 이 뒤로 혀를 밀어
동전을 엘즈의 혓바닥 위에 성체처럼 납작 내려놓았다.
엘즈는 녹기를 기다리듯 돈을 가만히 물고 있다가 다시 입을
열어 동전을 꺼냈다. 뒤에 적힌 연도는 1992였다. 맙소사. 두
사람은 일일이 키스해 봤다.

　　　(잔돈 좀?)
크기별로 동전을 골라, 게임을 하듯 혀로 서로 주고받아
가며 각각 어떤 느낌인지 확인했다.

　엘즈는 기억을 쥐어짠다.

　에이드보다도, 에이드의 얼굴이며 생김새보다도 키스의
맛이 훨씬 선명히 기억난다. 때론 통째의 시간이 단 하나의
맛과 순간으로 집약되는 수가 있다. 한 사람의 전부가 한낱
파편으로 축소되기도 한다. 엘즈는 요즘도 종종, 동전을
스웨터에 슥 문질러 입에 넣어 보곤 한다. 동화보다는
은화가 맛이 깨끗하다. 동화는 상한 고기 맛이다. 1페니와
2펜스는 테두리가 매끈하다. 5펜스와 10펜스는 테두리에
작은 홈이 나 있다. 크기는 작아도 혀끝에 닿으면 크게
느껴진다. 혀끝은 예민하다. 1파운드 동전의 무게는 실제로
사람을 놀랜다. 그 중량감에 상당히 놀랐던 걸 엘즈는
기억한다. 네모 메 임푸네 라케시트.[1] 그것이 1파운드의

　1 〈날 공격하는 자 무사하지 못하리〉라는 뜻의 스코틀랜드 왕실 연대의
표어.

약속이다. 묵직한 동전의 테두리에 새겨진 그 약속은
혀끝으로도 확인 가능하다.

동전 맛은 엘즈의 손끝에서도 노상 묻어나지만, 목구멍
깊숙이에도 늘 도사린다. 아니, 어쩌면 그 반대로 돈맛과
사랑 맛이 원래 점액 맛인 건지도 모른다.

엘즈는 고개를 들어 길 건너편을 본다. 저 앤 오늘 하필
후드를 쓰고 나타난 탓에 남자애인지 여자애인지 영 구분이
안 되는데, 그만큼 사람들도 돈을 잘 안 주려 할 거다.
후드를 벗으면 더 많이 벌 텐데. 하긴, 지금도 어지간히
하고 있다. 엘즈보다는 훨씬 낫다. 그래도 후드를 벗는다면,
글쎄, 몇 배는 더 건질 수 있을 텐데. 엘즈가 건너가 귀띔해
줘야 하는지도 모른다. 저 애는 물정을 너무 모른다. 오늘은
4시 10분에 나타났다. 열넷, 고작해야 열다섯 살밖에 안 돼
보이고 머리부터 발끝까지 학생이라고 적혀 있다. 얼굴 가득
　　　(잔돈 좀?)
모범생이라 쓰여 있다. 후드 밑으로 삐져나온 머리칼은
너무 환하고 매끈하다. 전혀 궁색해 보이지 않는다. 옷도
수시로 바뀐다. 외투도 한 벌 이상 가졌다. 가출 소녀
같기야 하다만, 거지로 치면 묵은 거지가 아니라 오늘 갓
도착한, 싱싱한 햇거지 같다. 그만큼 돈도 쉽사리 번다.
당연하고말고. 예전 언젠가, 몇 년 전인지는 몰라도 아주
오래전에 유행했던 초콜릿 상자들 앞면에 실렸던 새끼
동물들만큼이나 멍청한 낯짝을 하고 있는걸. 진짜 개나
고양이 얼굴에 비해 정말 멍청해 보였었지. 그나마 다른

점이 있다면 저 여자애는 몹시 우울해 보인다는 거, 아주
회색빛이다. 웅덩이 위로 살얼음이 얼었다 깨지며 흙탕물에
폭삭 잠겨 버린, 그런 색깔이다. 그러고 보니 좀 불쌍하다.

하지만 쟨 애초 돈에 욕심이 없는걸. 사람들이 저 앞에
돈을 떨어뜨리고 가도 모른다고. 매번 저런 식이야.
원치도 않는 돈을 눈 깜짝할 새 쓸어 모은단 말이지, 쌍.
엘즈도 한때 저 나이였던 때가 있고 그땐 지금 저 애처럼
연연해하지 않았다. 그럴수록 지나치는 사람들은 더 많이
주기 마련이다. 조금이라도 더 강한 인상을 남기고 싶어서.
아예 여자애에게 지폐를 건네는 사람들도 있다. 엘즈가 직접
목격했다. 여자애 앞에 쪼그리고 앉아 말을 걸며 고개를
젓거나 심각하게 머리를 끄덕이는데, 그 와중에도 여자애는
얼굴 가득 뭐랄까, 마치, 마치, 아, 그걸 무슨 표정이라
불러야 할지 모르겠다. 아 그래, 마치 어느 날 잠에서 퍼뜩 깨
이부자리를 떨치고 아래층으로 내려가 길거리로 나갔는데

(잔돈 좀? 감샤.)

무슨 이유에선지 길을 오가는 사람들은 물론 온 도시
사람들이 자기는 모르는 노르웨이어나 폴란드어 같은 귀에
선 말, 아니면 존재하는지조차 몰랐던 그런 언어를 사용하고
있는 걸 발견한 표정이다.

사람들이 지나간다. 그들은 엘즈를 보지 못하거나, 보지
않기로 마음먹는다. 엘즈는 지나는 사람들을 관찰한다. 귀에
휴대 전화를 댄 이들은 전에 없던 새로운 통증에 옆얼굴과
머리를 부여잡은 것처럼 보인다. 헤드셋 형태의 신형 휴대

전화를 머리에 꽂은 사람들은 꼭 정신 이상자 같다. 길을 가면서도 저들만의 세계에 갇힌 듯 혼잣말을 중얼거린다. 그 모습에 엘즈는 소리 내어 웃지만, 웃으니 몸이 욱신거린다. 하늘은 천장, 주변 건물들은 벽이다. 지금은 호텔 벽이 등 뒤에서 엘즈를 지탱하고 있다. 몸 안에도 엘즈를 꼿꼿이 가누는 벽이 있다. 복부에서 목구멍까지 이어지는 이 벽은 가래로 이뤄진 벽, 그러니까 담(痰) 벽으로, 이따금씩 엘즈가 도저히 기침을 안 할 수 없을 때, 어쩔 수 없이 기침을 해야만 하는 참을 수 없는 상황이 닥칠 때면 그대로 와장창 무너져 내리고 만다. 엘즈는 썩은 시멘트가 주저앉는 모습을 상상해 본다. 그래도 나름 쓸모가 있긴 하다. 그 덕에 바로 앉을 수 있으니 말이다. 담벼락이 호텔 벽 못잖은 버팀대 역할을 하는 셈이다.

　엘즈는 자기 심장을 머릿속에 그려 본다. 갈비뼈와 폐를 에워싸고 있을 근육과 혈액도. 삐걱거리는 폐도 상상한다. 감이 안 좋은 전화선처럼 식식대는 폐 주위로 피와 근육이 어수선하게 얽혀 있겠지. 어차피 노후한 전선이지만, 누군가 기초 공사도 안 된 곳에 굳이 배선 설치를 하러 나선 듯이 말이다. 마치 설치 기사가 연결할 일만 남은 전화선을 챙겨 목적지에 도착했건만, 화물차에서 내려 보니 웬 우라지게 큰 성벽 하나가 떡하니 버티고 선 꼴이랄까. 그것도 창이라곤 없이 길쭉한 홈만 패여 있는 데다, 하필 또 15세기인지라 전기는 아직 발명도 되지 않았고 말이다.

　　(잔돈 좀?)

생각해 봐, 그 설치 기사 아저씨를, 다윈설에서 뚜벅뚜벅
걸어 나온 과잉 진화의 표본처럼 팔에 전깃줄을 칭칭 감은
작업복 차림의 포스트 네안데르탈인이 전선 뭉치가 한가득
실린 화물차 앞에 서서 원숭이처럼 머리를 북북 긁고 있는
모습을. 바닥에 맨홀이라도 있다면 뚜껑 열고 작업을
시작하겠건만 그런 건 도통 보이지 않고, 그저 너울을
뒤집어쓴 귀부인만이 우주선에서 막 걸어 나온 화성인
구경하듯 홈 사이로 그를 훔쳐보고 있을 따름이다. 여긴
아직 15세기로 화물차라는 건 아예 존재하지도 않으니까.
두 사람 표정을 생각해 봐. 웃으니 기침이 난다. 기침을 하자
화살 한 다발이 — 진짜 딱 그 꼴이잖아, 쌍, 하고 엘즈는
기침하며 생각한다 — 비 오듯 쏟아져 부싯돌만큼 단단한
고리와 홈 패인 쇠 촉으로 엘즈의 가슴을 꿰뚫는다. 그나마
보잘것없다는, 최대한 자제하고 눌러 내린 기침인데도
말이다. 진짜 제대로 기침을 하는 날에는 말이지, 엘즈는
내기하듯 속으로 되뇌며 손가락 마디만큼씩 숨을 들이쉬어
몸을 추스른다. 그러는 날엔 아예 지반이 송두리째 흔들리며
성벽이 무너져 해자에 빠져 버릴 게 분명하다. 진짜 기침은
말이지, 팔과 어깨에 힘을 주어 자세를 다잡고 고개를 한 번
흔들어 주며 엘즈는 생각한다. 진짜 제대로 된 기침을 하는
건 빌어먹을 내셔널 트러스트[2]의 빌어먹을 역사적 자산을
한방에 족쳐 한낱 돌 더미로 좌천시키는 셈이나 마찬가지다.

2 자연과 문화재 보존을 위해 설립된 민간단체.

아무래도 생각은 이쯤에서 관둬야겠다. 괜한 상상도
　　(잔돈 좀.)
그만둬야겠다. 또 웃게 될까 겁나거든. 또 기침하기도
무섭다. 기침하다 뭘 토해 낼지 누가 알아? 뭐가 됐건
까끌까끌한 이 느낌대로 생겨 먹었다면 분명 망할 돼지
새끼만큼 무지막지한 데다 돼지털 같은 강모까지 수두룩이
돋은 물건일 테다. 쌍. 망하고 빌어먹을. 기침이 툭 터지며
정체불명의 물체가 덩달아 튀어나온다. 만족감, 하지만
몸은 아리다. 웃으면 기침이 난다. 숨을 쉬어도 기침이 난다.
그렇다면 추측건대 남자랑 그 짓거리라도 하는 날엔 곧바로
폐출혈로 이어질 테지. 움직여도 기침이 난다. 어깨랑 고개를
꿈틀댔을 뿐인데. 엘즈는 움직일 엄두가 안 난다. 어쨌거나
지금으로선.
　　이따 일어날 엄두가 나거든 이렇게 할 예정이다. 길을
건너 저 여자애가 있는 데로 가서는, 지난번 두 번처럼
사람들이 걔 발치에 떨어뜨리고 간 돈을 냉큼 집을 거다.
이왕 그리해 온 거, 엘즈도 여자애도 계속 그리 못 할
이유가 없다. 엘즈는 우선, 자리에서 일어선다. 다음으로
길을 건넌다. 다음으로 여자애가, 엘즈가 다가오는 걸 보고
도망친다. 다음으로 엘즈가 돈을 줍는다. 충분히 공평하다.
이건 엘즈의 권리다. 호텔 주변이 엘즈 차지인 건 누구나
아는 사실이다. 그래도 막상 실행에 옮길 땐 신중해야 한다.
판단을 잘해야 한다. 너무 빨리 일어났다가는 여자애를
지나치게 일찍 쫓아내 들어올 돈도 놓칠 수 있다. 그렇다고

늘장 부리다가는 여자애가 먼저 자리를 털고 일어나는
수가 있고, 게다가 이번만큼은 돈까지 챙겨 도망가기라도
한다면? 엘즈는 숨을 고른다. 괜찮을 거다. 머지않아 퇴근길
러시가 시작될 테고, 그 후 얼마 안 지나면 퇴근길 러시도
끝난다. 그사이에 쟤가 얼마나 더 벌어들일지 장담 못 한다.
엘즈는 기다릴 것이다. 조용히 앉아 기다리기만 해도 예컨대
10~15파운드는 더 들어올지 모르고, 말하자면,

　　　(잔돈 좀?)

그건 엘즈가 벌 수 있는 돈보다 15파운드나 더 되는
금액이다. 특히나 오늘 엘즈는 땡전 한 푼 못 벌었으니
말이다. 지랄 맞을 기침을 달고 다니는 한은 아무것도 못
벌게 돼 있다. 지나는 사람들마다 최대한 멀찍이 떨어져
걸으려 한다. 해가 진 이후로 엘즈가 벌어들인 돈이라곤
3파운드 42펜스가 전부다. 그러니 저 여자애에게 정이
갈 수밖에. 동업자치곤 훌륭하다. 덕분에 엘즈는 오늘 밤
배불리 먹고 어쩌면 잠자리도 구할 수 있을지 모른다.

　그 전에 여자애가 돈을 갖고 튀지만 않는다면.

　엘즈가 퇴근 시간대를 용케 버텨 내고, 그때까지 여자애가
자리를 지키기만 한다면.

　누군가 두 사람을 쫓아내러 오지만 않으면.

　비켜요

　지나는 사람들이 거슬려 해요.

　솔직히 나도 거슬려요.

　알았죠?

알아들어 다행이에요.

고마워요.

　그간 남녀 경찰들이 엘즈에게 해온 그 밖의 몇 가지 얘기들

　그 짐 당신 거야? 치워. 아님 내버릴 거니까. 치워.

치우라고. (남자.)

　몇 살이에요? 이대로는 1년도 못 버텨요. 그거 알죠?

그냥 하는 말이 아니에요. 통계까지 나와 있어요. 당신

같은 사람들, 하루가 멀다 하고 죽어 나가요. 지어낸 말이

아니에요. 우린 허구한 날 그런 꼴을 보는걸요. 어느 날

갑자기 거리에서 고꾸라지면 그만이에요. 그래도 서른은

넘기고 싶지 않아요? (여자.)

　집도 있잖니. 누구나 갈 데는 있는 법이라고. 어서 집에

가려무나, 그래, 착하지. (남자.)

　그만 비켜, 엘즈, 여기서 이럼 안 되지. 안 되는 거 알잖아.

(여자.)

　차라리 일해서 돈을 벌지 그래요? 다른 사람들처럼?

우린 당신들처럼 빈둥댈 줄 몰라 죽어라 일만 하고 사는 줄

알아요? (여자.)

　(나직이 속삭이며) 한 번만 얘기할 테니 잘 들어.

강간이라도 당하고 싶어 아주 안달이 난 모양인데 네 년은

당해도 싸. 또 내 눈에 띄거든 아주 본때를 보여 주지.

정말이야. 이건 협박이 아니라 약속이야, 약속. 듣고 있어?

들었냐고? 에? (남자, 파출소에서.)

사람들이 너 같은 악질을 얼마나 혐오하는지 대체 언제 깨달을래? 넌 인간쓰레기야. 온 지구를 더럽히고 우리 인생까지 망쳐 놓는 인간쓰레기. (여자, 파출소에서.)

여기 받으시게, 아가씨. 우유는? 설탕은? 잘 저어 줘야지, 가루라 밑에 다 가라앉는다고. (남자, 파출소에서.)

저기 게시판에 붙은 공지 봤어요, 엘즈베스? 못 봤어요? 원하면 경찰 상담을 받을 수 있어요. 매주 목요일에 이 건물 4층으로 오면 돼요. 엘즈베스면 자격 조건이 돼요. 공짜란 뜻이에요. 가난한 사람은 돈을 안 내도 되죠. 사람들 돕는 게 우리 일이니까요. 신청만 하면 되니까 언제든 문의해요. (여자, 파출소에서.)

엘즈는 저 단어를 기억한다. 학교에서 배웠던 단어였지. 가난하다. 그땐 역사 속에나 등장하는 단어이자 아주아주 오래전, 박애주의자(역시나 역사에 나오는 단어)라는 게 있던 시절의 말이었는데, 박애주의자는 로버트 오언을 설명하는 단어이기도 했다. 로버트 오언은 자기 공장의 근로자들을 위해 교회와 학교와 병원을 지어 주었으며, 근로자들 자식 중 가장 나이가 어린 아이들에게는 일을 시키지 않았고, 대신 박애주의자가 아니었던 여타의 공장주들 밑에서 일하던 아이들보다 좀 더 나이 많은 애들만 고용해 일을 시켰다. 오언은 자기 공장을 뉴 래너크라 이름 붙였다. 자신의 박애주의로 인해 세상에 전에 없던 새로운 공간이 생겨나기라도 한 것처럼. 가난한 자. 역사가 개도하고자, 또 생활을 개선해 주고자 노력해 온 대상.

하지만 그건 그때고, 지금은 지금이다. 엘즈의 발을 싼
신문지 뭉치(장화가 너무 헐겁다) 중 한 지면에 실린 기사에
의하면, 돈을 가진 사람들이 돈을 빌어 사는 사람들을 돕는
한 방편으로서 세인스버리 같은 대형 슈퍼마켓 매장마다
모금 상자를 설치한다면, 기부하고 싶은 사람들은 여느
때처럼 계속 기부를 할 수 있는 대신, 돈 가진 사람들이 아무
어중이떠중이한테나

　　　(잔돈 좀?)

돈 달란 말을 듣는 일은 없어질 거라고 한다. 그게 성사되는
날엔 (엘즈는 과감히 웃음을 지어 보지만 그러자마자
가슴에서 뭔가가 퉁 하고 솟구치더니, 이내 잠잠해진다)
엘즈도 일자리를 잃을지 모른다.

　엘즈의 발 옆에 떨어진 1페니 동전, 2분 있다 주울 생각인
저 동전은 이제 보니 앞면을 드러내고 있는데, 여왕 얼굴에
말년의 두툼한 턱살이 붙은 걸로 보아 꽤 최근 동전인 것
같다. 엘즈는 주화를 주시한다. 어디 도망갈 것도 아니잖아.
좀 있다 줍지, 뭐.

　엘즈는 발싸개를 고를 때 자기도 해당되는 기사를 고르기
좋아한다. 〈20년 전 대비 불평등 지수 심각. 5명 중 1명 최저 생활
수준 미달.〉지금은 이런 부제가 엘즈의 발꿈치를 감싸고
있다. 하. 도서관 신문에서 찢어 낸 제목들이다. 엘즈가
인도에 나앉아 있는 이 역사적인 도시, 중세 건축물들
그리고 중세기 하수구 위에 지어진 아슬아슬한 현대적
개발 단지들로 빼곡한 이 도시가 오늘날 남은 역사의

유일한 잔재다. 여름이면 관광객들이 여행자 수표를 들고 찾아오는 곳. 진짜 역사는 사라졌다. 엘즈는 안다. 엘즈는 똑똑하니까, 원래부터 그랬으니까. 오늘은 박애주의자의 철자까지 완벽히 기억난다. 그렇다고는 해도 오늘 엘즈는 시곗바늘 중 어느 게 어느 건지, 짧은 게 분침이었는지 긴 게 분침이었는지 영 기억나질 않는다.

　　(잔돈 좀? 감샤.)

　잔돈. 좀.

　이 글 이해 비서 취업 성공.

　제일 먼저 떠오르는 생각은 취업 성공, 손질받은 머리와 가게서 새로 장만한 야한 옷차림에 최신 유행하는 나일론 빛깔로 다리를 꾸미고 거기 딱 어울리는 신발까지 매어 신고 저기 카펫 월드 매장 위쪽 건물과 같은 사무실 건물에서 걸어 나오는 엘즈 본인의 모습이다. 다음으로 떠오른 건 어릴 때 아버지와 런던에 놀러 갔다가 지하철에 붙은 성공 취업의 비결이란 광고 문구를 읽으며 엘즈가 했던 상상, 그러니까 머리를 질끈 묶고 엄마가 지어 준 단정한 옷으로 빼입은 날렵한 눈매의 소녀에 불과했던 엘즈가, 그때 이미 그런 광고를 읽고 이해했다는 사실 자체가 자기가 얼마나 똑똑하고 전도유망한지 보여 주는 또 하나의 증거일 거라는 어린 엘즈의 상상이다. 그 생각이 엘즈를 웃게 만든다. 저도 모르게 터져 나온 웃음이라 어떻게 막아 볼 도리가 없다. 게다가 기침마저 받쳐 오르는 바람에, 지나가던 개 한 마리가 돌연한 소란에 놀라 목줄을 당기며 엘즈를 향해 짖기

시작한다. 기침 소리와 개 짖는 소리가 귓가에 쩌렁거리고,
개가 주인 팔뚝에 이끌려 저리로 끌려갈 동안에도
고통스러운 기침은 그칠 줄 모르며, 내친김에 어린 엘즈의
쓰라린 모습마저 가슴을 후벼 파니 — 바꿔 말해 기침과
과거의 조합이 걸레를 문 개처럼 엘즈를 통째로 붙들어
뒤흔든다.

　　떨리는 몸을 다잡고 지난 일을 잊기 위해 엘즈는 비서들을
떠올린다. 지금껏 취업에 성공해 왔을 수많은 이들, 줄을
이루고 대열을 이루고 떼를 지었을

　　　　(잔돈

　　　　(기침하러 한숨 돌린 사이

　　　　늦었어, 이미 가버렸어)

　　　　좀?)

속기사들, 소위 〈분당 백 단어도 거뜬해요〉들. 생각해
봐, 온갖 낱말을 갖다 야무지게 단어 회를 뜨고 앉은
비서들과 휴지통에 수북이 쌓여 가는 온갖 불필요한 자음
모음들을. 하지만 이젠 그 비읍시옷들도 전원 감원됐지.
역사 속으로 사라졌어. 하. 죄다 밀려났어, 새 돈처럼
빳빳하고 반짝반짝한 아가씨들의 물결에, 딕터폰 기계와
입 밖으로 나오기가 무섭게 말을 받아 종이에 인쇄해
주는 컴퓨터에. 지금쯤 거리에 나앉아 있겠지, 그 ㅂ ㅅ들,
엘즈와 피차일반으로 하루 품이나 팔면서. 사실 엘즈도
모자란 글자로 잘만 산다. 온갖 약어를 알고 있으니까.
엘즈는 자기가 쓰는 반쪽짜리 단어들에서(온전한 단어는

필요하지도 않다) 글자가 하나둘씩 떨어져 나와 보도블록을 뒤덮는 모습을 상상한다. 경찰과 길거리 청소부들과 열 받은 행인들한테 한참 설명하는 모습도 상상한다. 내 뒷정리는 내가 할 테니 걱정 말아요. 엘즈는 머릿속으로 그 사람들에게 말한다. 그래 봤자 글자일 뿐인걸요. 어차피 자연 분해돼요. 낙엽처럼 저절로 썩어 없어지죠. 그래서 퇴비로도 손색없어요. 새들도 분해된 글자로 둥지에 요를 깔거나 알들을 따뜻하게 보호하곤 해요.

찌르레기의 알 빛깔: 옅은 푸른색. 울새의 알 빛깔: 흰색 배경에 붉은 반점. 지빠귀의 알 빛깔: 갈색 얼룩 내지는 점. 참새의 알 빛깔: 얼룩진 회색 및 갈색. 푸른머리되새의 알 빛깔: 갈색빛 도는 분홍색. 대륙검은지빠귀의 알 빛깔: 청록색에 갈색 반점. 엘즈는 도시 새들의 알이라면 훤히 꿰고 있다. 어렸을 때부터, 정확히는 뒷마당에 나갔다가 산울 틈새로 검은지빠귀 둥지를 발견했을 때부터 그랬다. 풀과 잔가지를 엮어 만든 둥지 속 침대에는 작은 청록색 알이 세 알 들어 있었다. 손대면 안 돼. 엄마는 그렇게 말했다. 알에 손댔다간 어미 새가 눈치채고 도망치거든. 그럼 새끼들도 죽어. 손댄 건 어떻게 아는데? 엘즈가 물었다. 그냥 알게 돼 있어. 엄마가 말했다. 그러니까 엄마 말 듣고 손대지 마. 엘즈는 목과 소매와 치맛단에 분홍색 띠가 둘린 노란색 크림플린 소재 옷을 입고 있었다. 때는 1979년 5월, 아주 오래전의 일이었다. 새알은 아름다웠다. 엘즈는 둥지에서 알을 하나 꺼내 손바닥에 얹었다. 알은 가벼웠고, 쉽사리

깨질 것 같았다. 엘즈의 손힘으로도 충분히 깨뜨릴 수 있을
정도여서, 손을 살짝만 움직였어도 깨졌을 거다. 엘즈는
알을 둥지에 돌려놓았다. 본 사람은 아무도 없었다.

　다음 날이 돼도 어미 새는 돌아오지 않았다. 사흘 후,
알들은 싸늘해졌다. 안에 든 새들은 아직 끈끈액 상태였을
테고, 골격도 제대로 발달하지 않아 고작해야 날개 달린
팔꿈치에 불과했을 거다.

　그만 울어. 엄마는 말했다. 그런다고 불쌍한 아기
새들이 돌아오진 않아. 그러면서 엘즈에게 책을 건넸는데,
표지에 새가 있었다. 그걸 보니 속이 막 아팠다. 엘즈는
책에 나온 여러 지식을 열심히 외우고 외웠다. 이듬해에도
여름은 어김없이 돌아왔고, 한길의 양쪽 끄트머리에
드물게 아지랑이가 아른거리고 나무와 산울타리에 숨은
둥지들은 갓 날기 시작한 새들로 벅적댈 즈음, 지난해의
새알 사건은 어느새 희미한 악몽으로 변해 있었고 엘즈는
(주머니에 데이지 무늬를 꿰매 넣은 목선 팬 파란색 면
앞치마 드레스를 입고서) 다음과 같은 사실들을 달달
암송할 수 있었다 — 칼새 알은 하얗고 길쭉하며 까치 알은
푸르스름하고 갈색 반점이 찍혀 있다.

　요즘 들어 엘즈가 반복해 꾸는 꿈은 이렇다. 벽마다
옷장이 복작하게 늘어선 방에 들어간다. 첫 번째 옷장의
문을 열면 안쪽 선반에 두툼한 투명 셀로판을 먼지 가리개
삼아 씌워 놓은 재봉틀, 엘즈의 엄마가 쓰던 바로 그
재봉틀이 놓여 있다. 그 양옆과 밑과 위는 전부 서랍이다. 각

서랍 안에는 복잡한 분류 방식에 따라 정리한 서류철들이
들어 있다. 각각의 서류철 안에는 지나치게 작다 싶은 옷이
한 벌씩 들어 있다. 드레스, 카디건, 조끼, 바지, 앞치마
드레스. 한 벌, 한 벌 모두 엘즈를 위해 만든 옷이다. 온
서랍이 이런 서류철들로 즐비하고, 옷장은 서랍으로
즐비하며 방은 옷장으로 즐비해 남는 공간이 없을 정도며,
하나하나 납작하게 눌리고 수축된 옷가지는 진공 포장된
듯 죄다 숨이 꺼져 있다. 그 광경에 엘즈는 머리가 핑 돈다.
서류철을 하나둘, 또 하나둘, 또 하나, 또 둘 풀어 헤치자
엘즈의 발 주위와 발등 위로 옷가지가 무작정 쌓이기
시작하고, 이미 수백 벌을 꺼냈건만 모양새도 제각각이고
하나하나 손으로 정성 들여 만들고 바느질한 수천 벌에
달하는 옷들이 여전히 서류철에서 꺼내질 순간만을
기다리고 있다. 퍼프소매. 좁은 소매와 잘록한 허리. 톱니
가위로 오려 낸 테두리. 갈지자 모양으로 꼬아 넣은 검정
끈. 크림플린과 면, 나일론과 울, 폴리에스터와 테릴렌과
스웨이드. 하지만 한 벌, 한 벌 아무리 펼쳐 본들 쓸 만한
옷이라곤 하나도 없다. 너무 작거나 너무 약하거나 너무
깨끗하거나 너무 많거나. 옷장 한가득 채워 넣은 이 입을
수 없는 사랑의 징표들은 영영 바닥날 기미가 안 보이고,
그리하여 엘즈는 깎아지른 절벽에 도달하듯 기습적인
절망감에 사로잡히며 이것이 꿈에 불과함을 깨닫는다.
그리고, 그렇기에 그중 한 벌도 간직할 수 없으리란 걸
알면서도, 잠에서 깨는 순간 그 수많은 옷들, 제아무리

70

단출한 옷이며 주인 없이 쓸쓸히 나불대는 횅한 소매인들 그곳에 버려둘 수밖에 없음에 다시 한 번 폐장이 쥐어뜯기고 몸속 솔기가 터질 듯한 고통을 경험하게 되리라는 것도.

이 꿈은 악몽이다.

어느 정도냐면 이 꿈을 꿀까 두려워 잠들기 싫고, 이 꿈을 못 꿀까 두려워 잠들기 싫을 지경에 이르렀다.

(쟌돈 좀?)

엘즈는 억지로 웃어 본다. 또 기침이 난다. 그래도 속은 풀리지 않는다. 오장이 부르튼 거다. 엘즈는 안다. 불길에 덴 페인트처럼 물집이 잡혔을 거다. 폐장은 까맣게 불탔다. 창이 죄다 박살 나고 빈방마다 유리 파편이 수북이 쌓인, 몰수된 건물 언저리의 불모지처럼. 누군가 잠이라도 청하러 그 건물에 들어갔다가는 깨진 유리에 몸만 다치고 말 거다. 잠깐 쉬겠다고 앉았다가는 유리 밭에 앉게 될 테고. 숨을 쉬거나 움직일 때면 엘즈의 몸도 유리 밭이 된 느낌이다.

계속 이딴 식으로 생활하다가 저 스스로 속을 박살 낸 거다. 틀림없다. 웃을 일이 아니다. 비참한 자각심이 엘즈를 기습한다. 스스로 오장육부를 망가뜨리고 불사른 뒤, 불길을 삭일 듯 그 위로 흙을 잔뜩 뿌려 놓은 꼴이다. 미와 진리, 또한 보배. 은은히 우러나는 기품. 화신(火燼)에 봉해지여 여기 누웠나니.[3] 봉해지여, 끝에 두 글자를 길게 뺐다. 봉해져. 셰익스피어식. 섹스펴식. 이 동네는

---

3 셰익스피어의 소네트 「불사조와 거북The Phoenix and the Turtle」에서 인용.

도서관이 잘돼 있다. 엘즈는 딴생각이 들지 않도록 도서관에
열중한다. 브리스틀에 있는 도서관보다 낫다. 문도 더
오래 여는 편이고, 대체로는 눈 붙이러 온 사람이라도
사서한테 내쫓기는 일이 별로 없다. 엘즈는 요즘 형이상학파
시인들을 읽고 있다. 진리와 아름다움 흙에 묻혔도다.[4] 혹은
나는 재잉태되었노라. 부재와 어두움과 죽음, 존재하지
아니하는 것들로부터.[5] 시에선 어둠에 〈우〉 자를 하나
더 붙여 발음하나 보지. 조심스레 숨을 들이쉬고 내쉬며
엘즈는 생각한다. 보통의 어둠보다 더 오래가는 어둠인
걸까. 그리고 꼭 대문자로 시작되지. 어두움-Darknesse.
어둠의 본질. 엘즈가 읽은 시 중에는 엘리자베스 1세 여왕
앞에서 연극을 하던, 노(老)역을 특히 잘 소화했으며 열세
살이 되던 해에 죽은 소년에 대한 시도 있다. 엘즈는 윌리엄
버틀러 예이츠도 좋아한다. 나는 개암나무 숲으로 갔다.
머릿속 불길을 잠재우러. 휘이 가게, 휘이 가. 난 다른 표적을
찾겠네. 저 아래 해안가의 처자들. 그 처자들은 어둠의
생리를 이해하지.[6] 소설은 이제 성가시다. 이미 평생 가고도
남을 정도로 많이 읽기도 했고. 소설은 너무 오래 걸린다.
말도 너무 많다. 굳이 많이 덧붙일 것도 없는데. 소설은

4 예이츠의 시 「방랑자 앵거스의 노래The Song of Wandering Aengus」
에서 인용.
5 존 던의 시 「성 루시의 날에 바치는 야상곡A Nocturnal upon St. Lucy'
s Day」에서 인용.
6 예이츠의 시 「험상하고 사악한 영감태기The Wild Old Wicked Man」에
서 인용.

이야기 뒤에 이야기를 질질 끌고 다녀서, 꼭 발목에 낡은
깡통을 잔뜩 매달고 걸어 다니는 기분이다.

　엘즈는 당황한다. 꿈꾸는 사이 여자애가 사라졌다. 눈앞에
없다. 아직 저기 있나? 반대편 인도에 사람이 좀 많다.
여자애는 보이지 않는다.

　아, 괜찮다. 괜찮아. 사람들이 지나가자 계단에 앉은
아이가 다시 보인다. 여전히 꼼짝 않고 있다. 여전히 후드
모자를 썼다.

　몸을 꼭 부둥키고 앉아 있는 것이, 저 애가 말이다, 온통
다친 사람 같다. 저 정도 어린 나이라면 무슨 일이건 당했을
가능성이 있고 허공만 마냥 응시하는 걸 보아 무슨 일인가
있었던 게 분명하다. 그래도 대체로는 손때 탄 흔적이 없다.
반짝반짝 윤이 나는 게 여기랑은 전혀 안 어울려서, 오히려
뒷마당에 흘렸던 숟가락이 이삼일이나 지났는데도 잔디
위 제자리에 얌전히 누워 주인이 오기만을 기다리고 있는
식이랄까. 저 앤 정원이 있고 정원 가구까지 들여놓은 집에서
온 애 같거든.

　엘즈는 여자애를 위해 정원을 하나 상상하고 일광욕
의자에 아이를 앉힌다. 키 큰 꽃줄기들이 고개를 흔든다.
아이는 캔 콜라를 마신다. 표정은 부루퉁하다. 부엌
창밖으로 누군가 뭐라고 소리친다. 뭐? 여자애가 고개를
돌려 입을 벌리고 외친다. 뭐라고?

　아니, 그렇지 않아. 여자애는 아무 말도 하지 않아. 때는
겨울이고, 정원이고 나발이고 저 앤 보다시피 맞은편의 저

컴컴한 길에, 카펫 월드 매장 앞에 앉아 있는걸. 잿빛 계단에
앉아 호텔만 응시하는 잿빛 소녀.

실연당한 사람들이 자주 짓는 얼빠진 표정이야. 그래그래,

(잔돈 좀?)

그걸 거야. 누군가 호텔에 들어가거나 호텔에서 나오길
기다리고 있는 게 분명해. 같은 길에 사는 이웃집
아저씨라든가 부모님 친구겠지, 열네 살이 된 이후로 저
애를 주기적으로 괴롭혀 온, 그것도 방과 후나 점심시간에,
혹은 아이 엄마가 샤워 중이거나 장보러 나간 막간을 틈타,
엄마가 평소 아끼는 거실의 코르덴 소파 세트에 아이가 입고
있던 재킷을 깔고 누워서. 그러다가 부인한테, 혹은 아이
엄마한테 들켜 버린 걸 테지, 아이 아빠한테 들킨 걸 수도
있고. 그 남자의 정체를 알아낸 아이 아빠가 놈을 잡아다
두들겨 패겠다고 혈안이 되어 사방팔방 수색에 나선 거고,
그래서 저 애가 남자에게 귀뜸해 주려고 호텔까지 찾아온
걸 텐데, 엄마 아빠가 방문을 잠가 버려 문이 열리지 않자
몰래 침실 창밖을 기어 나와 벽을 타고 내려와야 했을 거고,
그렇게 여기까지 온 거야, 남자가 전부터 이 호텔에 와 지낼
거라고 말했었으니까, 혹여나 무슨 일이라도 생기면,

또는. 누군가 호텔 창밖으로 고개를 내밀어 자길 발견하길
기다리고 있는 걸 수도 있어. 한 달에 두 번 이 동네를
지나는, 방금 막 넥타이를 풀고 양복바지의 단추를 끄른
판매 사원. 허리춤에서 셔츠 자락을 끄집어내며 마을 위로
깃든 야경으로 잠시 눈을 돌리던 그 남자의 눈에 문득 ──

아하, 역시나 — 저리도 참을성 있게 자기를 기다리고 있는
저, 음, 저, (두 사람이 어디서 만났다고 할까?) 두 달 전 영업
회의 때 행사장에서 차와 커피를 담당했던 저 앙큼하고도
수줍은 아이가 보여. 설탕 봉투를 사이에 두고 장난스럽게
그를 놀리던, 그리고 그 또한 놀려 댔던, 그리고 오전
10:45~10:50 사이에 그에게 순결을 넘겨 준 아이, 그것도
텅 빈 회의실 한쪽에 쌓아 둔 의자 뒤에서, 속전속결로,
그래야 정시부터 다시 커피 시중을 들 수 있고 남자도 다과
시간이 끝나기 바쁘게 시범 강연을 시작할 수 있으니까.
  아, 사랑이여. 엘즈는 창자가 쏟아져라 낄낄거린다.
사랑이라면 엘즈도 빠삭하다. 예를 들어 길을 오가는 일반
대중들만 해도 수시로 엘즈에게 사랑을 요구한다. 그것이
그들이 건넨 푼돈에 대한 당연한 보상이란 듯이, 사랑을
제공하는 게 엘즈의 업이라도 되는 듯이 말이다.

  지금껏 일반 대중들이 엘즈에게 건넨 몇 마디(사랑에 관하여)
  날도 추운데 같이 몸이나 녹일까? (맞춤 정장 차림의 남자.)
  실례해요. 혹시 공정하게 교환한 20파운드 지폐가
필요하지는 않나요? (조깅복 차림의 남자.)
  너무나 끔찍한 날이었어. 달리 어떡해야 좋을지 모르겠어.
벼랑 끝에 선 기분이야. 달리 얘기할 사람이 없어. (여자,
엘즈 옆에 쪼그리고 앉아 귓가에 속삭이며 안아 달라는
듯 두 팔을 뻗던. 그 뒤에도 종종 생각났다. 엘즈는 여자가
자기와 팔을 엮은 채 30분 가까이 앉아 있도록 내버려

됐었다. 여자에게 기댈 어깨를 제공해 주었다. 누군가 자기 이름을, 그것도 그런 식으로 불러 준 건, 아니 불러 줬다는 착각에나마 빠져 본 건 무지 오랜만의 일이었으니까. 엘즈Else,[7] 어떡해야 좋을지 모르겠어. 엘즈, 얘기할 사람이 없어.)

정말 안 내켜? 5파운드 준대도 싫어? (역시나 정장 차림의 그 남자.)

너 몇 살이니? 나랑 집에 가지 않을래? (세련된 정장 차림의 여자.)

꼬마 아가씨, 아이스크림 차 한번 타볼 테야? 벨도 틀어 줄게. 싫어? 정말? 소프트아이스크림도 있는데? 초콜릿 꽂아 주는 건 일도 아니지. (두 남자, 신호등 앞에 정지한 아이스크림 트럭의 창문 너머로.)

괜찮아요? 오늘 제법 쌀쌀하네요. 지낼 만해요? 몸 따뜻이 잘 챙겨 다녀요. (비교적 젊어 보이는 여자, 다정한 말 한마디 건네고 싶어서. 하지만 결국 그게 그거 아닌가? 엘즈는 곰곰 생각한다. 결국 똑같지 않아? 소프트아이스크림이든 다정한 말 한마디든, 똑같은 벨소리의 변주에 지나지 않잖아?)

얼마죠? (열세 살쯤 돼 보이는 남자애. 빡빡 민 머리 밑으로 뒷덜미가 붉게 달아올라 있었다. 10파운드. 엘즈는 돈부터 챙긴 뒤 주차장 건물로 애를 데려갔다. 다 저녁때라 D층은 조용했고 이미 불도 켜져 있었다. 그리하여, 휘발유와

---

7 엘즈베스Elspeth의 애칭으로 〈다른, 달리〉를 뜻하는 *else*와 발음이 유사함.

배기가스 냄새 나는 그곳, 앞뒤 펜더를 맞대한 경차들 사이
콘크리트 바닥에서, 사랑. 요즘도 간혹 그 애를 거리에서
보곤 한다. 전보다 나이 들었고, 미국 헤비메탈 밴드들
이름이 적힌 티셔츠 차림의 여드름투성이 친구들과 주로
어울린다. 엘즈 앞을 지나칠 때면 쭈뼛대며 고개를 돌린다.
녀석과 그 친구들은 절대 엘즈를 괴롭히지 않는다. 그렇다고
돈 한 푼 준 적도 없다.)

　　제복을 입은 사람이 호텔 회전문을 열고 나와 앞 계단에
선다. 제복이 뜨면 자리를 옮겨야 하는 게 순리다. 엘즈는
기침을 하다 말고 자리에서 얼어붙는다. 모든 동작을
그친다. 위협을 감지한 거미나 쥐며느리처럼. 이건 엘즈의
장기다. 절대 눈에 안 띌 거다.
　　다시 엄두를 내 고개를 들어 보니 호텔 제복을 입은
여자가 질주하는 차량의 전조등 불빛을 받으며 길을 건너는
중이다. 엘즈는 여자가 반대편 인도에 다다라 웃옷을 한 번
당겨 펴고 다시 발길을 옮기는 걸 목격한다. 또 여자가 후드
모자 근처로 다가가는 모습과, 뒤늦게야 여자를 발견한
후드 모자가 잽싸게 일어서 급작스레 출현한 고양이를 보고
도망치는 새보다도 날랜 동작으로 카펫 월드 매장 옆의
샛길로 후다닥 튀는 모습도 목격한다.
　　젝. 엘즈가 소리 내어 말한다. 여자애는 사라졌다. 엘즈는
입에 고인 점액 가래를 외투 안감 바깥으로 최대한 멀리
내뱉는다. 여자애가 앉아 있던 자리를 본다. 제길. 다시

기침이 난다. 기침이 속 깊숙이까지 쓱싹쓱싹 파고들어 엘즈의 내장을 만화에 나오는 현란한 분홍빛 벼락 모양으로 발기발기 찢어 버린 탓에, 엘즈는 이제 목구멍 아래로 거대한 상어 아가미처럼 무시무시하고 살벌한 뼛조각투성이 공동(空洞)을 갖게 됐는지도

　괜찮아요? 저기요? 괜찮나요?

　엘즈는 눈을 뜬다. 머리 위로 호텔 제복의 합성 원단이 보인다. 거리의 불빛이 옷감에 반사된다. 엘즈는 자세를 바꾼다. 소지품들을 주섬주섬 챙기기 시작한다.

　아니요, 제복이 서둘러 손을 내밀며 말한다. 아니, 괜찮아요, 그게 아니라. 그냥 앉아 있어요, 그런 게 아니고.

　그러더니 엘즈 옆에 쪼그리고 앉는다.

　여자의 머리와 옆얼굴이 엘즈의 시야에 들어온다. 엘즈의 한쪽 눈과 거의 맞닿을 거리다. 가까이서 보니 호텔 조명을 받은 여자의 눈 흰자위가 얽은 듯 움푹 팬 것이 몸이 안 좋아 보인다. 엘즈는 긴장한다. 그러나 여자는 엘즈를 쳐다보지 않고 길 반대편 허공만 바라본다. 제복 옷깃에 붙은 표찰에는 〈글로벌 호텔〉이라고 갈색과 녹색으로 수놓아져 있다. 가슴 주머니엔 작은 단어들이 흰 실로 꿰매져 있다. 동그라미 위쪽에는 〈세계 어디에서든 함께합니다〉, 아래쪽에는 〈고객을 곧 세계로 모십니다〉라고 적혔다. 엘즈는 땅바닥을 노려본다. 자잘한 유리 조각과 자갈 따위가 호텔 벽과 인도가 만나는 골 사이에 껴 있다. 녹색 유리 조각도 있고 흰 것도 있다. 어두워도 엘즈는 분간할 수

있다. 그 옆으로 동전 모양으로 짜부라진 오래된 껌 조각이
길바닥과 일체를 이루고 있다. 거리에서 볼 수 있는 것들
중 참으로 많은 것이 한때 사람과 맞닿아 있던 물건들이다.
여기 이렇게 버려지기 전까진 사람들과 밀착해 있던, 심지어
사람들 입안까지 들어갔다 나온 것들이다.

제복 입은 여자는 처음 보기보다 어리다. 여자는 한숨을
짓는다. 그러더니 엘즈를 바라본다. 엘즈는 다시 바닥으로
눈길을 돌린다. 담배꽁초 네 개, 색 꽁지 달린 게 둘, 립스틱
묻은 게 하나, 색 꽁지 없이 하얗지만 끝이 터져 담뱃잎이
반쯤 쏟아져 나온 게 하나. 그리고 양 끝이 다물린, 착색된
입술을 닮은 말아 피우는 담배 하나.

두 사람은 이 상태로 한참을 앉아 있다. 열넷, 열다섯,
열여섯, 담요의 바늘땀과 코바늘 사이의 간격을 세고 있는
엘즈에겐 그 한참이 아주 길게 느껴진다.

여자가 콧방귀를 뀐다. 자기 자신과 내기라도 걸듯.
여자는 고개를 젓는다.

엘즈는 제 옷소매를 노려본다. 손을 본다. 장화 위쪽을
(장화 안에 든 발은 잠들었다). 보도블록 사이사이 낀 흙
때를. 저쪽 보도블록엔 금이 갔다. 뭔가 제대로 들이박았던
모양이다. 중앙에서부터 금이 세 개나 뻗어 나간 걸 보니.
그리고 여기 엘즈가 뱉은 침. 폐에서 끌어낸 엘즈의 체액은
석판 위로 쏟아지는 불빛을 머금고 있다.

저기요. 여자가 말한다.

엘즈의 시선은 여전히 바닥을 향해 있지만 만약의 경우에

대비해 듣는 시늉을 한다. 조심해야 한다. 제복 씨의 계략을
미처 파악 못 했으니.

혹시 방 안 필요해요? 여자가 말한다.

아. 놀랄 일은 아니다, 그다지. 어차피 이제 웬만한 일엔
놀라지도 않는다. 엘즈는 아무 말도 하지 않는다. 잠자코
아래만 본다.

난 여기 글로벌에서 일하거든요. 여자가 말한다. 오늘
밤엔 더 추워진대요. 안 그래도 기침이 심하잖아요. 저기
호텔 로비까지 다 들릴 정도던데 —

엘즈는 움찔한다.

— 밤엔 체감 온도가 영하 6도까지 떨어질 거랬어요. 방은
많아요. 대부분 비었죠. 필요하다면 기꺼이 환영이에요.

환영. 엘즈는 단어를 머릿속에 그려 본다. 현관 매트에
새겨진 글자를 떠올리듯. 퍽도 그렇겠다. 호텔 안에까지
기침 소리가 들린다니 이제 또 자리를 비켜 줘야겠군.

물론 아무것도 안 내도 돼요, 그러니까 공짜예요. 제복이
스스로에게 화라도 난 목소리로 불쑥 말한다. 몸이라도
녹일 수 있을 거예요. 돈 같은 건 안 내도 돼요. 조건도
없으니 달리 얽매일 일 없고요.

아무렴, 엘즈는 생각한다.

얽매일 일 없다는 말을 들은 직후 엘즈의 머리에 떠오른 세 장면

10년 전이다. 엘즈는 런던에 있다. 온 지 이틀째 되는
날인데 돈이 거의 떨어졌다. 캠던 전철역 밖에 서 있는데

한 남자가 다가온다. 보기엔 멀쩡하다. 단정하고 말쑥해
보이는 것이 보수당 유세에 나선 자원봉사자 같다. 손엔
현금을 쥐었다. 그것도 현금 지급기에서 갓 태어난, 주름
하나 안 진 새 돈이다. 자기와 호텔 방까지만 같이 가면
이 10파운드짜리 지폐 세 장을 주겠다고 남자가 말한다.
걱정할 거 없다. 자길 믿어도 좋다. 얽매일 일도 없다.
남자는 돈을 내민다. 어찌나 깨끗한지, 새 돈 냄새에 코가
간지럽다. 엘즈는 돈을 집어 든다. 남자가 지나가는 택시를
불러 세운다. 엘즈는 어릴 때 이후론 택시를 타본 적이
없다. 차 안에서 엘즈는 길쭉한 좌석에, 남자는 맞은편의
접었다 펴는 좌석에 앉는다. 위엄 있어 보이는 사람이다.
엘즈의 아버지를 조금 닮은 듯도 하다. 남자는 엘즈를
못 본 척한다. 두 사람은 역 앞에서 내린다. 킹스크로스
역이었다. 그때는 그것도 몰랐지만. 역 맞은편에
패스트푸드 식당이 있다. 식당 입구 위에 간판이 붙었는데,
식당에서 파는 음식이 거기 몽땅 적혀 있다. 한 글자, 한
글자 철자를 나열했다. 길을 건너길 기다리면서 엘즈는
손으로 간판을 가리킨다. 〈저것 봐요.〉 엘즈가 말한다.
〈샐러드스파이스SALADSPIES래요.〉 재미있다. 그러나
남자는 듣고 있지 않다. 길을 건너며 엘즈의 어깨에 손을
얹더니, 그렇게 어깨를 단단히 붙든 채로 (결국 멍이 들어
일주일은 갈 거다) 엘즈를 샛길로 끌고 가 벽 한가운데
난 문 옆의 인터폰을 누른다. 누군가 안쪽 어딘가에 있는
무언가를 누르자 문이 열린다. 남자는 엘즈를 안으로 밀어

넣는다. 계단에서 소독약 냄새가 난다. 층을 두 개 오른 남자는 열쇠를 꺼내 또 다른 문을 열고 엘즈를 방으로 떠민다. 창가에 한 남자가 서 있다. 방에는 가구가 전혀 없다. 카펫도 아무것도, 심지어 의자도 없다. 〈앉으라고 해.〉 창가에 선 남자가 말한다. 〈이미 30파운드 줬어.〉 첫 번째 사내가 말한다. 그는 엘즈를 향해 눈을 부라린다. 앉을 데라곤 바닥밖에 없다. 엘즈는 얼른 앉는다. 창문을 등지고 선 남자가 그늘에 가린 눈으로 엘즈를 훑어보더니 고개를 젓고 혼잣말을 중얼거리며 방을 가로지른다. 그렇게 엘즈 바로 옆에까지 다가오더니 외투 속에서 뭔가를 꺼낸다. 책이다. 남자는 책을 펼쳐 들고 엘즈의 머리 위로 손을 뻗는다. 머리카락에 닿을 듯 말 듯 하다. 남자한테선 머릿기름 냄새가 난다. 몇 시간에 걸쳐 빛살이 느지막한 오전에서 오후로 그리고 초저녁으로 바뀌어 저물어 갈 동안, 두 사람은 번갈아 가며 엘즈의 머리 위로 책을 펴고 읊조리기를 반복한다. 엘즈가 구원받고 용서받기를 간청한다. 그 자리에 있지도 않은 사람 얘길 하듯 엘즈 얘기를 한다. 둘 중 한 명이 화장실에 가고 한 명은 무아지경에 빠진 사이 엘즈는 일어나 밖으로 나간다. 윙 소리를 내며 절로 닫히는 현관문을 뒤로 하고 엘즈는 다시 거리에 선다. 사람들이 지나친다. 아무도 엘즈에게 눈길을 주지 않는다. 엘즈는 쓰레기통에 속을 게운다. 그 즉시 배가 고파진다. 다시 큰길가로 나가 패스트푸드 식당에서 케밥을 주문한다. 10파운드 지폐 한 장을 건네고 잔돈을 챙겨 주머니 안에 고이 접힌 두 장 남은 지폐 옆에 집어넣는다.
〈간판이 재밌어요.〉회전 중인 막대 꼬치에서 고기를 썰고
있는 남자에게 엘즈가 말한다. 아직 단어를 온전히 발음할
수 있던 때다. 〈밖에 간판요. 샐러드 스파이를 판다고 돼
있어요. 샐러드들salads. 파이들pies. 근데 간판엔 한 단어로
적혀서 샐러드 스파이들처럼 보여요.〉남자는 이해를 못
한다. 음식을 넘겨줄 때 외에는 엘즈를 쳐다보지도 않는다.
코밑수염에 케밥 기름이 묻었다. 일하기 좋은 곳인가 보다,
여기서 식사까지 해결할 수 있다면.

　　그리고: 엘즈의 나이 열네 살, 수업을 마치고 집에 막
돌아온 때다. 시간은 오후 4시, 화이틀로 씨와 엘즈는
거실에서 관계 중이다. 학교에서 돌아와 보니 화이틀로
씨가 기다리고 있었다. 엄마가 고른 베니션블라인드를
설치하느라 오후 내내 집에 있었다고 했다. 화이틀로 씨는
마흔 몇 살이다. 「댈러스Dallas」의 패트릭 더피를 닮았는데
머리는 좀 더 하얗다. 엄마는 위에서 샤워 중이다. 보일러
때문에 아무 소리도 안 들릴 거다. 〈망할.〉화이틀로 씨가
한마디 내뱉는다. 얼굴은 땀으로 반들거리고 이마에는
고랑이 졌다. 그걸 보고 있자니 스코틀랜드사(史) III권에
나온 이랑 경지 제도가 떠오른다. 화이틀로 씨의 시선은
엘즈의 머리 너머 어딘가에 고정돼 있다. 텔레비전에선
「딱따구리 우디The Woody Woodpecker Show」가 방영
중이다. 음악 소리와 낄낄대며 나무를 쪼아 대는 새소리가
들린다. 문득, 화이틀로 씨가 자기 어깨 너머로 텔레비전을

보고 있는 건지도 모르겠단 생각이 스친다. 〈망할.〉 그가
또 말한다. 저 프로라면 질색이라는 투로. 그러더니 이렇게
말한다. 〈엘즈베스. 내 등. 좀 봐. 너무 붙들지 마. 놓으라고.
그 손톱 좀. 제기랄. 손 떼. 이런 망할. 빌어먹을.〉 엘즈가
뭔가 잘못하고 있다. 너무 꽉 붙든 모양이다. 더 느슨하게
잡아야 한다. 그런데 아무리 생각해도 어떻게 해야 잘하는
건지 모르겠다. 그러다가 자기 방문 뒤에 걸린 백설 공주
줄 인형이 떠오른다. 문고리에 걸린 인형을 침대에 데려다
눕히면 줄에 매달린 팔다리가 맥없이 대롱거리는데, 엘즈도
그렇게 하면 되는 게 아닐까. 엘즈는 자기 팔다리에도
인형 팔다리처럼 줄이 달려 있어, 자기 의지와 상관없이
위에서 누군가 조종해야만 움직일 수 있다고 상상한다.
〈좋아. 잘한다.〉 화이틀로 씨가 말한다. 코르덴 천에 누운
엘즈를 앞뒤로 비벼 대면서. 엘즈는 백설 공주 인형의
코를 생각한다. 둥근 나무 막대를 몽톡 잘라 얼굴에 붙여
놓았다. 백설 공주 인형을 만든 사람들이 만든 피노키오
인형도 있는데, 그건 코 길이를 조정할 수가 있다. 인형 코를
생각하다 보니 아까 엘즈가 집에 들어서자마자 화이틀로
씨의 작업복 앞이 불끈 솟던 게 떠올라 소리 내어 웃고
싶어진다. 하지만 웃어선 안 된다. 엘즈는 다른 생각을 하려
애쓴다. 나는야 줄 인형, 늘 매여 살았죠. 엘즈는 속으로
생각한다. 하지만 이젠 줄에 얽매일 일 없어. 소파 팔걸이에
머리가 부대낄 동안 엘즈는 영화에 나왔던 통통 튀는 노래를
떠올린다. 〈에.〉 화이틀로 씨가 말한다. 〈잘한다. 엘즈베스.

말도. 잘 듣지.〉

　다음으로: 한밤중, 엘즈와 에이드는 브리스틀 시내를
방황 중이다. 브랜든 힐 부근까지 내려간 두 사람은 차도와
인도에 몸을 반씩 걸치고 누운 노인을 발견한다. 노인은
술에 썩 취했다. 억양이 하도 강해 처음엔 말을 알아듣기가
어렵다. 〈내 다리.〉 노인이 말한다. 〈못 일어나겠어. 다리가
말을 안 들어.〉 〈멀쩡한데요, 뭐.〉 에이드가 노인에게 말한다.
〈어서 일어나요.〉 에이드와 엘즈는 노인을 일으켜 세운다.
노인에게선 위스키와 새로 산 가죽 냄새가 난다. 두 사람은
어깨에 팔을 둘러 노인을 부축한다. 〈못 걷는다니까.〉
부축을 받으며 집까지 걸어가는 내내 노인은 그 말을
반복한다. 〈다리가 다 망가졌어.〉 노인은 자기 나이가
일흔두 살이라고 말하고 집 주소를 알려 준다. 〈자네들
복 받을 거야, 암 그렇고말고.〉 그가 말한다. 〈자네들이 내
다리를 고쳤어. 들어와 비스킷이라도 먹고 가려나? 패밀리
팩으로다가 한 통 있는데.〉 노인은 쪽방으로 칸칸이 나뉜
건물의 쪽방에 산다. 방문 안쪽에 달린 스위치를 켜자 불이
들어온다. 방 한쪽 끝에 변기가 있고 그 주위로 커튼을 칠
수 있게 돼 있다. 반대편에는 싱크대와 간이 레인지가 있다.
침대는 방 한가운데를 차지한다. 노인은 그 위로 쓰러진다.
〈이놈의 다리, 도무지 말을 들어야지.〉 그가 말한다.
에이드가 휘둥그레진 눈으로 노인을 본다. 손을 들어 침대
발치에서 대롱거리는 남자의 다리를 가리킨다. 바짓단을
찔러 넣은 기다란 카우보이 부츠. 반짝반짝 윤이 나고

정교한 바느질 장식이 들어갔으며 엷은 황갈색 가죽엔 흙 한
점 안 묻었다. 무릎과 발목엔 술 장식이 달렸다. 노인은 불과
몇 분 내 코를 골며 곯아떨어진다. 에이드는 침대로 다가가
조심스럽게 부츠를 벗긴다. 에이드와 엘즈는 여기서 하룻밤
자기로 한다. 노인도 개의치 않을 거라고 에이드가 말한다.
침대 옆에 제법 큼직이 오려 낸 카펫 조각이 있다. 두 사람이
몸을 눕히기엔 그럭저럭 충분하다. 에이드는 어쩔 수 없이
리놀륨 바닥에 발을 뻗어야 하고 엘즈도 에이드의 정강이만
아녔다면 바닥에 발을 디뎌야 했겠지만. 엘즈는 발가락을
구부렸다 편다. 발끝으로 에이드의 다리를 문지르며 무성한
털과 다리 길이를 따라 곧고 탄탄히 뻗어 나가는 근육의
감촉을 느낀다. 아침에 눈을 뜨자마자 엘즈의 눈에 띄는 건
저 놀라운 카우보이 부츠 옆에 나란히 놓인 에이드의 낡고
닳은 장화일 거다. 에이드의 발 윤곽을 고스란히 닮아 버린
장화. 구멍 사이사이엔 밀랍을 먹인 녹색 끈이 꿰어져 있다.
끈의 양쪽 끝엔 매듭이 단단히 져 있다. 끈 없는 장화가
발에 얽매여 있지도 않을 터라 끝이 헤지지 않게 조심해야
한다. 그날 아침 엘즈는 빵 부스러기 수북한 그 카펫 쪼가리
위에서 길게 기지개를 켜며 하품을 한 뒤, 귓가에 닿는
에이드의 숨소리를 들으며 장화 두 켤레를 가로지르는
햇살의 하얀 빛줄기를 구경할 것이다. 그리고 그날 아침을,
그 햇살과 그 장화 두 켤레를, 인생에서 가장 행복했던 순간
중 하나로 기억하게 될 것이다.

다시 지금. 호텔 제복을 입은 여자가 무슨 말인가 하고 있는데 머리가 어지러워 제대로 들리질 않는다. 엘즈는 여자의 신발을 본다. 산 지 얼마 안 된, 요즘 유행하는 구두다. 거푸집 같은 데 부어 모양을 잡았을 법한 구두 굽은, 공업적인 느낌을 주는 동시에 선사 시대 유물을 연상케 하는 두툼한 통짜 플라스틱 굽이다.

여자가 일어선다. 그러다 멈칫하더니 몸을 구부려 뭔가를 집는다. 여기요. 엘즈에게 손을 내밀며 그녀가 말한다.

여자의 엄지와 검지 사이엔 엘즈가 아까 주우려다 못 주운 1페니 동전이 들려 있다.

엘즈는 고개를 끄덕이고 동전을 받는다.

당신 돈이죠. 여자가 말한다. 놓칠 뻔했네요. 하마터면.

여자는 등을 펴고 발길을 옮긴다. 아까처럼 갓돌에 잠깐 멈춰서 고개를 좌우로 돌리며 길을 살핀다.

잘 있어요. 그녀가 어깨 너머로 말한다.

여자는 온 길을 되돌아가 계단을 하나씩 올라 호텔 문 뒤로 사라져 버린다. 회전문 유리가 빛을 반사하며 어둡게 환하게 어둡게 환하게 깜박거린다. 엘즈는 무릎 근처에 야트막이 쌓아 둔 돈 더미 위로 손을 뻗는다. 1페니를 떨어뜨린다. 동전은 짤랑 소리를 내며 떨어진다.

누군가 쇼핑백을 잔뜩 짊어지고 지나간다.

(잔돈 좀?)

어림도 없다. 이제 아무도 없다. 엘즈는 담요 귀로 동전 더미를 덮는다. 그리고 한쪽 발을 몸 밑에서 끄집어낸다,

천천히. 다른 쪽도, 천천히. 도중에 기침이 나 잠시 멈춰야
한다. 호텔까지 소리가 들리지 않도록 최대한 소리를 죽여
가며 기침을 한다. 그러고서 등 뒤의 호텔 벽을 밀치며 몸을
일으켜 세운다. 현기증이 난다. 엘즈는 침을 뱉는다. 앉았다
일어서면 늘 있는 일이다. 숨을 고르고 차량이 뜸해지기를
기다린 끝에, 길을 나선다. 갓돌, 여기선 발을 아래로 디뎌야
해. 한 발자국, 다시 한 발자국, 다시 한 발자국, 다시 한
발자국, 그리고 또 한 발자국. 절반은 왔다. 차가 온다,
기다려. 그 뒤에 또 한 대. 지금이야. 한 발자국 다시 한
발자국 다시 한 발자국, 계속 움직여. 다시 갓돌, 위로 한 발
디디기.

기쁜 마음에 심장이 벌떡 뛴다. 엘즈는 기침을 한다. 소리
내어 웃는다. 돈이 고스란히 남았다.

엘즈는 계단에 풀썩 주저앉아 돈을 센다. 대략 32, 33,
나쁘지 않다. 그렇게 짧은 시간에 33파운드라니, 제대로
챙겼네. 엘즈가 들여온 돈의 열 배는 된다. 얼굴만 가리지
않았어도 더 많이 벌 수 있었을 텐데. 뭐, 어찌 됐든. 어찌
됐든, 일진이 좋아. 엘즈는 생각한다. 아주 운 좋은 날이었어,
어쨌든 지금까지는.

이쪽 길가에선 호텔을 보지 않으려고 해도 안 볼 수가
없다. 이 길 전체가 순전히 호텔을 위해 존재하는 듯하다.
호텔 건물은 거대하고 고분고분한 개 한 마리처럼 엘즈 앞에
담담히 앉아 있다. 앞면에 띄엄띄엄 달린 상향등 불빛 덕에
호텔은 화려하고 고급스러우며 야릇한 인상을 준다. 깃발도

달리지 않은 깃대들이 불쑥 솟아 있다. 깃발은 여름에
관광객들이 찾아올 때나 다는 모양이라고 엘즈는 생각한다.
정문 좌우로 차양이 달려서, 건물이지만 얼굴이 있는 것
같다. 차양이 눈꺼풀이다. 양쪽 눈꺼풀 위로 〈글로벌〉이란
단어가 상처 자국처럼 새겨져 있다. 건물이 높아질수록 창은
작아진다. 불 켜진 창도 몇 군데 보인다. 열린 창문은 하나도
없다. 값비싼 커튼이 창문마다 극적인 효과를 연출한다.
커튼 사이로 방바닥에 발붙인 규격 스탠드도 보인다.
1층 높이엔 흰색으로 도색한 못 박힌 철책이 건물 정면을
감싼다. 같은 학교에 다녔던, 턱에 흉터가 있던 애가 별안간
생각난다. 어쩌다가 철책 위로 떨어졌다가 난간 꼬챙이에
턱과 입과 혀가 꿰뚫렸다고 했다. 여러 바늘 꿰매야 했다고
들었다.

　　호텔 정문은 건물에서 가장 높이가 높고 너비도 긴
창문과는 비교가 안 될 정도로 으리으리하고, 홍예문 중앙의
쐐기돌에는 어린아이 혹은 천사, 혹은 큐피드인지도 모를
두상이 조각돼 있다. 깃털 달린 날개 하나가 두상에서 뻗어
나와 더없이 정교한 수염처럼 머리 주변을 감싼다. 과거
언젠가, 정체 모를 누군가가 저 쐐기돌 앞에 버티고 서 저
머리 모양을 깎아 냈단 소리다. 케이크를 자르고 빵을
썰듯 돌덩이를 조각조각 베어 가며. 호텔 건물은 퍽 오래돼
보인다. 조각가는 보수를 얼마나 받았을지 궁금하다. 많이
받았겠지. 넉넉할 정도로. 그렇담 페니 단위로, 펜스 단위로
받았을 거야. 그나저나 쐐기돌의 저 두상과 깃털과 정문과

건물 아래쪽 창문들 주변에 새겨진 저 장식들, 쟤네를 깎아 내기에 앞서 덩이째 도려낸 돌무더기는 다 어디로 갔을지 궁금하다.

엘즈는 방치된 돈을 주섬주섬 모은다. 겨울 어둠, 겨울 추위, 겨울 적막에 잠긴 도시. 거리도 비었다. 오늘 밤엔 더 벌지도 못한다.

비가 오기 시작한다.

비디오 가게 앞으로 자리를 옮기는 방법도 있긴 하다. 벌써 다른 사람 차지가 되지 않았다면.

호텔서 일하는 아까 그 여자는 날이 더 추워질 거라고 했다. 이미 으스스 한기가 들 정도로 기온이 떨어졌다.

겨울 쉼터에 가는 수도 있다.

겨울 쉼터 수칙은 다음과 같다

ㄱ. 본 겨울 쉼터는 노숙 외에 대안이 없는 이들을 위한 공간이다.

ㄴ. 겨울 쉼터 내 마약과 주류 반입을 철저히 금한다.

ㄷ. 겨울 쉼터 고객들은 쉼터에 머무는 동안 행동 수칙에 따라 적절히 행동한다.

ㄹ. 겨울 쉼터 출입 시에는 주변 이웃들을 배려하고 존중하도록 한다.

ㅁ. 겨울 쉼터는 오후 5시부터 오후 9시까지 문을 연다. 고객 전원은 다음 날 오전 9시 이전에 퇴실해 주어야 한다.

엘즈는 웬만해선 쉼터를 피한다. 잠기나 다른 기운에
취한 사람들이 하나밖에 없는 방을 기침 소리와 코 고는
소리, 고함 소리와 귀 먹먹해질 수면의 소음으로 채우는
곳이다. 차라리 다층 주차장이 낫다(세 군데서 골라잡을 수
있다). 더 조용하기도 하고 날씨에 달리긴 했지만 그런대로
따뜻하고, 누가 경비를 서느냐에 따라 다르지만 대개는
귀찮은 대화를 나눌 필요도, 섹스를 할 필요도 없다. 그저
주인 없는 차량의 반들대는 윤기와, 차가 세워져 있던
그리고 머잖아 다시 세워질 자리에 묻은 기름 자국뿐이다.
특히 꼭대기 층들은 밤 11시에서 아침 7시 사이 예외 없이
조용하다. 종종 돈도 찾는다. 매표기에서 표를 뽑다가
사람들이 주머니나 손에서 흘린 동전이다. 불도 밤새 켜져
있고 나직한 담벼락은 좋은 바람막이며 기댈 곳도 넉넉하다.
또 카메라가 설치돼 있어 안전하다. 귀찮게 구는 사람도
없다, 대개는.

선택은 엘즈에게 달렸다.

호텔 앞의 저 하늘을 나는 두상. 머리에서 머리카락
대신 깃털이 솟는다면 어떨까? 퍽 근사할 거다, 머리통이
몸과 분리돼 홀로 훨훨 날아다닐 수 있다면. 두 손으로
머리를 뽑아 하늘로 번쩍 던진다면, 엘즈의 머리는 어디로
날아갈까? 가슴과 배와 다리와, 잘 가라고 손 흔드는
두 팔을 뒤로한 채 홀로 하늘로 솟구쳐 추위에 웅크린
저 찌르레기들보다도 높이 날아오른다면. 하늘이 활짝
펼쳐질 거다. 천장이 뚜껑처럼 붕 솟아오르며. 물론 저

위에선 아주 조심할 거다. 비행기도 잘 피해 다닐 거다. 나무 꼭꼭대기까지 올라가 목덜미를 우죽에 걸치거나 저기 제일 높이 꽂힌 깃대의 뾰족한 바늘 끝에 착지해서는 밑을 내려다볼 거다. 땅을 한눈에 관망할 거다. 온 동네가 엘즈 밑에 펼쳐지겠지.

저기 아래, 길 건너 저쪽에 엘즈의 잔해가 보인다. 침낭과 담요와 하루치 소득. 엘즈가 매일같이 엉덩이 붙이고 앉는 자리가 실수의 흔적처럼, 쓰레기 더미처럼, 호텔 가장자리에 소복이 쌓여 있다.

엘즈는 상상을 관둔다. 이러다간 정신만 이상해질 거다.

택시 한 대가 멈춰 선다. 누군가가 차에서 내려 창 너머로 돈을 내고는 호텔 계단을 올라 회전문 안으로 사라진다.

호텔에 묵는 수도 있다.

오늘 밤은 호텔에 묵을 수도 있다.

호텔 방을 빌려 주겠다고 제안한 여자. 여자가 하는 제안은 남자가 하는 것보다 덜 위험한 법이다. 이건 상식이다. 여자들은 남자들만큼 힘이 세지 않고, 대개는 그걸 떠나서도 성가시게 굴거나 괴롭히려 들 확률이 상대적으로 낮다. 대신 거짓말을 할 확률은 남자나 똑같다. 하지만 그야 직접 가서 보면 되니까. 문제가 생기면 시끄럽게 수선을 피우면 된다. 호텔엔 다른 사람들이 있기 마련이니까. 호텔은 방 청소를, 매일같인 아니어도 며칠마다는 해줘야 해서 직원들이 꼭 있다. 곤란한 일이 벌어져도 누군가가, 언젠가는 나타나기 마련이다.

얽매일 일 없다. 그게 뭘 뜻하는지 누가 알겠어?

돈을 의미할 수도 있다.

불쾌한 뭔가를 뜻할 수도 있다.

뭔가 좋은 걸 뜻할 수도 있다.

심지어는 일종의 암호, 엘즈를 행복하게 만들어 줄
무언가를 암시하는 약어일 수도 있다.

혹은 엘즈가 모르는 무엇, 아직 미처 알 수 없는 다른
무언가를 뜻할 수도 있다. 다른 무엇. 엘즈, 무엇인가를.
더욱이 오늘은 특별히 운 좋은 날 아니었던가, 여태껏은.
엘즈는 뒤로 팔을 뻗어 카펫 매장의 나무 문틀을 두드린다.
똑똑. 부정 타지 마라.[8] 오늘은 일진이 썩 좋은 하루였다.
무슨 계략에 휘말리게 되건, 하룻밤이나마 자기만의 방과
침대가 생긴다면 결국은 괜찮은 거래일지도.

엘즈는 여자애가 두고 간 돈을 한 움큼씩 집어 터진
호주머니에 넣는다. 돈이 외투 안감에 쟁강쟁강 쌓인다.

이제 엘즈는 길을 건너가 담요 밑에 감춰 뒀던 돈을 마저
챙길 거다. 그리고 호텔에 하룻밤 묵으러 온 사람처럼
당당히 길을 올라갈 거다. 그리고 날개 달린 두상 밑을 지날
거다. 그리고 이게 상상인지 실제인지 더 이상 분간이 안 될
즈음, 어느새 회전문을 통과해 후끈한 호텔 공기와 구석구석
밴 고기와 소스 냄새 속으로 걸어 들어가고 있다. 아무도
막지 않는다. 엘즈는 보송보송한 진흙 밭처럼 포근히 발을

8 Touch wood. 나무를 두드리거나 만지며 행운을 비는 미신에서 나온 표
현으로, 운을 시험하는 발언을 한 직후에 덧붙이는 말.

감싸는 융단을 가로질러 사람 키만 한 의자들을 지난다.
아직 아무도 막지 않았다. 접수대는 어깨까지 올라온다.
접수대 뒤에 선 사람은 손에 수화기를 들었다. 밝은 데서
보니 사람이 달라 보인다. 더 무서워 보인다. 여자는 큰
목소리로 얘기 중인데 억양이 날렵한 모양새로 다듬어져
있다. 단어가 입 밖에 나오는 즉시 싹둑싹둑 깎여 나간다.
엘즈는 톱니 모양 전지가위를 상상한다. 불필요한 겉껍질을
가닥가닥 벗겨 내고, 사포로 문지른 듯 이빨에 곱게 갈린
단어 오라기가 바닥으로 가라앉아 접수원의 발 주위에
사뿐히 깔리는 장면을. 만화 속 주인공이나 수 세기 전에
밑그림을 그리고 물감을 입힌 성화(聖畵) 속 인물들 입에서
단어들이 나불나불, 두루마리처럼 흘러내리듯이.

접수원이 단추를 누르고 수화기를 내려놓더니 앞으로
몸을 돌린다.

어떻게 도와드릴까요? 그녀가 말한다.

그러더니 다시 입을 열어, 아. 아. 그렇죠. 어떻게, 어떻게
도와드릴까요?

엘즈는 헛기침을 하며 침을 삼킨다.

방이 필요하세요? 여자가 말한다. 오늘 하루 묵으실
건가요?

엘즈는 고개를 끄덕인다.

여자는 어깨 뒤를 힐끔 본다. 그러니까 어려 보인다.
어리고 긴장돼 보인다. 여자는 앞을 보며 고개를 한 번 까딱,
끄덕인다.

오늘 하루만 묵으신다고요, 여자가 큰 목소리로 말한다. 물론이죠, 손님. 잠시만 기다려 주십시오.

여자는 컴퓨터에 뭔가 찍어 넣고, 다시 뭔가를 찍어 넣는다. 그리고 단추를 누른다. 복도 아래에서 종이 울린다. 엘즈는 냅다 뛸 준비를 한다. 하지만 아무 일도 일어나지 않는다. 여자는 자리에서 일어나 뒤쪽에 걸린 열쇠를 집어 든다.

엘즈는 끓어오르는 기침을 애써 참는다. 이러다 가슴이 터질 게 분명하지만 어쨌든 꾹꾹 쟁여 넣는다. 여자는 카운터 위에 두 손을 올린 채 엘즈가 준비될 때까지 기다린다. 여자는 글자가 네 개 새겨진 명찰을 달았다. L. I. S. E. 원래 이름이 뭔데 리즈로 줄인 걸까. 엘즈는 궁금해한다.

12호실입니다. 여자가 말한다. 조식은 식당에서 제공되며 객실 요금에 포함돼 있습니다.

두려움이 엘즈의 얼굴을 스치자 여자는 살짝, 고개를 가로젓는다. 그러곤 계속 읊어 나간다. 필요하시거나 궁금하신 게 있으면 언제든 프런트 데스크에 문의해 주세요. 벨 보이가 방까지 안내해 드릴 겁니다. 저희 글로벌 호텔에서 즐겁고 편안한 시간 보내시기 바랍니다.

여자가 내민 손엔 열쇠가 쥐여 있다. 엘즈는 열쇠를 받아 든다. 열쇠는 저보다 몇 배 몸통이 큰 추에 연결돼 있다. 추는 엘즈의 손과 손목을 합한 것보다도 크다.

쌍, 뭘놈의, 엘즈가 말한다.

기쁜 표정이 한 줄기 햇살처럼 여자의 인상을 비춘다.

객실은 2층입니다. 그녀가 미소 지으며 말한다.

엘즈는 안에 있다. 욕조에 누워 수도꼭지를 바라보는 중이다.

이미 작은 병에 든 샴푸와 샤워 용품들도 구경했는데, 색상이 알록달록한 게 꼭 무해한 어린이 약 같아서 벌써 한 병 따 혀끝으로 맛도 봤다. 그러면 기침도 조금 나을 것 같았다. 새하얀 목욕 수건과 수건에 둘린 〈글로벌〉의 G자가 새겨진 마분지 띠도 구경했다. 어느 공장 혹은 작업장에선가 누군가 비누를 하나씩 종이로 포장해 둔 덕에 비누를 쓰려면 선물을 열어 보듯 겉 포장부터 뜯어야 한다. 면봉도 있는데 하나씩 낱개 포장이 돼 있다. 낱개로 포장된 면봉을 보면서 엘즈는 기분이 울적해졌다. 그리고 지금은 수도꼭지에서 좀처럼 눈을 못 떼겠다.

쌍으로 된 저 수도꼭지는 결코 눈부시게 반짝이지 않았던 적이 없다. 매일같이 누군가 이곳에 들어와 수도꼭지를 닦아 새것으로 돌려놓는 것이다. 은빛 곡선의 어느 구석을 들여다보건, 저 기다란 주둥이며 빛나는 불가사리 모양 손잡이의 뭉툭한 다리에서조차 욕조에 앉은 엘즈의 모습이, 분홍색으로 얼룩지고 수도꼭지만 한 크기로 바짝 졸아들어 묘하게 일그러진 엘즈의 모습이 보인다. 엘즈는 그 모습을 웃어넘기려고도 해봤다. 피그미. 서커스 괴물. 그래도 끝내 작고 일그러진 제 형상만이 스산하게 엘즈를 돌아볼 뿐이다.

한쪽 수도꼭지의 아랫입술에 물이 고인다. 물방울로
부풀어 오른 물은 욕조로 첨벙 떨어져 — 안 떨어질 순
없으니 — 더 많은 욕조 물을 이룬다. 엘즈의 얼굴과 가슴을
타고 흘러내린 물도 마찬가지다. 물과 만나는 순간 더 많은
물이 된다.

엘즈는 욕조 벽에 웅크리고 앉아 두 수도꼭지와 그 안에
움츠린 자기 모습을 본다.

그나저나 아까 그 기침은 어찌나 굉장했던지, 아주 제대로
된, 기록에 남을 기침 세례였다. 물론 계단을 오르고 카펫
깔린 복도를 지나는 내내 눈을 내리깔고만 있던 호텔 제복을
입은 그 소년/청년이 떠난 후에야, 그리고 방문을 닫고
잠금 장치까지 굳게 걸어 잠그고 나서야 앙다문 입을 열
수 있었지만. 방 안에 엘즈와 사벽과 욕실만 남은 후에야,
욕실도 실은 따로 난 방이라서 문까지 달려 있긴 하다만
여하튼, 엘즈 혼자 남겨진 후에야 사자처럼 포효하며
마음껏 컥컥거릴 수 있었다. 엘즈는 기를 다해 기침을
토하고 다리를 걸어차며 호화로운 침대 위를 야단스레
뒹굴었다. 어찌나 똥줄 빠지게 아프던지, 애를 낳으면
이 정도로 고통스러울까 싶을 정도로 아팠다. 아기 대신
기침을 낳은 셈이지. 축하해요! 콧물과 가래, 두 쌍둥이의
어머니가 되셨네요. 엘즈는 칵칵 소리 내어 웃는다. 그러자
소리가 욕실을 쩌렁쩌렁 울리며 엘즈를 놀랜다. 물론 훗훗한
침실의 공기 부족도 한몫했다. 병든 깃털처럼 간질대며
엘즈의 목구멍을 자극했으니. 하물며 남들 없는 방에서 맘껏

기침하는 그 뿌듯함이란. 다른 누구도 아닌 저 혼자만의 공간, 거들떠보는 사람 하나 없는(그리고 거들떠보지 않는 사람도 하나 없는, 때론 그게 더 싫으니까), 오로지 침묵뿐인 공간에서 속 시원히 쏟아 대기. 넝마처럼 누렇게 바랜 내장을 끌어 올리고 또 끌어내 입 밖으로 내뿜을 때마다 가슴 깊이에서 벅차오르는 그 순수한 만족감과, 변기에 가래를 칵 내뱉어 물속에 철벅 떨어져 아래로 가라앉는 모습을 구경하다가 물을 내려 싹 쓸어 없애 버릴 때의 그 시원함, 휴, 어찌나 속 시원하던지. 방문을 걸어 잠그자마자 엘즈는 망치로 바위를 내려치듯 제 몸을 힘껏 내쳤고, 그렇게 속의 멍울을 부수고 걸러 내 부자들의 비싸고 티 없이 깨끗한 좌변기의 입 구멍 속으로 한참 내뱉고 나서는 곧 욕조에 몸을 눕혔고, 그리하여 지금, 욕조 옆에 쌓인 저 땀에 전 옷가지처럼 온몸에 비지땀이 흐르고 어찌나 기진했는지 팔다리도 가누기 힘든 데다 근육마다 피멍이 든 느낌이 드는 건 사실이지만, 그래도 어쨌거나 보람 있는 일이었음엔 분명하다, 암.

이 호텔 방은 물건들의 집합소로, 다들 제짝과 제자리가 있다. 냉장고에는 마실 거리와 초콜릿이 들었다. 엘즈는 냉장고 문에 붙은 글을 읽었다. 〈어서 오십시오. 귀하를 위해 준비한 글로벌 미니바입니다. 본 미니바에는 레이저가 장착돼 있습니다. 미니바 내의 품목이 20초 내로 반납되지 않을 경우 해당 요금이 귀하 앞으로 자동 청구됩니다. 미니바 사용료는 객실 내 제공된 글로벌 안내 책자를 참고하시기 바랍니다. 미니바를 개인 용도로 사용하실 경우 레이저 장치가 작동하오니 외부 음식물 반입을 삼가 주실 것을 당부드립니다. 글로벌 호텔. 세계 어디에서든 함께합니다.〉 침대는 좋다. 침대에서 나는 깨끗한 냄새는 한 번도 사용된 적 없는 새 물건만 갖다 파는 가게에서도 맡기 힘든 색다른 종류의 깨끗한 냄새다. 베개에 놓인 반으로 접힌 작은 카드에는 이런 글이 적혀 있다. 〈휴식을 취하시기 전 0번으로 전화를 걸어 주시면 호텔 직원이 잠자리를 정리해 드립니다. 글로벌 호텔. 고객을 곧 세계로 모십니다.〉 이 글을 읽고 엘즈는 침대에 이불이 워낙 많아 이런 말을 적어 놓은 거려니 생각했다. 겹겹이 쌓인 이불 때문에 침대가 하도 두껍고 뚱뚱해져, 잠자리에 들기에 앞서 이불을 걷는 데만도 두 명 이상 필요한가 보다고. 방에는 카펫도 있고 G자가 새겨진 잔들도 있다. 전기 주전자와 찻주전자, 커피와 차가 든 작은 봉지들도 있다. 차는 종류가 여러 가지다. 엘즈는 이미 서랍도 한 칸 열어 봤다. 헤어드라이어가 들어 있었다.

　방문 등짝엔, 〈객실 요금표. 글로벌 호텔. 세계 어디에서든 함께합니다〉 커다란 거울 하나. 엘즈는 시선을 피했다. 방에는 모두 합해 총 일곱 개의 서로 다른 등이 있다. 엘즈는 그중 하나만 켰다. 옷장에는 유령보다 새하얀, 수건으로 만든 가운이 걸려 있다. 옷장 바닥엔, 뭔지 모를 쪼가리. 신발 한 켤레가 그려져 있다. 종이 쪼가리였다. 엘즈는 욕조에 들어가 종이에 적힌 글을 읽었다. 〈세탁 서비스,

성함······. 객실 번호······.《드라이클리닝》, 스리피스 정장
£10.50, 투피스 정장 £8.40, 재킷 바지 외투 각각 £5.40,
외투 £10.80, 파카/저킨[9] £5.80, 니트류 £3.90, 평상복
드레스 £5.00, 연회복 드레스 £9.00, 일반 치마 £4.00,
주름치마 £7.00, 실크 블라우스/셔츠 £6.00, 넥타이
£3.00, 조끼 £4.90.〉종이는 지금 욕실 바닥에 쌓인 옷
더미 옆에 놓여 있는데, 욕조 안에서 읽은 탓에 손에 묻었던
물기가 배 축축해졌다. 이따 옷장에 돌려놓기 전에 말려야
한다(헤어드라이어로 말리면 된다).

　아까, 방까지 데려다 준 청년/소년이 방문을 닫고 난
후에, 엘즈는 방 옆구리에 섰다. 몇 분 후 엘즈는 침대 끝에
앉았다. 침대가 높아 발이 붕 떴다. 엘즈는 침대에 앉아
오늘 밤 여기서 먹을 수 있는 음식 목록을 읽었다. 돼지
정강이 테린 판체타 샐러드 마늘과 파르마산 치즈를 곁들인
새우 탈리올리니 사슴 고기 소시지 으깬 감자 크렘브륄레
그랑마르니에와 계절 과일 파르페. 그리고 다시 기침을
했다. 그리고, 기침이 멎고 난 후에, 창문을 열어 보려 했으나
열리지를 않았다. 혹은 열 수 없었거나. 그리고 목욕을
하기로 마음먹었다. 장화, 양말, 청바지, 외투, 겉에 입은
스웨터, 속 스웨터, 셔츠, 내복과 속옷을 벗어 누가 훔쳐 가지
못하도록 욕실로 몽땅 들고 갔다.

　지금 엘즈는 호텔 욕조에 앉아 수도꼭지를 보고 있다.

　9 가죽 소재의 민소매 상의.

전에도 엘즈는 중요한 사람이었던 적이 있다. 이번에 처음으로 그런 것도 아니고, 호텔 안에 있는 사람들만 그런 사람들인 것도 아니다. 왜, 작년에 만난 그 기자도 있잖아, 아니 저지난해였나, 아무튼 봄에 사진가를 데리고 찾아왔는데 그 사진가는 거리의 사람들이 주머니에 넣어 다니는 물건들을 촬영하고 있었다. 엘즈는 보도 위로 주머니를 털었고 남자가 그 물건들을 촬영했다. 일요일 자 신문에 실릴 사진이었다. 엘즈의 주머니 속을 본 사람만 수천 명은 될지 모른다. 기자는 엘즈의 이름을 받아 적었다. 신문을 읽은 사람들은 사진에 찍힌 물건을 본 건 물론이고 그 이름도 읽었을 거다. 엘즈의 이름을 뜻하는 단어와 사진에 찍힌 엘즈 소유의 소지품들은 기백만 명에 이를지도 모르는 사람들의 두 눈과 뇌와 어쩌면 기억까지 통과했을 거다.

그 일을 여태 잊고 있었다.

그 물건들, 그때 주머니에 갖고 있던 것들은 더 이상 갖고 있지 않다.

그래 봤자 수도꼭지일 뿐인데. 망할 놈의 수도꼭지일 뿐이라고. 기껏해야 시키는 대로나 움직일 수 있는 물건이야. 다른 건 하지도 못해. 다른 아무것도. 엘즈, 아무것도. 엘즈는 몸을 기울여 뜨거운 물 꼭지를 돌린다. 손잡이가 더는 안 돌아갈 때까지 돌린다. 물이 옆구리를 스멀스멀 기어오른다. 계속 앉아 있기엔 물이 너무 뜨거워 엘즈는 물을 틀어 놓은 채 밖으로 나오고, 수위가 욕조 턱까지 올라오자 마개를 뽑으려 손을 내민다. 맨손으로 만지기엔 줄이 너무 뜨겁다. 엘즈는 손에 양말 한 짝을 감아 물에 잠긴 줄을 잡아당기고는 양말에서 냉큼 손을 뺀다. 욕조에서 물이 빠지기가 바쁘게 수도꼭지에서 쏟아져 나온 물이 다시 수위를 채운다. 욕실 가득 김이 피어오를 동안 엘즈는 옷 더미 위에 앉아 기다린다.

수건은 쓰지 않기로 했다. 변기 옆 유리 선반에 세모꼴로 가지런히 접혀 있는 모습이 어찌나 하얗고 새것 같은지 손대기가 껄끄럽다. 침실에서 엘즈는 스웨터로 몸을 말린다. 젖은 스웨터는 히터 위에 걸쳐 둔다.

옆방이나 윗방에서 누군가 텔레비전을 보고 있다. 수시로 변하는 나지막한 음성과 와장창 내리치는 희미한 음악 소리가 의미를 알 수 없는 소음을 빚어낸다. 창에는 빗물이 맺혔다. 엘즈는 불을 끈다. 엘즈가 가로챈 돈의 주인인 후드 모자가 지금 맞은편 길가에 앉아 있었더라면, 엘즈가 홀라당 벗은 채로 창가에 서 있는 모습을 볼 수 있었을 텐데.

그 정도면 30파운드어치 될 텐데. 엘즈는 생각한다.

카펫 월드 앞 계단은 텅 비었다. 밤거리도 거의 비었다. 차 한 대가 지나간다. 엔진은 쌩 소리에 지나지 않는다.

엘즈는 호텔 창문이 일반 창문보다 두껍단 사실을 깨닫는다. 하물며 열리지도 않는다.

몸이 너무 덥다.

다시 차 한 대가 지나간다. 젖은 도로에 비친 자동차 불빛은 항상 더 환해 보인다. 카펫 월드 매장의 진열창 안에 붙은 형광 간판의 불 밝힌 단어들이 비에 젖은 보도 위로 때깔 고운 빛을 흘린다. 주황, 빨강, 노랑. 진눈깨비가 색색을 하나로 뭉갠다. 저 유리 진열창 뒤에선 무슨 소리가 들릴지 궁금하다. 빗소리는 들릴까? 자동차 소리가 더 요란하려나? 엘즈는 매장에서 하룻밤 묵는다고 상상해 본다. 참 그럴싸할 텐데. 바람도 잘 통하고 시원할 거다. 매일 밤 카펫 무늬를 바꿔 가며 잠을 잘 수도 있다. 형광 간판을 조명 삼아 원하는 무늬를 고르면 된다. 아직 어느 누구도 발 디뎌 본 적 없는 카펫을 꺼내, 그 카펫을 밟아 본 사상 초유의 인물이 될 수도 있을 거다.

이 비에 담요와 가방은 어쩌지? 전부 젖을 텐데.

내려가 챙겨 오는 게 좋겠다.

기왕 내려간 거 매장에 뒷문이나 뒤쪽 창이 있는지 확인해 볼 수도 있다. 지금 당장 길을 건너 매장으로 갈 수도 있다. 둘둘 말린 카펫이 매장 천장까지 쌓여 있다. 얼마나 카펫이 많은지 모른다.

스웨터랑 양말이 다 마르거든, 그때 가야겠다. 소지품을 챙겨 매장 뒤로 들어갈 구멍이 있나 찾아보고, 방법이 없거든 뱅크 가 주차장으로 가자.

하지만 우선은, 침대에 앉아 돈을 셀 수도 있다. 동전을 하나씩 차곡차곡 쌓아 가며 1페니와 2펜스, 2펜스와 5펜스, 5펜스와 10펜스, 10펜스와 50펜스, 50펜스와 1파운드를 분류해 한 줄로 가지런히 정리하는 거다. 백 년 전에 썼다는 그 이야기인가 소설인가에 나오는 회계사처럼. 백 년 전에는 페니를 세는 일이 무척 중대한 일이었기 때문에 인물 하나를 통째로 그 역할에 바칠 수도 있었다고 한다.

엘즈는 벌거벗은 채로 침대에 앉아 있다. 손에 외투를 쥐었는데 안감 가득 든 쇳조각 때문에 외투가 무겁다. 엘즈는 몸을 눕힌다. 탄탄한 쿠션 몇 개가 뒷머리를 받쳐 준다. 이마가 축축한 게 땀이 났거나, 어쩜 목욕물인지도 모르겠다. 엘즈는 눈을 감는다. 사진가가 찍어 간 것들, 엘즈가 주머니에서 꺼내 보도 위에 진열했던 그때 그 물건들을 아직도 머릿속에 떠올릴 수 있다. 그리고 그 옆에는 엘즈의 이름. 엘즈베스. 성은 알려 주지 않았다.

일요일 자 신문 사진에 담긴 엘즈의 주머니 속 물건
그 파란색 플라스틱 빨래집게.
마권 가게 앞에서 찾았던 그 연필.
접히고 꾸겨지긴 했지만 예전에 베니스에 갔을 때 부모님한테 보냈던, 곤돌라 탄 남자 그림이 있는 그 엽서. 옛날식 엽서라 때깔이 그 왜, 가짜처럼 밝아 보이는 그런 엽서였지.
둘둘 말린 도화선 조금.
그 성냥갑.
그 티스푼.
그 빗.
그 10펜스짜리 동전.

쇠붙이 맛과도 같고 점액 맛과도 같은 은의 그 맛.

욕실 수도꼭지에선 여전히 물이 콸콸 쏟아진다. 장대비가 내리는 것 같다. 1분만 있다 엘즈는 눈을 뜨고 몸을 일으켜 아래로 내려갈 거다. 엘즈는 발을 외투 속에 밀어 넣는다. 방은 따뜻한데 왠지 모르게 춥다.

피가 고동친다. 고동치는 게 느껴진다. 보인다. 눈 안을 맴돌며 빛과 그림자의 충돌 속에서 맥동하는 모습이 실제로 보인다. 눈꺼풀 뒤에 숨은 홍채가 그 박동에 맞춰 꽃처럼 만개했다가 닫히기를 반복한다. 빛에 민감한 꽃이나 감도 좋은 카메라 셔터의 동작을 수백 배로 가속한 것처럼.

조건 미래

future conditional

〈신상 소개 ─ 계속.

이 신청서 혹은 그 일부를 작성하며 도움이 필요한 경우에는 0800 88 22 00으로 전화하십시오.

자신에 대해 몇 자 적어 주십시오.〉

글쎄. 나는 좋은 사람이다.

미래의 어느 시점이었다. 리즈는 침대에 누워 있었다. 사실상 그게 이야기의 전부라 할 수 있었다.

리즈는 곧 일어나 앉을 거였다. 일어나 앉는데서 회복되거든 침대보 사이에 숨은 연필을 찾아볼 것이고, 이어서 저 단어들을 서류에 적을 거였다.

그다음 〈좋은〉에 가로줄을 긋고 그 옆에 〈아픈〉이라고 적을 거였다.

나는 아픈 사람이다.

계획은 그랬다. 리즈는 그리할 생각이었다. 곧, 1분 후에. 한 시간이 총 몇 분이었더라? 이건 리즈도 한때 알던 사실이었다. 사람들이 잡다한 사실을 그냥 알듯, 어찌어찌해 그냥 알고 지냈던 그런 사실이었다. 하루는 몇 시간, 한 해는 총 몇 주로 이루어졌지? 이건 애들도 아는 사실, 평생 잊을 리 없다던 사실에 해당했다. 그렇지만 요즘은 한 해가 총 몇 달이었는지 기억나지 않을 때가 종종 있다. 또는 지금이 몇 월인지도.

지금은 여름이었다. 그러니까 여름 달들 중 하나, 중간 달들 중 한 달일 테다. 그중 정확히 어느 달인지는 확실히 알 수 없지만. 그리고 보니 여러 달들 중 어느 달이 날수가 30일 되며 어느 달이 31일, 또 32일이 되는지도 분명치 않았다. 오늘이 일주일 중 무슨 요일인지도. 내일이면 (어쩌면) 알 수 있을 거였다.

그래도 오늘, 리즈가 분명히 아는 것이 한 가지 있었으니,

마졸라

천연 옥수수기름

마졸라

음식 맛을 살려 줘요.

기름기 없이 담백하니까

음식의 참맛 살리는

마졸라로 요리하세요.

리즈의 머릿속에서 마졸라 노래를 부르고 있는 목소리는, 몇 년 전인가 방송 중간마다 나와 텔레비전 가장자리에 숭숭 뚫린 소리 구멍 너머로 같은 노래를 불러 댔던 여자의 상냥하고 친근한 목소리였다. 마졸라, 음식 맛을 살려

줘요. 기름병이 화면을 채우고, 이어서 한 여자의 섬세하고 반지 끼워진 두 손이 나타나 키친타월에 감자튀김을 떨어뜨렸다가 톡톡 흔들어 옆으로 치우더니, 감자튀김이 얼마나 기름기 없으며 종이 타월에 얼마나 기름을 적게 남기는지를 불과 몇 초 만에 수백만 명 앞에 입증해 보였다.

리즈는 숨을 내쉬었다. 그리고 들이쉬었다.

리즈는 침대에, 자기 방에, 자기 집에, 6층 높이의 임대 아파트 건물에, 이웃한 임대 아파트 건물들 벽이 내다보이는 창 뒤에 누워 있었다. 리즈의 위에서 그리고 밑에서 사람들은 각자의 인생을 살아 나가는 중이었다. 부엌 의자를 바닥에 질질 끌었고, 현관문을 여닫았고, 텔레비전과 라디오를 껐다 켰으며, 건넛방의 사랑하거나 혹은 같이 사는 사람들에게 하고 싶은 말, 또는 할 말을 벽 너머로 외쳐 전했다. 바깥에는, 세상에는, 여전히 사람들이 돌아다녔고 제 할 일을 했다. 예를 들어, 사람들은 장을 봤다. 그들은 가게로 걸어 들어가고도 물건을 사러 온 사람 수와 한 지붕 아래 가득 들어찬 구매 가능한 물품의 개수에 어지럼증을 느끼지 않았고, 구매품의 가격이 적힌 영수증을 덜거덕 뱉어 내는 계산대 소음과 통로와 통로 사이에서 빙글빙글 선반하게 춤을 추는 온갖 상품들의 형형색색에 이상 신체 반응을 느끼지도 않았다.

선반하게. 그런 단어가 있었던가? 기억나지 않았다. 알 수 없었다. 리즈는 눈을 감았다 떴다. 검정 빛이 눈꺼풀과 더불어 눈앞을 덮었다가 스르륵 게양됐다. 리즈의 머리

앞쪽 살갗과 그 뒤에 붙은 뼛속에서 마졸라 노래가 다시금 시작되었다. 마졸라, 천연 옥수수기름.

리즈는 침대에 누워 있었다. 그게 리즈가 하고 있는 일이었다. 뭔가 적을 게 있었다. 리즈는 그게 뭐였는지 떠오르길 기다렸다. 뇌 속에서 생각들이 꼼질대며 서서히 출토하고 있었다. 저 멀리 지평선에 기대어 선, 윤곽에 불과한 누군가가 차근히 기다리는 들판 가장자리의 흙을 일듯. 거리 때문에 그 사람은 무척이나 작아 보였고 연로하여 혹은 과로한 탓에 한참 더디어진 동작으로 가까스로 삽을 휘둘러 보였다.

리즈는 건강이 나빴다.

건강: 우물처럼 바닥없는 단어, 때론 하염없이 지속될 듯해 건강한 사람들이 재미 삼아, 혹은 그 높이를 확인한답시고 잔 동전을 던져 넣고는 구멍 아가리에 고개를 기울이고 두 손을 귓가에 쫑긋 세운 채 동전이 저 아득한 수면에 철썩 가닿기만을 기다리는 (그래야 소원을 빌 수 있으니) 그 건강. 건강한 사람들이 바랄 게 뭐가 있지, 이미 가질 건 다 가졌는데? 안 건강: 건강의 반대. 건강이 우물이라면 안 건강은 모든 게 평평해지는 곳, 순전히 공간인 장소, 이렇다 할 서사가 부재한 곳일 것이다. 그곳에선 어떤 것도 가능하지 않을 테다. 그곳은 어떤 일도 벌어지지 않는 곳일 테다, 적어도 한동안은.

다만 리즈는, 꼼짝 않고 침대에 누운 리즈는 알았다. 비유하자면 그것은 앞 문단에 등장한 그런 우물에 어쩌다

홀라당 빠져 버린 리즈가 예의 그 단조롭고 무(無)한 추락을 몇 주째 계속하고 있는 거나 마찬가지였다. 토끼 굴에 빠져 몽롱한 머리로 박쥐와 고양이의 관계를 고민하던 앨리스처럼, 나른한 중력뿐인 무의 공간을 두둥실 부유하고 있는 것, 단 1초의 시간이 무한정 늘어나 혈관이 다 비칠 정도로 길고 가느다랗게 변해 가는 그곳에서. 그리하여 그 1초의 순간들이 쌓이고 쌓여 이만큼의 시간이 흘렀으나, 그럼에도 그녀(그러니까 리즈)는 내내 움직임 없이 정체해 있는 기분이었다. 물론 실제로는 양옆의 터널 벽이 시속 수천 킬로미터, 어쩌면 수백만 킬로미터가 될지도 모를 엄청난 속도로 그녀를 지나쳐 날아오르고 있었고, 포물선을 긋는 냉습한 벽돌담의 거친 표면은 그녀의 코와 턱과 손가락 마디와 발가락 마디로부터 불과 수 센티미터 떨어져 피부에 닿을락 말락 하였으며, 긴장한 몸은 어느 때고 수면에 닿을 순간만을 예감하며 단단한 각오로 몸을 한껏 추스르고 있었지만 말이다.

그러고 보니 이야기가 아예 없는 것은 아니었다. 그 와중에도 이야기는 어디에선가 끈질긴 제 명을 이어 가며 이곳과 이전과 이다음의 장소에 걸쳐 매여 있을 게 분명했기에, 리즈는 그게 뭐였는지를 기억해 내려는 중이었다. 그러나 오늘 아침 그나마 기억나는 것들이라곤, 리즈의 앞이마에 숨은 단단한 뼛속을 싸구려 광고처럼 빙글빙글 맴도는, 실제 싸구려 광고들뿐이었다. 마졸라 노래가 예의 그 기름진 약속을 구불대고 있지 않을 때면,

이번엔 한층 높고 맑은 여성의 목소리가 노래를 불렀다.
사과 주세요, (모모) 주세요, 개암 주세요, 밀 주세요, 몸에
좋은 것들은, 다 모였어요, 켈로그 컨트리 스토어.

　이 목소리는 지금 들어도 (수년이 지난 지금 리즈의
머릿속에 울리는 소리대로라면) 아주 건강하고 몸에 좋다는
것들만 먹고 자란 사람의 목소리로 들렸다. 목소리의 주인이
경음악 전문 가수로서 성공하고 사회적으로도 출세할
수 있었던 것도 실은 그런 건강식을 먹어 온 까닭이며,
이렇게 텔레비전에까지 나와 그 좋은 것들에 대해 노래를
부르며 다른 사람들에게도 그 혜택을 전파하고자 애쓰는,
도덕적으로 무결한 직업을 갖게 된 것도 전부 그 덕분임을
암시하는 목소리였다.

　밖에는 해가 내리쬐었다. 상관없는 일이었다.

　다시, 리즈에겐 적을 게 있었다. 뭐였더라?

　나는 (　　　　) 사람이다.

　침대 위 어딘가에, 또는 침대 속 어딘가에 연필이 있다는
걸 리즈는 알았다.

　창가 자리에 놓인 공책을 가지러 방 저쪽까지 걸어가긴
어려울 것 같았다.

　이때 디어드리가 오거든 갖다 줄 거였다.

　그렇지만 리즈는 디어드리가 오기 전에 그걸 적어야 할
수도 있었다. 뭘 적으려 했던 건지 결국 기억이 났는데, 당장
적지 않으면 잊어버릴 수도 있어 디어드리가 오기 전에
적어야 하는 일이라도 생기면 어떡한다? 전화번호부에

적는 수가 있었다. 전화번호부는 전화기 바로 옆에
놓였다. 전화기는 침대 바로 옆에 놓였다. 한순간의
동작이면 충분했다. 그 정도면 충분히 닿을 거리였고, 그럼
전화번호부를 가져다 속지를 찢어 내 적고 싶은 걸 적을 수
있었다. 표지 안쪽에 글을 쓰고, 그다음에는 여백이 많을
앞부분의 몇 페이지에, 그다음에는 전화번호가 기재된
지면의 여분의 공간과 가장자리 여백에 글을 쓸 수 있을
거였다. 쓸 공간이 떨어질 일은 거의 없다고 봐야 했다.
그렇게 할 말이 많을 것 같지는 않았다. 온 세상에 관해 하고
싶은 말을 몽땅 다 적는대도 리즈를 비롯한 이 지역 거주민
전원의 이름이 적힌 명단 중 기껏해야 A로 시작하는 명단에
닿을까 말까일 거였다.

  그렇지만 속지를 뜯어내는 것만도 고된 작업이 될 터였다.
전화번호부를 무릎으로 받쳐 들 수도 있겠지만, 수천 명에
이르는 모르는 사람들의 삶이 기재된 만큼 부피도 무게도
막대했다. 더군다나, 이것 봐, 이미 종이를 들고 있잖아.
반듯이 접힌 종이가 이미 그녀의 손에 들려 있었다. 그래서
다시, 뭐였지?

  〈신상 소개 — 계속.〉

  리즈는 딱 1분 후 일어나 앉을 거였다. 그리고 연필을
찾을 거였다.

  〈증상을 적어요.〉 의사는 리즈에게 말했었다. 〈어떤
느낌이 드는지, 기분이 어떤지 일지를 써봐요.〉

  〈자신에 대해 몇 자 적어 주십시오.〉 나는 좋은/아픈 사람.

리즈는 침대에 누워 있었다. 작성할 서류가 있었다. 중요한 서류였다. 그 서류는 리즈의 손에 들려 있었다. 몇 시간째 들려 있었던 건지도 몰랐다. 서류를 집어 들거나 봉투에서 꺼낸 기억이라고는 전혀 없었다. 몇 날 며칠째 서류를 손에 쥔 채 잠이 들었다 깨기를 반복했던 건지도 몰랐다. 누가 알겠나? 디어드리가 오거든 물어보면 될 터였다. 〈집무 불능 신청서: 이 신청서의 작성 및 회신을 지체할 경우 금전적 손해를 볼 수 있으니 주의 바랍니다.〉 난 며칠째 이 서류를 손에 들고 있었던 걸까? 리즈는 자문했다. 금전적 손해를 본 건 아니려나?

디어드리라면 알 거였다.

가능해지는 대로, 리즈는 적기 시작할 거였다. 나. 연필을 찾는 대로. 는.

좋은 사람이다. 이고자 노력한다. 가게를 나오거나 들어갈 때면 노인들이나 유모차 끄는 엄마들, 아니 그 외에 누가 됐건, 내 뒤에서 혹은 앞에서 다가오고 있는 사람이라면 아이 엄마가 아니고 노인이 아니래도 문을 열어 준다. 텔레비전 뉴스에서 세상 도처에서 죽은 사람들 시신을 비춰 줄 때면 나는 마음을 졸이고, 화면에 나와 비통해하는 유가족들을 안쓰럽게 생각한다. 나는 교전 지대에 사는 이들을 걱정한다. 나는 부모나 연장자들에게 학대받는 아이들을 걱정한다. 나는 고문받는 이들을 걱정한다. 나는 기계에 결박된 채 생체 실험에 동원되는 아기 비글들을 걱정하고, 에스트로겐 채취 목적으로 사육되는 말들과 기계적으로 도살되는 그 말들의

망아지들을 걱정한다. 나는 채식주의자들이 식당에서
제대로 된 메뉴를 찾기 어렵다는 사실과, 채식주의자란
이유로 사람들한테 빈정거림을 받아야 하는 것을 걱정하며,
또한 육식을 즐기는 사람들이 민주적인 권리를 행사하지
못하는 것과, 담배 생각이 간절한 데도 흡연이 금지된 곳에
갇혀 있어야 하는 흡연자들을 걱정한다. 나는 흡연자들의
폐를 걱정한다. 나는 무거운 짐을 들고 버스에 올라야
하는 사람들을 반드시 돕는다. 나는 줄 설 때면 같이 줄 선
사람들에게 깍듯하게 행동한다. 나는 계산대에서 나보다
살 물건이 적은 사람을 보면 꼭 자리를 양보한다. 운전을 할
때는 예의를 지킨다. 제한 구역에서는 규정 속도를 최대한
준수한다. 옆길에 기다리고 선 차량과 그 안에 탄 사람들을
차선에 껴 준다. 나는 자리를 양보한다.

　나는 그리 대단한 사람은 아니다. 나는 성인이 아니다.
나는 세상을 뒤바꿀 재목도 아니다. 하지만 바닥에 붙은
거미를 보면 컵이나 유리잔을 가져다 씌우고, 발이 끼지
않게 거미 밑으로 조심스레 엽서를 밀어 넣은 다음,
현관문을 열고 거미를 밖에 풀어 줄 것이다. 그런 것도
선행인가? 또 호텔에 초과 근무가 있는데 마침 초과 수당이
필요한 사람이 있다면, 기꺼이 양보할 것이다. 다른 직원이
대신 근무를 서달라고 부탁하는 경우에는, 가능만 하다면
당연히 부탁을 들어 줄 것이다.

　그랬을 것이다. 그리했다. 한때는. 모든 것이 — 차,
버스, 일, 가게, 사람들, 모든 것이 — 리즈가 누워 있는 이

침대를 제외하고는 이제 전부 다른 시제에 속해 있었다.
이제는. 나는 아픈 사람이다. 나는 아무것도 하지 않는다.
나는 살갗이 아프다. 얼굴이 아프다. 머리가 아프다. 팔이
아프다. 어깨와 등과 다리와 발이 아프다. 대개는 각기 다른
때에 아프지만, 어떨 땐 한꺼번에 아프기도 하다. 통증은
내 온몸을 순회하며 새 영토라도 발견한 듯 여기저기
말뚝을 박는다. 내 두 손은 돌덩이처럼 굳다. 양팔을 무겁게
짓누른다. 의사 사무실까지 걸어갔던 날, 그리 먼 거리도
아니었고 실은 수백 미터에 불과했지만 — 그러나 이제는
아무리 작은 방이라도 사막이 될 수 있고 집 안의 벽과 벽
사이 거리가 바람 몰아치는 광활한 평야가 되기도 한다 —
나는 슬로 모션이 무엇을 의미할 수 있는지 깨달았다. 그게
내 심장이 마지막 비상을 한 날이었다. 심장은 갇힌 새처럼
내 몸속을 날아 다녔다. 거실에 갇혀 의미 없는 가구 위를
부대끼는 검은지빠귀처럼.

　　나는 그날 이후로 이 집 현관문 밖을 나선 적도, 계단을
내려간 적도, 건물 밖으로 나간 적도 없다.

　　이 세상은 이제 어찌나 작아졌는지. 저 세상은 어찌나
거대한지. 나는 텔레비전에서 파리를 보았다. 도시
가득 사람들이 걸어 다니고 연기가 피어오르고 차들이
으르렁거리고 하루하루가 전개되는 모습을 보는 것은, 실로
섬뜩한 일이었다.

　　그 이후로 나는 텔레비전 보는 걸 관두었다. 심장이
아프다. 부은 것처럼 아프다. 빛은 아프다. 어둠은 무감함과

같이 나를 뒤덮고, 나는 이 무감함이 또 나를 아프게 할까 봐, 내 온몸에 상처를 남기고 있을까 봐, 그래서 어느 날 아침엔가 잠에서 깨는 순간 그 통증을 실감하게 될까 봐 두렵다.

나는 잠이 잘 들지 못한다. 뜬눈으로 지새우다 또다시 선잠을 잘 뿐이다.

내가 언제쯤 다시 뭔가를 하게 될지, 아니 뭐든 다시 할 수 있는 날이 오기는 할지 모르겠다.

리즈는 침대에 누워 있었다. 이 모든 걸 서류에 어떻게 적어 넣을지 고심 중이었다.

리즈를 진찰했던 의사는 고개를 끄덕였다. 〈아무 이상도 찾지 못했어요.〉 고개를 끄덕이며 말했었다. 자상한 말투였다. 자기가 할 수 있는 일은 없다고 했다. 〈아직은 진단할 수 없는 병에 걸린 걸 수도 있어요. 많이들 그래요. 일례로 리즈 씨의 임파 세포와 단핵구 수치는, 여기 보다시피 다소 상승한 상태예요. 이건 리즈 씨 몸이 이미 바이러스성 감염을 한 차례 겪어 냈다는 뜻일 수 있어요. 또는 아무 의미 없이 순전히 정상 상태를 나타내는 걸 수도 있어요.〉

리즈는 침대에 누워 있었다. 4시가 되면 디어드리가 올 거였다. 그것이 곧 정상 상태였다. 오늘 리즈가 기억해 낸 거라곤 폐품들의 합창뿐이었다. 플라스틱 병과 종이 시리얼 상자, 오래전에 만들어지고 먹힌 것들, 한참 전에 썩어 없어지거나 매립지 신세가 된 것들. 누군가 책임을 져야 마땅했다. 디어드리 탓이었다, 이건. 리즈가 운 맞춰 노래하는 폐품밖에 기억 못 하는 것도, 리즈의 혈관을 타고 흐르는 그 구절들도 — 결국, 리즈도 싱거운 가락을 타고났던 거였다. 싱거운 가락과 듣는 순간 잊힐 엉터리 가운이 리즈의 유전자 구조에 내재해 있었던 거다, 하하. 디어드리에게 말해 줘야겠다. 그 얘길 들으면 디어드리도 웃을 거였다, 어쩌면. 오늘의 어느 시점엔가는, 여느 날들과 마찬가지로, 4시가 될 거였다. 순간들이 쌓여 분을 이루고 시를 이루어, 어느 순간 시계가 두 손을 활짝 펼칠 즈음, 방문이 화들짝 열리며 리즈의 어머니가 의기양양 재앙의 소용돌이를 동반하고 들어설 것이다. 어쩌면 이것도 의학적으로 의미가 있는지 몰랐다. 두통과 류머티즘과 근육통과 허리 통증과 편두통과 치통과 독감 증세와 발열과 신경통과 구역질과 진단 불가능한 것 등등과 더불어 의사에게 언급했어야 하는 사항이었는지도. 중요한 사실일지도 몰랐다. 제 뒤에 그리고 제 밑으로는 말이죠. 아니요, 선생님. 들어 보세요. 제 밑의 저 흙 속엔 수 세기에 걸쳐 조악한 예술성을 앓아 왔을지도 모를 직계 조상들이 묻혀 있어요. 제가 제 어머니로부터 물려받은 것과 동일한 균 계통의 보균자들이요. 선생님도 혹시 들어 보셨으려나요, 제 어머니? 모르세요?

예전에, 아직 어렸던 시절, 리즈는 두툼한 판지 커버에 실린 어머니의 그 수천 개에 달하던 얼굴들이 다 어디로 간 걸지 궁금했었다. 누가 그 얼굴들을 구매해 집에 데려간 걸지, 어느 집구석에서 어찌 생긴 방들을 내다보고 있을지.
지금은 다들 어디로 갔을까? 그 미소와 그 홈 팬 목소리는?
LP 천국으로 간 걸까? 나이 들어 가는 부모들 집에서, 구식
소파 세트 옆에 놓인 구식 장 속의 구식 음향기기 뒤편에서,
밸 두니컨, 레나 마텔, 바비 크루시, 레나 자바로니의
앨범들과 어깨를 겨루고 있을까? 한창 잘나가던 시절,
디어드리는 매주 한 번 소비자 텔레비전 프로에 출연해
뉴스와 시사적 현안에 관한 운문을 짓기도 했다. 가장
인기가 좋았던 〈낡은 컴퓨터 카드〉라는 시는, 팝 싱글
차트 백 위권의 언저리를 맴돌기도 했다. 차표처럼 구멍이
숭숭 뚫린 컴퓨터 카드의 신세 한탄을 담은 우스꽝스러운
애가(哀歌)로, 컴퓨터 카드가 신형 컴퓨터의 출시로 폐물이
돼버렸다는 내용이었다. 디어드리는 지방 소극장을 돌며
순회공연을 펼쳤고, 미소 띤 은퇴한 노인들을 위해 앨범에도
여러 장 사인했었다.

그건 20년 전, 리즈가 아직 조그말 때 얘기였다. 이제는
그 노인들도 세상을 떠났고, 리즈의 어머니도 희끗희끗한
50대 후반으로 접어들었으며, 이따금씩 지방 라디오
방송에 출연할 때면 진행자들이 대놓고 그녀를 놀려 대거나
자기네들 지방과 다른 그녀의 억양을 흉내 내곤 했다.
세월이 흐를수록, 흐르는 세월이 그녀를 비참하게 만들었다.
비운의 여왕 디어드리.[10]

10 아일랜드 신화에 등장하는 여주인공.

그런데 리즈가 앓아눕자 그녀가 행복해졌다. 4시만 되면 어김없이 빙그르 문을 열고 나타나 삶의 활력을 되찾은 사람처럼, 혹은 저만의 테마 곡에 맞춰 투스텝 추는 중산층 시트콤의 여주인공이라도 되는 양 몸져누운 딸의 방에 들어섰는데, 사실 그 방은 진짜 방이 아니라 스크립터들이 탁자와 수납장과 벽에 걸 장식물과 여기저기 널린 책 따위, 그러니까 보통의 방에서 볼 법한 세간을 흩뿌려 놓은 한 면이 방청석을 향해 열린 방송 스튜디오였고, 웃고 박수치고 싶어 안달이 난 방청객, 아무리 진부하고 쓰레기 같은 대사래도, 조야한 구절이나 추잡한 농담이래도 기꺼이 웃음으로 화답할 준비가 된 방청객은 분위기 달구는 코미디언의 인종 차별적이거나 적당히 선정적인 음담패설에 힘입어 일찌감치 농익은 상태였다. 이윽고 디어드리가 큐에 맞춰 짜잔 박수갈채 받으며 등장한다. 여름 스카프 두르고 동정심으로 치장한 채, 그러나 어느 때보다 가뿐가뿐 행복에 겨운 발걸음으로. 왜냐면 지금 이 순간, 그녀 생애의 이 시기만큼은 (그래, 기백만에 다시 기백만에 이르는 수없이 많은 순간과 고단한 가능성들 가운데서도 일련의 특정한 순간들로 점철된 것이 인생이라니) 지난 수년을 통틀어 그 어느 때보다 기쁘고 행복한 때니까, 새로이 맡게 된 이 중차대하고도 진지한 프로젝트의 의의로 그녀의 몸과 마음이 충만한 시기니까.

지금 네게 벌어지고 있는 일은 말이야, 하고 디어드리는 진지한 목소리로 운을 뗐다. 리즈가 장기 요양을 처방받은

지 3주째로 접어들 무렵이자 디어드리가 되찾은 행복한
나날의 첫째 날이었다. 디어드리는 침대 맡에 꿇어앉아
리즈에게 얼굴을 최대한 바짝, 하지만 너무 가까워 초점이
흐려지지는 않을 정도로 들이대며, 이건 하늘의 점지이자
한 편의 시나 다름없단다, 하고 말했다. 윌리엄 던바의
시에서처럼, 기억하니? 바람에 휩쓸리는 버드나무처럼
이리저리 휩쓸리는 인간? 〈허위의 이 세상 찰나에
불과할지니〉? 기억나? 계시나 마찬가지야, 이렇게 앓아누운
자체가. 신비주의에서 말하는 비의처럼. 이 세상엔 열병만큼
심장한 것도 없단다, 내 딸아. 선지자들도 열병에 시달리고
환영을 보았잖니. 그러니 뭔가 얻는 게 있을 게다. 하늘이
무너져도, 그렇지 리즈? 하늘이 무너져도, 안 그래?

당신 딸. 리즈의 질끈 감긴 두 눈 너머에서 디어드리는
들뜬 낯을 싱글거리며 카펫에 앉아 있었다. 열의로
온몸이 전율할 정도였다. 그렇게 한참이 지난 후에,
리즈는 디어드리가 몸을 일으켜 손 씻으러 가는 소리를
들었다(디어드리는 손을 굉장히 자주 씻었다, 혹여나 감염성
병일 경우에 대비해). 리즈의 어머니는 욕실에서 콧노래를
흥얼대며 수건을 정리하는 중이었다. 드디어, 진정한 예술의
도래였다. 3일 후, 그녀는 새로운 서사시를 구상 중이라고
선언했다. 제목은 〈호텔 세계〉가 될 거랬다.

오늘, 침대에 누운 리즈의 기억엔, 디어드리가 앞서 읽어
주었던 시의 몇 구절마저도 희미한 인상으로밖에 남아 있지
않았으나, 여하간 〈호텔 세계〉는 ─ 리즈의 직장이었던

글로벌 호텔 체인에서 영감을 얻은 이 제목의 형이상학적
언어유희에 디어드리는 상당한 자부심을 갖고 있었다 ——
염증과 갈증, 균과 문, 바이러스와 인생의 버스 유의
각운으로 운율을 맞춘 시였다. (설사 당신이 그 자리에
있었대도, 그래서 직접 물어 볼 수 있었대도 리즈는 고작 몇
단어밖에 기억해 내지 못했을 테지만, 여기 〈호텔 세계〉의
4절 전문을 맛보기로 실으니 참고하시라.

> 나의 딸은 한때, 리셉션에서
> 수속과 운영을 책임졌다네.
> 이제는 영문 모를 투숙객으로
> 홀로 객실 신세 되었다네.
> 신비한 열쇠가 딸려 온 방,
> 옹색하고 엄숙한 전망,
> 복종하라 속삭이는 절망,
> 공포는 미니바에 도사린다네.)

디어드리는 침대 발치에 앉아 곧추세운 펜 꼬리를
휘휘 흔들곤 했다. 얘기 좀 해보렴. 거의 매일같이 그녀는
말했다. 그럴 수 있겠니? 아가야? 오늘은 기운이 나?
집중력에도 도움이 될 거야. 자, 디어드리를 위해 집중해
보렴. 리즈. 리즈? 뭐든 말해 봐. 호텔 얘기도 좋겠지. 아주
일상적인 얘기면 돼. 그리고 6시 반이 되어 돌아갈 채비를
하면서도, 방문을 빠져나가면서도 그녀의 말은 계속됐다.
꼭 기억해 보려무나 리즈, 가능하다면, 너무 힘에 부치지
않는다면 말이야. 기억이 나거든 기억나는 대로 적어 주면

더 좋겠구나, 호텔에서 있었던 일이라면 뭐든 간에. 그게 아니래도 뭐든 기억나는 대로 적으럼. 중요한지 아닌지는 나중 가야 아는 거니까.

　시는 아직 8절까지밖에 완성되지 않았지만 장대한 서사시가 될 것이었으므로 긴 투병에 더없이 적합했다. 어쨌거나 중요한 건, 중요한 건, 디어드리가 온다는 것이었다. 오고 있는 중이었다. 빠르게 움직이는 바깥세상에겐 보이지도 않겠지만, 병석에 누운 환자의 평균적 하루가 제아무리 시간의 손길 밖에 있을지라도 그 안에는 4시의 디어드리가 존재했다.

　리즈는 침대에 누워 천장 조명을 바라보고 있었다. 침대에 마냥 누워 위만 바라보는 건 진 빠지는 일이었다. 갖가지 통증이 리즈의 목을 타고 머리까지 치솟았다. 머릿속에서 갖은 통증들이 뇌의 안감을 걷어챘다. 통증은 대변과 들짐승 냄새를 풍겼다. 리즈가 아는 모든 것을 짓밟았다. 통증은 한 무리 들소만큼이나 무거웠다. 지척에 먼지를 일으켰다. 먼지 너머로는, 소란과 잡음. 〈기억나는 게 있거든 적어 두렴〉, 어머니 시인이 말하고 있었다. 〈증세를 기록해요〉, 여의사 선생님이 말하고 있었다. 〈공란을 채우십시오〉, 손에 들린 공문서가 요구했다. 〈사과 주세요, 모모 주세요〉, 컨트리 스토어 아가씨가 앙증맞고 건전한 목소리로 노래했다.

　모모 주세요. 정말 답답한 일이었다. 컨트리 스토어 재료 중 누락된 게 뭐였는지 도무지 기억나질 않았다. 두 음절이었나, 세 음절이었나? 리즈는 기억할 수 없었다.

기름기 없이 담백하니까. 음식의 참맛 살리는. 마졸라
노래에서 각운을 맞출 만한 단어라곤 마졸라밖에 없었다.
천만다행이지. 감사할 일이었다. 마졸라는 그저, 천연
옥수수기름이었다.

신청서 작성법
각 지면 하단의 기타 정보라고 명시된 글 상자에 본인의
질병 혹은 장애가 일상 활동에 어떤 영향을 미치는지 본인의
말로 기입하십시오. 구체적으로 다음에 대해 알려 주십시오.

일상 활동을 하며 느끼는 통증, 피로와 호흡 곤란의 정도
일상 활동을 하고 난 후에 느끼는 통증, 피로와 호흡
곤란의 정도

이 신청서에 예시된 활동들을 직접 시도할 필요는
없습니다. 다만 그러한 활동이 가능한지 여부를, 본인의
질병 혹은 장애 경험을 바탕으로 알려 주십시오.
지면이 부족할 경우, 18쪽의 공란을 사용하십시오.

리즈는 침대에 누워 있었다. 이건 거짓말이었을까?
아픈 척 가짜로 누워 있는 걸까? 이 서류가 리즈로 하여금
자문하게 만들었다. 서류는 리즈를 불안하게 만들었다.
〈넌 아마도 아픈 게 아닐 거야. 얼마나 아픈지 근거를
대봐〉, 하고 말하고 있었다. 리즈는 동작을 최대한 삼갔다.

머리 위로 서류를 들고 책자가 부채처럼 펼쳐지길 기다려 18쪽을 찾았다. 책자 뒤쪽 끄트머리에 있었다. 공란은 가로 15센티미터, 세로 15센티미터였다. 칸을 채우려면 무슨 내용이든 찾아야 했다. 리즈는 팔에서 힘을 뺐다. 그쯤이면 충분히 아플 만큼 들고 있었다.

디어드리가 4시에 와서 듣고 싶어 할 내용들로 채울 수도 있다.

디어드리는 예컨대, 이런 게 알고 싶었을 거다. 리즈가 호텔에 있는 동안 알고 지낸 룸메이드들은, 다 그런 건 아니지만 그중 비교적 팔팔한 몇 명을 예로 들면, 유난히 지저분한 객실의 청소를 맡게 되면 투숙객의 얼굴 수건으로 변기 시트를 닦는 버릇이 있었다는 사실. 손님들이 외출한 사이를 틈타 그들이 옷장에 걸어 두거나 서랍에 넣어 둔 옷가지를 입어 보곤 했다는 사실. 투숙객의 짐 가방을 뒤지는 건 필수 절차였다는 사실. 방에 남겨진 고급 카메라의 전지 스위치를 켜 돈 많은 주인들 모르게 카메라 약을 닳게 하는 취미를 가졌다는 사실.

디어드리는 또한 메이드들이 얼마나 비일비재하게 침을 뱉는지에 놀랐을 것이다. 투숙객이 누구건, 얼마나 큰 팁을 남기건 간에, 통상의 글로벌 호텔 주방에서 누군가 룸서비스 음식이나 식당 음식에 침을 뱉는 일은 생각 이상으로 잦았다. 디어드리는 또한 자기 딸이 대학을 마친 이후부터 병에 걸리기까지의 18개월간 직장 삼았던 리셉션 데스크에 체크인 내지 체크아웃하는 손님들을 위해 항시 비치해 두는 커다란 불투명 크리스털 용기 속 박하사탕의 표면에서 간단한 과학 검사만으로도 검출 가능한 박테리아의 종류와 (소변에서 흔히 검출되기 마련인 종류를 포함하여) 그 가짓수에 적잖게 놀랐을 것이다.

솔직히 말해, 디어드리는 무슨 정보든 기꺼이 그리고 즐겁게 받아들였을 거다. 예를 들어, 룸메이드들이 운반해야 하는 침대보가 얼마나 무거웠는지라든지(침대보란 의외로 무게가 많이 나가기 마련이나, 호텔 직원들은 대개 투숙객 전용 엘리베이터를 사용 못 하게 되어 있다), 신참 메이드들은 점심시간이면 리셉션 뒷방에서 벨 부인에게 화장지 접는 법을 배우고 두루마리 끝에 달린 휴지를 완벽한 각도로 접을 수 있을 때까지 수차례 연습을 반복해야 했다는 사실 따위 말이다. (나 좋자고 시키는 거 아니야. 벨 부인은 연필로 탁상을 쳐 대며 말하곤 했다. 우리 글로벌이 욕실 구석구석까지 얼마나 성심성의껏 준비하고 관리하는지 보여 주기 위해서지. 우리 좌우명이 뭐랬지? 고객 만족. 그 단어를 절대 잊지 마. 신참 중 하나는 얼마 못 가 해고당했는데, 위생 개념이 부족하다는 게 명목상 사유였으나 실은 고객 만족은 두 단어 아니냐고 벨 부인에게 되물었던 게 화근이었다.)

혹은, 단순히, 전혀 낭만적이지 않고 아무 꾸밈새도 없는 정보를 전해 줬대도. 예를 들어 매일 아침 6시면 직원들 개개인의 우편함에 객실 도표가 그려진 종이가 투입되었고, 직원들은 그로써 투숙객 중 누가 하루를 더 묵고 누가 떠날 예정인지를 파악할 수 있었다는 사실처럼 말이다. 이것도 디어드리에겐 어느 정도 쓸모가 있을지 몰랐다. 마찬가지로, 리셉션 직원들이 상사들도 없고 특별히 바쁜 때가 아닐 경우 흔히 써먹는 수법 중 하나가, 전화가 걸려 오면 수화기를 들고 〈안녕하십니까, 글로벌 호텔입니다. 어떻게 도와 드릴까요? 네, 잠시만 기다려 주시면 예약 부서로 연결해 드리겠습니다〉 하고 말하고는 9번 단추를 누르고(그러면 모차르트의 피아노 콘체르토 23번이 수화기 너머 청자의 귓속으로 중계됐다) 수화기를 내려놓은 다음, 최대한 시간을 끌다가 다시 9번을 누르고 같은 수화기에 대고, 대신 이번에는 다른 목소리로, 마치 다른 사람인 양 〈글로벌 호텔 예약 부서입니다, 어떻게 도와 드릴까요?〉 하고 말하는 것이었다는 사실도.

혹은 호텔에서 일하다 보면, 네가 맡은 일이 무엇이건 간에 — 프런트 데스크에서 손님들에게 미소를 짓는 일이건 주방에서 음식에 침을 뱉는 일이건, 침대에 밴 체취를 벗겨 내는 일이건 비상계단에서 규정을 어겨 가며 담배를 피우는 일이건, 그밖에 뭐건 간에 — 네 면전에 남들 돈이, 남들의 부유함이 거들먹거려지고, 그 부자 남들을 위해 일하는 대가로 열에 아홉은 형편없는 보수를 받고 있기 마련인 네 낯짝이 그 부화의 창유리에 들이박혀 코가 짓눌리고 얼굴이 추하게 뒤틀리기가 다반사라는 사실도.

이런 것들 외에도 셀 수 없이 많은 이와 유사한 사실들에 디어드리는 반색하며 귀를 기울였을 거고, 아주 유용하다고도 생각했을 터였다. 리즈가 이런 사실들을 기억해 낼 수만 있었더라면. 물론 호텔 생각을 하고자 애쓴 것만으로도 리즈의 머릿속엔, 예컨대 오늘만 해도, 이런저런 귀퉁이 기억들이 떠올랐던 게 사실이었다. 다만 완전히 몰입하기가 어려웠다. 분명 목욕과 관련된, 아니면 욕조나 욕실과 관련된 기억이었으나, 지금 리즈의 머리 앞부분에는 그 기억의 전모 대신, 목욕 시간을 맞은 아이들과 행복한 표정의 엄마가 등장하는 텔레비전 광고 그림에 맞춰 노래를 흥얼대는 목욕 비누 병의 목소리만 맴돌 따름이었다. 나는야 비누 세일러. 호. 욕조에 넣으면 거품이 부글부글. 신나고 재미있는 목욕 세일러. 호. 나랑 있으면 웃음이 보글보글. 첨벙첨벙 물장구치며 둥둥. 구석구석 닦아 주는 세일러 비누. 욕조 한가득 날 부어 봐 퐁퐁. 목욕이 즐거워지는 나는야, 세일러 친구. 청소도 한 방에 쓱싹쓱싹. 나는야 꼼꼼한 비누 세일러니까. 호. 욕조 속까지 반짝반짝. 자국 하나 안 남기는 마법 세일러. 호.

노래하는 병은 선원 모양을 하고 있었다. 세일러 병은 리즈가 무슨 기억을 떠올리건 그 위에 철썩 들러붙어 춤을 춰댔다. 가사 사이사이로 투박한 목소리들이 감탄사를 외쳐 대며, 진짜 선원들을 흉내 내듯 추임새를 넣었다. 현기증 나는 머리로 꼼짝 않고 침대에 누워 있는 리즈에게, 이 기억은 큰 위안이 됐다. 지난 일에 대한 기억이 모조리 사라진 것만은 아니었는지, 저러한 상세한 디테일을 떠올릴 능력도 아주 잃어버린 건 아니었다. 파리한 방에서, 리즈는 파리하게 미소 지었다. 세일러 노래가 디어드리에게도 쓸모 있을지 궁금했다. 혹시 모르니 적어 두는 게 좋을지 몰랐다. 우선 연필을 찾아야 했다. 노래하는 목욕 비누 병. 그것도 사건이라면 사건이었다. 서류에 꼭 적어야 했다.

의자에 앉기

의자에 편히 앉아 있을 수 있는지 여부를 알아봅니다. 〈편히 앉는다〉는 것은, 아무 불편함과 통증 없이 앉은 자세를 유지할 수 있는 경우를 의미합니다. 〈의자〉란 등받이는 있으나 팔걸이는 없는 직립형 의자를 의미합니다. 다음 중 본인에게 해당되는 첫 번째 문장을 고르십시오. <u>단, 한 문장만 고르십시오.</u>

나는 앉는 데 아무 불편함이 없다.

나는 잠시라도 편히 앉아 있을 수가 없다.

나는 의자에서 움직이지 않고는,

한 번에 10분 이상 편히 앉아 있을 수가 없다.

나는 의자에서 움직이지 않고는,

한 번에 30분 이상 편히 앉아 있을 수가 없다.

나는 의자에서 움직이지 않고는,

한 번에 한 시간 이상 편히 앉아 있을 수가 없다.

나는 의자에서 움직이지 않고는,

한 번에 두 시간 이상 편히 앉아 있을 수가 없다.

이 서류도 한 편의 시처럼 읽히는걸. 리즈는 생각했다. 어쩌면 디어드리에게도 쓸모 있을지 몰랐다. 어쩌면 디어드리가 쓴 건지도. 어쩌면 디어드리 말이 맞는지도 몰랐다. 세상의 모든 것에는, 우리가 눈 돌리는 모든 곳에는, 좋건 나쁘건 한 편의 시가 깃들어 있는 건지도.

눈이 아팠다. 리즈는 눈을 감았다. 점지. 한 편의 시. 계시. 신비주의. 그래, 리즈는 감긴 두 눈 뒤로 생각했다. 사실이야. 아픈 건 일종의 계시와 같아. 건강한 사람들이 아픈 사람들을 평소 어떻게 생각하는지 명백히 보여 주지. 건강한 사람들은 널 찾아와 침대나 탁자에 꽃다발을 내려놓지. 눈을 동그랗게 뜨고 널 바라보지. 다 죽어 가게 생겼네, 하고 말하고는 껄껄대며 농담이라는 듯 서둘러 덧붙이는 말, 그래도 나보단 낫네. 그러고는 무안한 표정을 짓지(아픈 사람들을 실망시켰을까 봐). 이어 그에 보상이라도 하듯 저희들이 생각하는 자기 결함이나 약점을 한 시간에 걸쳐 조목조목 열거하지. 개중 어떤 이들은 네가 차라도 내오거나 점심이라도 대접할 거라고 생각하지(설마 〈그 정도로〉 아플까). 다른 이들은 손에 뭐라도 닿을까 겁에 질려 있고. 숨을 쉴 때도 의식을 곤두세운 채, 공기를 검사하듯 조심스레 숨을 삼키지. 넌 보이지도 않는지, 아님 아예 자리에 없다고 생각하는지, 시선은 네 옆자리에 고정시킨 채. 그러다 기회만 생기면 후딱 도망치지. 그리고 병문안을 다녀온 뒤 며칠간은 자가 진단을 해가며 귓가에 분비샘이 부어오르는 소리가 들리지는 않는지, 살갗이 슬금슬금

간질거리지는 않는지, 목이 아리지는 않은지, 그 밖의
초기 증상들이 똑똑, 문을 두드려 대는 소리가 들리지는
않는지 확인하고 또 확인하지. 똑똑. 누구세요? 바이. 바이
누구요? 바이 러스라고, 당신 친구 집에서 만났었는데 기억
안 나요? 못 알아보겠어요? 문 열어 줘요. 어느 날인가
리즈가 (만약) 회복이 되어 파티에 참석할 수 있게 된다면,
그리고 거기서 만난 누군가가 당신은 누구냐는 의미로
〈무슨 일 하세요〉라고 묻는다면, 리즈는 근래의 직무를 댈
생각이었다. 난 아팠어요. 의자에 30분 이상씩 앉아 있질
못했죠. 지금은 두 시간 이상 편히 앉아 있질 못해요. 고된
일이긴 하지만 점차 적응해 가는 중이죠. 누군가는 해야 할
일이니까요.

　리즈는 침대에 누워 있었다. 방이 휘청했다. 벽들이 자리를
이동하는가 싶더니 곧 잠잠해졌다. 파티에 가는 상상을
잠깐 한 것만으로도 덜컥 겁이 났던 거다. 매일 오후에
디어드리는 전화선을 벽 콘센트에 도로 꽂았다. 매일 저녁
디어드리가 현관문을 닫고 돌아설 사이 리즈는 전화선을
도로 잡아 뺐다. 그 정도는 침대에서 일어나지 않고도 할 수
있었다.

　그러니 리즈의 기억이, 지금, 활짝 펼쳐진다고 상상해 보라.

　그리고 기억이 펼쳐진 그 순간이, 침대 맡에 죽어 있던
전화기가 느닷없이 울리기 시작한 것만큼이나 급작스럽고
성가시게 느껴졌다고 상상해 보라.

　그 소리에 리즈의 심장이 펄쩍, 도약하는 것을 상상해

보라. 수문이 열리듯, 리즈의 마음이 활짝 열리는 것을
상상해 보라.

    리즈는 리셉션 뒤에서 일하는 중이다. 컴퓨터 시계는 오후
6:51을 나타내고 있는데, 리즈가 시계로 눈길을 돌리는 바로
그 순간, 검정색 숫자 1이 2로 바뀐다.
    오후 6:52.
    숫자가 바뀌는 걸 목격한 것에 리즈는 기분이 좋아진다.
의도된 일처럼 느껴진다. 그러나 리즈는 곧 그 일을 잊는다.
목이 아프다.
    호텔 앞쪽의 감시 카메라들은 고장 났다. 리셉션 위에
달린 카메라도 고장 났으므로 리즈는 옷깃 단추를 풀고
옷감을 풀어 헤친다. 명찰을 내려다보자 앞뒤가 뒤바뀌고
위아래가 뒤집힌 LISE란 단어가 눈에 들어온다. 리즈는
뒤에 달린 핀을 끌러 명찰을 제복에서 떼고 리셉션 저편의
휴지통에 던진다.
    빗나간다. 명찰은 휴지통 뒤쪽으로 떨어진다. 리즈는
콧방귀를 뀐다.
    의자에서 일어나 데스크 끝까지 걸어간 리즈는 휴지통
뒤로 몸을 숙여 명찰을 줍는다. 핀 끝에 손가락을 찌른다.
    아야. 리즈가 말한다. 젠장.
    리즈는 옷깃에 핀을 도로 꽂아 명찰을 고정시킨다. 다시
의자에 앉는다. 손가락으로 데스크를 두드린다. 데스크에
가느다란 핏자국이 묻어 있는 걸 보고 리즈는 핀 끝에 찔린

손끝을 입에 문다. 윗옷 가장자리로 데스크에 묻은 피를 닦는다.

리즈는 조금 전 자신의 소행에 아직도 도취돼 있다.

리즈는 전화기를 바라본다. 수화기를 들고 9번을 돌린다. 수화기를 공중에 쳐든 채 머뭇댄다. 결국 아무 번호도 안 돌리고 수화기를 내려놓는다.

리즈는 볼펜을 집어 꼬리를 입에 문다. 자리에서 일어난다. 문에 비밀번호를 입력하고 투숙객들이 서는 리셉션 앞쪽으로 나가, 입에 물었던 볼펜을 꺼내 데스크에 올려놓는다.

리즈가 방을 가로지를 동안에도 로비에는 아무도 나타나지 않는다. 인조 석탄 벽난로가 빈 방을 지피고 있다.

리즈는 회전문을 밀어 거리로 이어지는 계단에 이른다. 한기가 밀려든다. 글로벌 호텔 간판 밑에 선 채로 리즈는 길 건너를 살핀다.

아무도 보이지 않는다. 길 건너엔 아무도 없다.

리즈는 다시 로비의 밀려드는 온기 속으로 돌아온다. 제복을 펴고 결의에 찬 신속한 발걸음으로 방을 가로지른다. 문을 열고 리셉션 내로 들어가 자리에 앉는다. 손가락에서는 아직도 피가 조금씩 흐르고 핀에 찔린 살갗 주위는 붉게 물들었다. 리즈는 살을 눌러 붉은 구슬처럼 완벽한 피 한 방울을 짜낸다. 놀랄 정도로 밝은 빨강색이다. 리즈는 손가락을 입에 문다.

덩컨이 계단을 내려오고 있다. 한 걸음에 한 계단씩

느릿느릿. 고개를 푹 숙였다. 그는 리셉션 앞을 지나친다.

고마워, 덩컨. 지나치는 그에게 리즈가 말한다.

덩컨은 아무 말도 하지 않는다. 곧장 분실고로 돌아가 문을 닫아 버리기에, 리즈는 닫힌 문에 대고 이야기한다. 필요하면 이따 부를게. 오늘은 아주 쥐 죽은 듯하네.

리즈는 자기가 한 말에 움찔 놀란다. 제기랄. 그녀는 나직이 속삭인다. 하지만 괜찮다. 닫힌 문과 스피커에서 흘러나와 리셉션 가득 범람하는 소음의 조합 덕에, 정확히는 기악 버전의 「어려운 이별Breaking Up Is Hard To Do」 소리 덕에, 덩컨은 리즈가 한 말을 못 들었을 거다. 리즈는 시계를 본다.

오후 6:53.

다섯 시간 남았다.

리즈는 숫자가 바뀌는 걸 다시 목격할 수 있으려나 싶어 시계를 본다. 그러다 아주 잠깐, 1초도 안 될 찰나 동안 고개를 돌렸건만, 다시 시계를 봤을 땐 어느새 오후 6:56이다. 시간이 바뀌는 것도 보지 못했는데, 흐르는 것조차 모르게 지나 버렸다.

어느새 오후 6:56이다: 시간은 간사하기로 악명 높다. 이건 누구나 아는 사실이다(동시에 가장 망각하기 쉬운 사실 중 하나지만).

다섯 시간 남았다: 시간은 비교적 단선적이며 연속적인 흐름을 따르는 것처럼 보이므로(한 순간, 초, 분, 시간,

하루, 주간 등등에서 그다음까지), 시간 속에 영위되는
삶의 얼개는 공통의 선형적 수순으로 번역되기 마련이며,
이는 다시 쉽사리 파악 가능한 함의, 또는 의미로 번역된다.
리즈는 이 연속선상의 다음 예측 가능한 시점을 기다리고
있다. 즉, 집에 갈 시간. 이번 주 리즈는 야간 근무를 맡았다.
글로벌 호텔의 야간 근무는 오후 4시부터 자정까지이며
그 후 심야 근무조와 교대하게 된다. 여기서 리즈는 〈다섯
시간 남았다〉는 표현을 썼지만, 기실 야간 근무가 공식
종료되기까지는 아직 다섯 시간하고도 7분이 남았으며, 그
외에도 교대 중 인사를 주고받거나 외투를 입는 데 할애되는
몇 분의 손실이 추가적으로 발생하기 마련이다. 따라서
야근을 맡은 날 리즈는 오전 12:20 이전에 호텔을 나서는
경우가 거의 없다.

   그러나 리즈는 오늘 밤, 새벽 4시가 될 때까지 호텔 건물을
나서지 않을 것이다.

   기악 버전의 「어려운 이별」: 글로벌 호텔 당 지점의 로비
음악 선곡은 피터 버넷 부지배인이 전담하고 있다. 본인
사무실의 잠금장치 달린 장롱에 세 장의 CD를 저음으로
반복 재생되도록 맞춰 놓음으로써, 그는 자신이 외근 중일
때나 퇴근한 이후에도 본인을 제외한 그 누구도 선곡에
손대지 못하도록 조치한다. 「어려운 이별」은 본래 1962년도
여름 영국 차트를 휩쓸었던 닐 세다카의 히트곡으로, 정확히
10년 후인 1972년 7월 텔레비전 방송 「파트리지 패밀리The
Partridge Family」 덕에 다시 히트 덤에 올라 영국 차트

3위까지 올랐었다. 「어려운 이별」의 — 대체적으로 옳게
기억된 — 노랫말 일부는 지금 이 순간, 배경에 깔린
기악곡에 맞춰 리즈의 머릿속에 동시 재생되고 있는데

> (가지 마요. 당신의 사랑을
> 내게서 앗아 가지 말아요.
> 내 마음을 이렇게 찢어 놓고
> 떠나지 말아요.
> 당신이 떠나면
> 난 늪에서 헤어나지 못할 거예요.)

정작 리즈 본인은 그 사실을 깨닫지 못한 채 컴퓨터 시계로
눈을 돌린다.

스피커에서 흘러나와 리셉션 가득 범람하는: 비유적으로
말하자면 그렇다. 좀 더 직설적으로 말하자면, 지금으로부터
약 1시간 20분 후, 수도꼭지를 잠그지 않은 12호실의
욕조에서 (12호실은 이 호텔에서 가장 크고 좋고 값비싼
방에 속한다) 마침내 물이 흘러넘쳐 리셉션까지는 아니지만
욕실과 12호실 방 카펫과 방문 밖의 현관 카펫 일부로
범람할 것이다. 그로 인한 침수 피해는 다음 날에나 발견될
것이고, 그 결과 조이스 데이비스, 룸메이드(28)의 해고로
이어질 것이다.

수도꼭지를 잠그지 않은 결과 오후 8:00에서 오후 9:30
사이, 호텔의 여타 투숙객들로부터 온수 부족을 호소하는
불만 신고가 세 차례에 걸쳐 접수될 것이며, 그에 따라
리셉션 당번인 리즈는 글로벌 호텔 규정에 명시된 공식

사과의 말로 해당 투숙객들에게 거듭 사죄한 후, 불만 사항을 근무 일지와 컴퓨터에 기록한 뒤 시설 관리 부서에 보고할 것이다.

오늘은 아주 쥐 죽은 듯하네: 이 말을 내뱉는 즉시 리즈의 배가 수축한다. 해서는 안 될 말, 〈죽은〉이란 말을 덩컨 앞에서 꺼내고 말았다.

닫힌 문에 대고 이야기한다: 매우 적절한 표현이다. 요즘 들어 덩컨에게 이야기하는 건 반 척 두께의 굳게 닫힌 문을 사이에 두고 누군가와 이야기하는 딱 그런 느낌이라고 리즈는 생각한다.

곧장 분실고로 돌아가 문을 닫아 버리기에: 분실고는 직원들 간에 분실물 및 수하물 보관고를 일컫는 약어다. 손님들이 두고 간 물건은 주인이 되찾아 가거나 경찰에게 넘겨지거나 호텔 직원들이 집에 가져가기 전에는 모두 이곳에 보관된다. 창고라기보다는 큼직한 벽장에 가까우며, 선반 가득 날짜를 적고 딱지를 붙인 상자 안에 가나다순으로 정리해 놓은 물건들이 쌓여 있다. 예컨대, 건전지, 아직 포장도 뜯지 않은 정체 모를 선물들, 남성/여성/아동용 신발(대개 짝이 맞는), 알람 시계, 장갑과 모자와 청바지 열일곱 벌을 포함한 옷가지, 크기도 색깔도 제각각인 우산, 이어폰이 딸리거나 딸리지 않은 카세트 및 CD 워크맨, 의족 하나(아랫다리), 작아서 잃어버리기 쉬운 아이들 장난감, 책, 각종 카메라, 카세트 및 CD, 컴퓨터 게임, 콘돔과 기타 피임 기구, 갖가지 화장품, 휴대 전화기 두 대. 분실고 안에선 습기와 플라스틱 냄새가 난다. 창문은 전혀 없다. 갓 없이 전구만 달랑 달렸다. 덩컨은 특별히 할 일이 있을 때를 제외하곤 지난 6개월간 근무 시간 대부분을 분실고에서 보내 왔다. 불도 켜지 않고 〈9월 16일, 16호실〉이란 딱지가 붙은 상자에 걸터앉아서 말이다. 이 상자 속엔 수선화 알뿌리가 가득 들어 있다. 지금 덩컨의 다리 밑 어두운 상자 속에선 수선화 몇 송이가 포장지 안으로 싹을 틔우려는 중이며, 또 몇 송이는 양파 껍질 같은 외피 안으로 무너져 내리며 서서히 썩어 가고 있다.

고마워, 덩컨. 리즈가 말한다: 당 지점에 고용된 글로벌 직원 대부분은, 또는 그 당시 당 지점에서 일했던 직원들은, 덩컨과 그의 습성을 두둔한다. 벨이나 버넷이 나타나면 덩컨이 적발돼 불이익을 당하지 않도록 기꺼이 분실고 문을 두드려 미리 주의를 준다. 지점 내 전 직원이 덩컨이 사고를 직접 보고 들은 사실을, 사건 당시 세라 윌비와 같이 꼭대기 층에 있었다는 사실을 알고 있다. 이후에 입사한 신입들은 덩컨이 관두는 게 옳다고, 아님 관두도록 만들어야 한다고 소곤댄다. 그가 정리 해고 제의와 그에 따른 보상금 지급을 거부했다는 풍문을 쑥덕대기도 한다. 그들은 그때 그 자리에 있었다면 기분이 어땠을지 논한다. 그들은 자살에 대해 논한다. 사랑에 대해 논한다. 덩컨을 사고에 엮으려 한다. 덩컨이 그들 곁을 지날 때면, 말 붙이는 이 없는 으스스한 적막감이 그의 앞뒤로 따라붙고 수치심이 꼬리를 끈다. 리즈는 덩컨에게 소일거리를 맡기기 좋아해 같이 당직을

설 때면 이런저런 잡무를 부탁한다. 그게 덩컨에게도 좋을 거라고 리즈는 생각한다. 한때 리즈는, 그러니까 처음 이곳에서 일을 시작했을 무렵, 덩컨과 같이 잘 마음도 있었다. 그 당시 덩컨은 재밌었고 사교적이었으며 모험심도 있었고 제법 잘생겼다. 이제는 덩컨과 같이 당번을 서기가 꺼림칙하다. 리즈는 덩컨에게 최대한 친절히 군다. (덩컨의 눈에는 리즈가 보이지도 않는다.) 다만 속으로는 그가 정신 상담을 받아야 할 거라고 생각한다.

리즈는 손가락을 입에 문다: 천연 소독제를 찾으려는 자연스러운 신체적 충동.

살갗 주위는 붉게 물들었다: 체내 응고 체계의 국부적 염증 반응.

결의에 찬 신속한 발걸음으로 방을 가로지른다: 6개월 후면, 리즈는 결의에 찬 신속한 발걸음으로 방을 가로지를 수 없게 될 것이다. 방을 가로지르는 것조차 거의 불가능해질 것이다. 심지어 〈신속한〉이란 단어를 떠올리기만 해도, 유령과도 같은 그 단어의 흔적이 머릿속을 스쳐 지나가는 것만으로도 불안감에 사로잡힐 것이다. 하룻밤인가는 잠결에(가까운 미래의 10개월여에 걸친 기간 동안은 잠도 쉽게 오지 않아 구멍 숭숭 뚫린 선잠을 자게 될 테지만), 흑백색 돼지 등에 올라타고 웨일스 내지는 스코틀랜드 국경 부근처럼 보이는 강물 같은 풍경을 전속력으로, 거의 날다시피 질주하는 꿈을 꿀 것이다. 이후 리즈는 거의 탈진한 상태로 공황에 질려 잠에서 깰 것이다. 심장이 불에 탄 느낌일 것이다. 꿈결에 돼지를 붙들었던 탓에 다리 근육이 뻐근히 아릴 것이다. 이날은 리즈의 초기 투병 생활 중 최악의 순간에 속할 것이다.

제복을 펴고: 리즈는 감시 카메라가 꺼졌다는 사실과, 따라서 오늘 밤에는 제복의 단정함 내지는 단정치 못함이 상부에 보고되거나 상부에 의해 기록될 일이 없다는 사실을 잠시 잊었다.

아무도 없다: 엄밀히 말하면 사실이 아니다. 자동차를 타고 지나거나 도보로 지나는 행인들이 길에 몇 사람 보인다. 여기서 〈아무도〉라 함은 구체적으로 건너편 인도에 아무도 없음을 의미하는데, 리즈는 글로벌과 마주한 매장 앞에서 피신 중이거나 그 부근의 인도에 앉아 있을 사춘기 소녀가 눈에 띄기를 예상 혹은 기대하고 있다.

아무도 보이지 않는다: 여기서 〈아무도〉란 위의 〈아무도〉와 동일한 의미를 갖는다. 리즈는 이 소녀를 죽은 룸메이드인 세라 윌비의 장례식에서 본바 있다고 확신한다. 세라 윌비(19)는 글로벌에 잠깐 근무했으나 지난해 5월 기이한 사고로 추락사하는 변고를 당했고, 그 비극적 사고는 지역 뉴스와 전국 뉴스에 모두 보도되어(1999. 5. 25/26) 그 파장의 결과로 첫째, 호텔이 사흘간 폐쇄되었으며 둘째로 호텔 재개업과 동시에 객실 수요가 급상승하였는데, 사고 현장을 직접 보고 싶어 하는 인근 주민 및 일반 대중의 호기심에 이 예약 쇄도는 늦여름까지 계속되었다.

글로벌 호텔은 당 지점의 임직원들에 한해 세라 윌비의

장례식 참석을 의무화하였다. 장례식에 다녀온 이후, 직원들
사이에선 도리스 데이의 노래 「케 세라 세라」와 죽은 소녀의
이름을 결합한 농담이 유행했다. 리즈는 이제 그 농담의
구체적인 내용까지는 기억하지 못하나, 장례식 이후 몇 주간
호텔 주방과 호텔 창고에서, 또 판자로 봉해 버린 지하층
입구 앞을 오고가면서, 불법 대마초를 나눠 피우듯 직원들
간에 그러한 농담들을 주고받으며 마음이 한결 가벼워지는
느낌을 받았던 것은 기억한다. 당시 인기였던 농담들의
핵심 구절들, 예컨대, 〈승강기엔 솟을 구멍도 없더라〉
내지는 〈세라 윌비는 영원토록 엘리베이터에 윌비[11]〉 내지는
〈쇳독이 단단히 올랐다지〉 유의 우스갯말들은 가을까지도
호텔 계단통을 따라 제멋대로 번져 나갔으나, 이제는 바람도
잠잠해져 시시덕대던 농담들도 웬만큼, 표현은 좀 뭣하지만,
숨이 꺾인 상태였다.

  리즈는 죽은 소녀와 같이 당번을 선 적도 있었다. 죽은
소녀의 머리는 짙은 갈색이었는데, 사실 그날은 토요일이라
정신없이 바쁘기도 했고 더군다나 하루가 멀다 하고
들랑대는 게 신입 직원인 데다, 룸메이드들은 특히 이직률이
높은지라 개중에 낯선 신참 한두 명씩은 꼭 끼어 있기
마련이었다. (높은 이직률이라 — 여기도 농담의 소지는
다분했다.) 그날 세라 윌비의 유족들은 교회 입구를 지키고
셨었다. 글로벌 전 직원이 유족들 앞을 줄지어 지나갔다.

---

11 머무를 신세 *will be.*

임원들부터, 그에 이어 부지배인들과 총무부 직원들과
리셉션과 경비 부서와 시설 관리 부서와 주방 직원들과
룸메이드들까지, 한 사람씩 유족들과 악수를 나누었다. 2주
전쯤에야 리즈는 밖에 앉아 있던 소녀가 낯익었던 이유가
그날 본 얼굴이었기 때문임을 깨달았다. 호텔 제복을 입은
다른 직원들을 뒤따라 교회 문을 지나다 그 애를 봤던 거다.
악수를 나누었던 것도 같았다.

오늘 밤 리즈는 그 애와 얘기라도 해볼 생각으로 호텔을
나섰다. 도와줄 방법은 없는지 물어보려고(그런데 여자애가
도망쳐 버렸다), 돈이든 커피 한 잔이든 먹을거리든 뭐든
필요한 건 없는지, 호텔로 들어와 몸이라도 녹이려면 그래도
좋고, 그 외 어떻게든 리즈가 해줄 수 있거나 도와줄 수 있는
일은 없는지 물어보려 했다. 내가 해줄 건 없니? 어떻게든
도와줄 수 없을까? 이런 말들까지 미리 준비해 뒀었다.

리즈도 세라 윌비를 알긴 알았을 거다. 그만큼은 리즈도
확신할 수 있다. 세라 윌비가 글로벌에 근무한 이틀 중 첫날
밤에는 당번도 같이 섰다. 그러니 그날 밤 잠시 동안이라도
세라 윌비와 같이 시간을 보냈을 거다. 말이라도 걸었을
테고, 몇 마디 주고받지 않았대도 최소한 눈빛이라도
나누었을 테다. 하지만 이미 노력해 봤음에도 당시의 기억이
전혀 떠오르질 않는다. 그날 밤, 그러니까 죽기 이틀 전날의
세라 윌비가 어떻게 생겼었는지조차 기억나지 않는다.
오히려 신문이나 텔레비전에 나온 사진을 보고 얼굴을
그려 보는 것이 기억만으로 되살리는 것보다 쉽다. 신문과

텔레비전 속 사진들이 안 그래도 희미하던 진짜 세라 윌비에 대한 리즈의 기억을 말끔히 백지화해 버린 듯하다.

그래서다. 알지 못했던 사람에 대한 공고한 기억 대신, 얼굴도 몸도 전무하여 기껏해야 윤곽만 남은 공백이 기억의 자리를 차지하고 있기에, 바로 그런 연유에서 — 게다가 리즈는 좋은 사람이기도 하니까, 그리고 실제 저 애에게 도움이 될지도 모르고 — 카펫 매장의 계단에 앉아 매일 저녁나절을 보내는 저 아이에게 리즈는 틈틈이 눈길을 주는 것이고, 지금 이렇게 맞은편 길가를 한 번 더 확인하러 나간 것도 그 때문이다.

로비: 영국과 세계 전역의 글로벌 호텔 전 지점은 스위스 출신 인테리어 디자이너인 앙리 골드블랫의 디자인을 토씨까지 그대로 옮긴 판박이 로비를 자랑한다. 세부적인 규제 사항을 여기 모두 나열하기에는 지면이 모자란데, 특정 가구 및 원단 제조자 명까지 명시한 골드블랫의 원본 청사진은 장수로만 열 장이 넘는다. 예컨대 골드블랫은 설계서 6쪽에, 로비 전면 화초 장식으로 백합의 일종인 스타게이저 나리를 지정하고 있다.

(주) 글로벌 인터내셔널 이사회 및 주주들은 건축물 설계에 있어서는 각기의 개성을 살리되 건물 내부는 동일하게 복제함으로써 세계적인 글로벌 고객의 심리적 안정감과 향수를 강화하는 동시에, 반복 방문을 유도할 수 있다고 믿는다.

리즈가 근무하는 글로벌 지점 로비에서는 질 좋은 카펫과

멀찍이 떨어진 레스토랑 음식과 스타게이저 나리 냄새가
난다. 앞으로 6개월 후 병석에 누워 투병할 동안, 리즈는
글로벌 로비 특유의 미묘한 향을 명확히 떠올릴 수 없을
것이다. 2년 후에는, 캐나다 휴가 중 별안간 들이닥친
봄철 눈보라를 피해 들어선 오타와 글로벌의 로비에서,
글로벌에서 일할 당시의 소소한 감각적 기억들이 느닷없이
되살아날 것이다. 인지조차 못 하고 있던 기억들이(이후
그녀는 깜짝 놀라 속으로 생각할 것이다), 지나 버린 옛
삶의 한 시절, 아프기도 전이자 회복되기도 전이었던 때를
상기시키는 기억들이. 리즈는 그런 때가 있었다는 사실조차
까마득히 잊었을 텐데 말이다.

입에 물었던 볼펜을 꺼내: 저녁 새 볼펜 끝에 묻은 리즈의
침은 로비의 온도 및 습도 조절된 공기 중으로 서서히
증발한다. 볼펜이 완전히 마르기까지는 1시간 45분이 걸릴
것이다.

투숙객들이 서는: 리즈는 리셉션 앞을 지나며 노상
그러하듯, 접수대 뒤에서 일하고 있는 자기 모습을 구경하는
공상에 잠시 젖는다. 한순간뿐이지만, 조금 전 들어왔던 잘
차려입은 젊은 여자가 되는 상상을 한다. 이런 호텔들에
묵어 가며 방 값은 전국에 배포되는 일요 주간지에서
발급해 준 신용카드로 계산하는 여자. 리즈와 같은 해에
태어났음에도, 근사한 차림새로 보건대 옷걸이 위에
드리운 공기마저도 고급스러운 매장에서 구매한 듯한, 이
부근에서는 물론 이쪽 지방 어디에서도 구매할 수 없는,

제아무리 포스트모던 브리튼에 살고 있다 해도, 하지만 실제 걷거나 일하거나 땀 흘리며 살아야 하는 진짜 몸에 걸쳐지는 건 어쨌거나 상상도 할 수 없는 그런 옷차림이 생활화된 듯 보이는 여자. 리즈는 그런 모습으로 저기 리셉션 앞에 서 서류에 서명하는 자신을 상상하며, 데스크 뒤에 선 여직원을 (리즈 자신을) 바라본다. 촌티 나는 남, 성실하지만 하찮은 근로자. 단정한 무명인 — 리셉션에서 일할 땐 머리를 뒤로 묶고 화장은 〈은근히〉 하는 게 중요하다. 저기 리즈가 있다. 보인다, 리즈가, 명찰 위로 솟은 은근히 화장한 낯과 매끄럽고 미소 머금은, 자기를 일체 비운 일 잘하는 그녀의 모습이.

이 상상된 장면에 반응하듯 리즈는 등뼈 꼬리부터 어깨까지 힘이 들어가는 기분을 느낀다. 분노와 결의로 힘이 솟고 의기가 오른다. 머리 가득 욕설이 떠오른다. 한편, 오늘 밤은 호텔이 한산한 편이라 좋은 방이 많이 남았음에도, 리즈는 이 여자에게 비교적 덜 쾌적하고 규모도 작으며 전망도 썩 좋지 않은 꼭대기 층의 객실을 내주었다. 또한 리즈는 오늘 밤 늦게, 사회적 권력 관계의 전복을 꾀한 행위로서 리셉션 전화기에 그 방의 호수(34)를 꾹꾹 입력하고는 수화기 너머로 벨소리가 딱 한 번 울리길 기다리며, 그리고 여자가 금시 좌절될 기대감으로 수화기로 손을 뻗는 장면을 상상하며 통쾌함을 느낄 것이다.

리즈는 또, 그보다 더 늦은 한밤중에, 그리고 당직에게 들키지 않는다는 전제하에, 벽에 걸린 곁쇠를 훔쳐 꼭대기

층으로 올라가 돈 많은 여자의 객실로 몰래 숨어들어
가서는, 침대 맡으로 다가가 멋모르고 잠들어 있는
여자를 우두커니 내려다볼 생각이다. 이건 이전부터
품어 온 환상이지만, 아직껏 실행에 옮겨 본 적은 없었다.
그러기엔 리즈가 워낙 사람이 좋아서. 하지만 오늘 밤,
리즈에게 불가능이란 없다(적어도 평소보다는 많은 것들이
가능해졌다 ─ 아래의 자신의 소행에 아직도 도취돼 있다를
참고할 것). 더욱이 지금 리즈는 돈에 민감한 상태다.
지난주에 은행 밖에 있는 현금 지급기에 현금 카드를
넣었을 때 기계가 카드를 먹었다. 다음 날 아침 카드 반납을
요청하러 은행을 찾았을 때, 카운터 뒤 직원은 카드를
돌려주지 않으려 했다. 그 직원은 리즈보다 나이가 훨씬
어렸는데, 수상한 눈초리로 대놓고 리즈를 쳐다보며 이제
카드는 은행 소유이며 리즈의 반복된 초과 인출이 우려되는
바, 은행은 리즈에게 급여 통장에 들어오는 금액 중
소량만을 인출할 수 있는 신규 카드를 발급해 줄 것이라고
말했다. 이 계좌는 솔로 계좌라 불린다. 그리고 보통 15세
청소년들에게나 발급되는 계좌란 사실을 리즈는 이후
알게 됐다. 은행 직원은 리즈에게 〈확인할 사항이 있다며〉
수표장을 달라고 했다. 리즈가 칸막이 아래 구멍으로
수표장을 밀어 넣자 은행 직원은 그 자리에서 수표장을
반으로 찢어 봉투에 넣고 봉투를 서랍에 넣은 후 서랍을
잠가 버렸다. 〈앞으론 수표 발행을 허가할 수 없습니다,
오브라이언 씨.〉 직원은 말했다. 〈이 수표장은 이제 은행

소유입니다.〉

　하지만 오늘 밤 늦게, 리즈는 잔돈이 든 휴지통을 챙겨
호텔을 나설 것이다. 내일 아침 부엌 식탁에 엎드린 자세로
잠에서 깨고 나면, 리즈는 세탁기 옆에 놓인 휴지통을
발견하고 잔돈을 꺼내 세어 볼 것이다. 도합 25파운드가량
될 것이다. 리즈는 흐뭇해할 것이다. 이 돈으로 호텔 조식
값을 지불한 것을 기억할 것이고, 집에 가는 길에 밤새
영업하는 빵집에서 본인 아침 식사용으로 크루아상 몇
조각과 우유 한 병을 샀던 것을 기억할 것이다. 크루아상은
그때껏 제복 밑에 놓여 있던 가방 속에 들어 있을 것이다.
리즈는 크루아상을 반으로 쪼개 그릴에 넣고 얼른 가게로
뛰어가 버터를 사 올 것이다. 버터를 넉넉히 바른 빵으로
점심 끼니를 해결하는 동안 요행과 호사를 누리는 기분일
것이다. 내일 저녁 내내, 미처 세탁 못 한 제복에서는
희미하게 바랜 크루아상 냄새가 풍길 것이다.

　문 비밀번호: 3243257. 이 일련의 번호들을 바른 순서대로
암호 상자에 입력하지 않는 한, 잠긴 문은 열리지 않을
것이다. 이는 통상의 보안 절차다.

　앞으로 6개월 후면 리즈는 이 비밀번호를 기억하지 못할
것이다. 그리고 다시는 기억할 필요가 없을 것이다.

　수화기를 공중에 쳐든 채: 기분이 한껏 고조된 리즈는
노숙자를 호텔에 들여 하룻밤 공짜로 묵게 해준 제 소행을
누구에게 전화를 걸어 알려야 할지 판단이 안 선다. 리즈의
행동을 이해할 만한 친구들은 모두 이 호텔에서 일하므로,

의도치 않은 혹은 의도된 발설로 리즈를 배신할 수도 있다. 한편 글로벌에서 일하지 않는 친구들은 리즈가 저지른 일의 반항적 의의와, 그러한 행위가 요하는 만용과 용기의 미묘한 배합을 온전히 이해 못 할 것이다. 리즈는 어머니에게 전화를 거는 방안을 대안으로 떠올리며 잠시 망설인다. 리즈의 어머니, 디어드리 오브라이언은 리즈의 행위와 그 파급력을 십분 이해할 테지만, 20대 중반으로 접어든 리즈에게는 모녀간의 복잡하게 얽힌 관계에 대한 이해보다는 어머니에 대한 재단과 원망이 더 큰 만큼, 너무 빨리 나이 들어 가는, 얼마 전까지만 해도 함께 나다니기 창피했던 어머니에게 이러한 모험담을 선뜻 선물하느니 차라리 저 혼자 간직하고픈(그래야 스릴감도 있고) 마음이 어머니와 대화하고픈 마음을 압도한다.

9: 글로벌 호텔에서 외부로 전화를 걸 때 눌러야 하는 번호.

자신의 소행에 아직도 도취돼 있다: 오늘 저녁 리즈는, 노숙자가 무료로 호텔에 투숙하게 함으로써, 짐작건대 글로벌 품질 방침의 전 규정을 어겼을 것이다.

리즈는 과거에도 이 여자 노숙자를 호텔 밖에서 종종 목격한바 있다. 여자 노숙자는 해가 날 때도 바람이 불 때도 때론 비가 올 때도 밖에 앉아 있다. 양 손바닥을 펼치고 앉은 모습이 명상 중인 불교 신자를 닮았다. 리즈는 여자의 삶은 고되지만 괜찮은 삶일 거라고, 자유로운 삶일 거라고 생각한바 있다. 지난 몇 년간 변화해 온 노숙자들의 동태도

흥미롭게 여긴다. 전에는 술 취한 노인들과 정신 나간 중년 여자들이 주였다면 요즘은 나날이 젊어지고 어려진다.
리즈는 리셉션 데스크 앞에 선 여자 노숙자의 나이를 가늠하지 못했던 것은 물론 여자가 로비까지 끌고 들어온 냄새가 그리 강렬할 거라고도 미처 예상 못 했으나, 어쨌든 누군가에게 하룻밤 동안이나마 신세계를 선사하게 되어 여전히 뿌듯하다. 이후 절로 인심이 동한 리즈는 컴퓨터의 룸서비스 예약 항목에 12호실은 내일 풀코스 조식이 예약돼 있다고 충동적으로 기재할 것이다. (그러다 몇 분 후 화들짝 놀라 제 머리글자가 붙은 글을 삭제해 버릴 테지만 —
리즈는 지금 제 당직 암호로 컴퓨터에 접속해 있다. 그래도 덩컨을 연루한 것은 그나마 무방하다고 볼 수 있다. 덩컨은 과묵하고, 벨도 버넷도 사고 때문에 아직 덩컨에게 겁을 먹은 상태라 혹여나 적발되더라도 이 일로 그를 신문하고 들 가능성은 크지 않다. 덩컨이 여자 노숙자를 계단으로 안내하는 동안, 그리고 그가 다시 내려오기를 기다리며 리즈는 내심, 이 대범한 술책의 결과 의기가 충전된 덩컨이 오늘 밤만은 분실고에서 나와 내친김에 예전처럼 대화마저 나누려 들지는 않을까 기대하고 있다.)
손가락으로 탁상을 두드린다: 닐 세다카의 1962년도 영국 차트 히트곡인 「어려운 이별」의 1절 도입부 리듬에 맞춰. 위의 기악 버전의 「어려운 이별」 부분 참고.
옷감: 글로벌 호텔의 제복은 78퍼센트 폴리에스터, 22퍼센트 렉스 재질이다. 땀을 유발하는 옷감이다.

휴지통: 비닐봉지를 끼운 이 휴지통에는 애드빌 물집
방지 패드(리즈 것) 외에도 〈성 마이클 파스타〉와 〈토마토
바질 치킨과 시금치 샐러드〉라는 라벨이 붙은, 그러나
내용물은 이미 비운 흰색 일회용 포크가 든 플라스틱 통이
들어 있다(원래는 29호실에 투숙 중인 브라이언 모건 씨
소지였으나, 그는 오후 2시에 체크인하며 리셉션 일직인
린다 알렉산더에게 이것 좀 처분해 달라고 부탁했다).

핏자국: Rh+ A형 혈액형.

명찰: 명찰은 글로벌 품질 방침의 일환이다. 품질 방침
교육 책자(영국, 1999)에 따르면 〈품질이란 처음부터
마지막까지, 주어진 업무를 매번 충실히 수행하는 것을
의미한다. 품질을 측정하려면 우리가 문제를 수습하는
데 드는 비용을 계산하면 된다. 우리는 잘못을 수습하고
뒷정리하는 데만 나흘 중 하루를 소비한다. 글로벌 업무에는
여러 복잡한 절차가 수반되고 또한 각층의 사람들이
기여한다. 본 품질 사업은 임직원이 어차피 수행해야 하는
갖은 보람 있는 업무를 보다 잘해 내도록 유도하는 것을
목표로 한다. 일을 더 잘, 그리고 더 저렴하게 수행할수록,
성장에 대처하기도 수월해지고, 고객 만족과 임직원 만족도
보장된다〉.

이곳 글로벌 지점 직원 중 이 글의 의미를 파악한 사람은
아무도 없으나, 다만 잘하고와 못하고와 그보다 잘하는 것의
차이에 대한 글임은 짐작하고 있다. 글로벌 품질 방침의
수립이 불러온 주요 변화라고는 하급 직원들은 이름만

적힌 명찰을, 직속 상사 및 임원들은 성명이 적힌 명찰을
착용하게 된 것 정도이다.

호텔 앞쪽의 감시 카메라들: 호텔 뒤편의 경비실과 연결되는
감시 카메라 설치를 담당했던 건 수습 전기공(과 태만한
감독관)이었다. 룸메이드가 끄는 카트가 호텔 안쪽 복도에
깔린 전선을 특정 각도로 건드릴 때마다 전방에 달린 카메라
전력이 끊기는 사태가 발생한다.

감시 장치의 이러한 일시적 성능 장애 덕에 리즈는
경비 부서의 눈에 제 행위가 기록될 리 없다는 확신하에
노숙자에게 12호 객실을 무료로 제공할 수 있었다.

목이 아프다: 리즈의 목과 겨드랑이와 샅에 위치한
분비선은 모두 부은 상태다. 현재 리즈는 귀와 턱 주변으로
느껴지는 약간의 거북함밖에 감지 못 하고 있으며, 그
원인이 제복의 꽉 끼는 목둘레 때문이리라고 짐작하고 있다.

컴퓨터 시계: 이 시계는 현재 그리니치 표준시보다 12.33초
빠르게 설정돼 있다.

이 컴퓨터는 호텔 고객 및 직원들 신상과 전 세계 요율,
그 밖의 전반적인 글로벌 관련 정보를 제공한다. 컴퓨터
내 저장된 (일부 직원만이 접속할 수 있는) 직원 명부에는
글로벌 전 직원의 급여 수령 방법과 자택 주소가 명시돼
있으며, 그중에는 워즈워스 공영 주택 단지의 베일 라이즈
27호에 사는 룸메이드 조이스 데이비스의 신상 정보도
포함돼 있는데, 조이스 데이비스는 내일 오전 일찍, 이틀
동안 12호 객실 점검을 하지 않은 직무 태만을 이유로

(리셉션 일직 및 당직 근무를 맡았던 린다 알렉산더와 리즈 오브라이언에게 12호실이 당시 공실이었음을 재차 확인한 끝에) 벨 부인에 의해 글로벌 호텔의 당 지점에서 해고될 것이며, 책임을 물을 투숙객이 전무한바, 넘친 욕조 물로 인해 호텔 측이 입은 손실에 대한 직간접적 책임을 배상해야 할 것이다. 손실액은 카펫 교체 및 건조 비용을 포함해 총 £373.90으로, 이 금액은 데이비스의 마지막 급료에서 공제될 것이다.

리즈는 리셉션 뒤에서 일하는 중이다: 저기 리즈가 있다. 리셉션 뒤에서 일하고 있다.

로비는 텅 비었다.

잠시 후, 리즈는 컴퓨터 시계로 눈을 돌릴 것이고 그 순간 1에서 2로 번호가 바뀌는 것을 목격할 것이다. 그걸 본 리즈는 기분이 좋아질 것이다. 의도된 일처럼 느껴질 것이다.

그건 그때다. 이건 지금이었다.

리즈는 침대에 누워 있었다. 하강 중이었다. 당신이 방금 읽은 것과 같은 이야기는 존재하지 않았다. 아니, 설사 존재한대도 리즈는 기억하지 못했다. 위에 나온 내용 전부 기억되지 않은 내용으로, 어딘가에 가라앉은, 저기 바다 깊숙한 모랫바닥에 반쯤 파묻혀 있는 이야기였다. 위로는 잡풀이 너울거렸다. 떼 지어 부유하는 물고기와 뒤처진 낙오자 몇 마리가 그 새를 날름 드나들며 동그란 입으로 물을 호흡했다.

그리고 설사 리즈가 기억해 냈다 한들, 이제 와 그 기억이
무슨 소용이겠는가? 물에 떨어뜨린다 한들, 예컨대 가용성
아스피린처럼, 완전히 녹아 용액을 이루기라도 할까?
온갖 자질구레한 잔병과 그로 인한 통증을 아스피린처럼
부분적으로나마 잠재울 수나 있으려나? 열 기운에 가뿐해진
리즈의 세계는 어지럽게 회전했다. 그리 회전하는 동안 각종
지명들이 제자리에서 떨어져 나와 사방으로 투하되었고
그러자 바다와 나라들이 있던 곳에는 공백만이 남았다.
언젠가 재발견돼 재명명되기만을 기다리는 윤곽의 형태로,
위도와 경도마저 탄성 잃은 고무줄처럼 맥없이 늘어진
채로. 그 세계는 어찌나 빠르게 회전했는지, 곳곳에서
교량이 절로 연소되고 건물들은 죄 불탔으며 찌푸린 하늘은
노여움을 풀 줄 몰랐다. 세계의 새들은 잿더미로 변한 가지
끝에 걸터앉아 해질 녘부터 동틀 녘까지 그리고 온 나절이
지나도록 종말을 알리는 합창을 지저귀었다. 기름기 없이
담백하니까. 검은지빠귀들이 숯덩이로 변한 정원 울에서
노래했다. 욕조에 넣으면 거품이 보글보글. 산비둘기들이
불타는 단풍나무 잎사귀 틈에서 구구거렸다. 몸에 좋은
것들은 다 모였어요. 제비들이 연기 속으로 낙하했다
떠올랐다 다시 낙하하며 찍찍거렸다.
    약속된 대로 어디엔가는 청결함과 갓 목욕을 마친
뒤의 상쾌함이 기다리고 있을 것이었다. 또 옥수수 밭이,
나무들이, 공기가, 건강하고 청정한 음식물이 기다리고 있을
것이었다. 몸에 좋은 것들, 소박하고 명료하며 맑은 것들이,

아린 삭신을 가라앉힐 향유가 준비돼 있을 것이었다.

리즈는 잠들어 있었다.

4시.

리즈의 어머니는 열쇠 구멍에 열쇠를 끼우고, 자물쇠를
돌리고, 현관문을 밀쳐 안으로 들어왔다. 그녀의 이 일련의
행동들에는 주저하는 기색이 역력했다. 내키지 않는 듯
머뭇대는 손이 파르르 떨릴 정도였다.

그녀는 조용히 리즈의 방으로 향했다. 인사를 건네려고
얼굴을 다잡았다. 리즈는 잠들어 있었다. 인사용 얼굴은
불필요했다. 그래도 그녀는 리즈가 잠에서 깰 것에 대비해
얼굴을 벗지 않았다.

리즈가 사는 이곳 아파트는 방에서 방 사이가 일곱
걸음밖에 되지 않았다. 리즈의 어머니는 부엌까지 살금살금
기어가, 가방 부스럭대는 소리가 리즈 귀에 들리지 않도록
숨을 죽인 채 부엌문을 닫았다. 참았던 숨을 내쉬며 그녀는
찬장을 열었다. 찬장 속에 깡통과 상자에 든 물건들을
끌러 넣었다. 참치, 콩, 고등어, 뮤즐리. 토마토와 햇감자와
샐러드와 샐러드드레싱과 연어 절임과 낱개 포장된 유기농
과일 요구르트는 냉장고에 넣었다. 조만간 새 냉장고를
사줄 생각이었다, 리즈가 허락한다면. 그녀는 널찍한 시리얼
그릇에 과일을 담고, 빵 도마를 닦은 뒤 빵을 도마에 얹었다.
수프는 나중을 위해 조리대 옆에 놓았다. 리즈가 깰 때에
대비해.

리즈의 어머니는 부엌문을 열었다. 역시나 삐걱거렸다. 그러나 리즈는 깨지 않았다. 조용조용 그녀는 카펫을 가로질러 전화선을 벽 콘센트에 꽂고, 조용조용 카펫 위에 앉아 벽에 몸을 기대고 딸을 바라봤다. 겁이라곤 없던 어린 리즈, 동요하는 적 없던 열두 살의 리즈, 속을 알 수 없던 열여섯 살 소녀, 절대 냉정을 잃지 않던 소녀, 그리고 불가해한 성인, 리즈. 리즈는 침대에 누워 있었다. 핏기 없이 부스스한 모습으로, 칙칙한 낯빛을 구긴 채 잠들어 있었다. 숨소리가 들쑥날쑥했다.

리즈의 어머니는 몸 구석구석 안 아픈 데가 없었다. 딸 근처에 있는 것만으로도 심신이 아렸다. 딸을 바라볼 동안 그녀의 얼굴엔 주름이 절로 새겨졌다. 그녀는 딸 대신 침대를 바라봤다. 침대엔 서류가 어질러져 있었다. 리즈에게 방해가 안 되도록, 그녀는 이불에 놓인 책자를 슬며시 집어 들었다. 신상 소개 — 계속. 서 있기. 서 있는 데 불편함이 없는지 알아봅니다. 여기서 서 있기란 다른 사람의 도움 없이, 그리고 다른 물건에 의지하지 않고 혼자 힘으로 서 있는 것을 의미합니다. 손놀림. 다음 중 본인에게 해당되는 첫 번째 문장을 고르십시오. 나는 책장을 넘길 수가 없다. 나는 한 손으로는 2펜스 동전을 주울 수 없으나 다른 손으로는 주울 수 있다. 보기. 말하기. 듣기. 나는 조용한 방에서 보통 크기로 얘기하는 사람의 말을 알아들을 수가 없다. 방광 조절. 한 문장만 고르십시오. 기타 정보 — 계속. 기타 도움이 될 만한 사항은 아래 공란에 기입하십시오.

마지막 장의 이 글 상자엔 연필로 쓴 글자가 적혀 있었다. 리즈의 어머니는 서류를 들어 창가 불빛으로 글씨를 읽어 보려 했다. 알아보기가 쉽지 않았다. 단어는 두 개였다. 하나는 〈목욕〉으로 추정되는 단어였고 그 뒤에 〈노레하는〉, 혹은 〈노래하는〉이라고 쓴 단어가 보였다.

그녀는 서류를 침대에 내려놨다. 리즈가 숨 쉬는 모습을 바라봤다. 아무 일도 일어나지 않는 방을 응시했다. 리즈가 깰 때까지 계속 그렇게 보초를 설 것이었다.

그녀는 몸을 숙여 딸의 이마에 손등을 대고 체온을 쟀다. 이마로 흘러내린 딸의 머리카락을 집어 눈가를 피해 귀 뒤로 조심히 쓸어 넘겼다. 등을 펴고, 다시 벽에 몸을 기댔다.

아, 사랑이여.

완료
perfect

한 손의 한 손가락으로 페니는 단어를 쳤다. 다른
손으로는 호텔 텔레비전 리모컨에 번호를 입력했다.

클래식한. 페니는 타자를 쳤다. 이상적인.

텔레비전 화면에서는 한 컨트리 앤드 웨스턴 스타가
카메라에 대고 하느님이 내슈빌을 얼마나 극진히
여기시는지 이야기하고 있었다. 끔찍이 아끼시죠. 그녀는
말했다. 미국 내에서도 하느님의 사랑이 유난히 충만한 곳,
이 지역을 아주 각별히 생각하세요.

무겨르한. 페니는 타자를 쳤다. 그리곤 르와 겨를
삭제했다. 그 자리에 다시 겨를 입력하고 끝에 ㄹ을 갖다
붙였다.

클래식한 이상적인 무결한. 컴퓨터 화면이 선언했다.

페니는 호텔 텔레비전의 채널을 돌렸다. 암호 해제된 성인
채널이 화면에 떴다. 이전 손님이 남긴 흔적일지 몰랐다.
덜렁대는 기구를 몸에 장착한 여자 둘이 교대로 관계를
가질 동안 가죽 팬티 차림의 남자가 격려한답시고 여자들

궁둥짝을 치며 끙끙거렸다. 페니는 이 광경을 시청했다.
입이 서서히 벌어졌다. 그녀는 눈을 찡그렸다. 페니가 보고
있는 걸 알았는지, 기다리고 있었다는 듯 화면이 흑백으로
암호화되었다.

젠장. 페니는 말했다.

무결fffffffffffffffffffffffffffffffffffffffffffffffffffffffffffffffffffff
fffffffffffffffffffffffffffffffffffffffffffffffffffffffffffffffffffffffff
fffffffffffffffffffffffffffffffffffffffffffffffffffffffffffffffffffffffff
fffffffffffffffffffffffffffffffffff한. 노트북 화면이 선언했다.

페니는 웃었다. 덧붙은 f들을 삭제했다. 텔레비전 화면에
단어들이 뜨며 채널을 재구매하려면 리모컨에 번호를
입력하라고 페니에게 말했다. 페니는 침대에서 일어나 호텔
방에 으레 있기 마련인 종이 카드를 찾아 읽어 봤으나 유료
방송용 비밀번호는 보이지 않았다. 페니는 그새 화면이 비어
조용해진 텔레비전 밑을 살폈다. 책상 주변과 서랍 안도
살폈다. 인근 식당가 및 극장가 정보가 실린 안내 책자를
넘겨 봤다. 다시 침대에 올라 노트북 앞에 양반 다리를 하고
앉아 리모컨에 아무 번호나 눌러 봤다. 3554. 8971. 1234.
4321. 그러다 팔을 뻗어 수화기를 들고 1번을 눌러 리셉션에
연락했다. 하지만 받는 사람은 없었고, 수화기를 돌려놓다가
페니는 무릎으로 리모컨의 다음 채널 단추를 잘못 눌러
버렸다.

텔레비전 스튜디오에 앉은 말쑥한 정장 차림의 남자가
방청석 중간에 선 스웨터 차림의 남자에게 무슨 말인가 하고

있었다. 방청객 대다수는 나이 든 실직자들처럼 보였다.

거기 계신걸요, 당신 바로 뒤에요. 양복 입은 남자가
말했다. 정말이에요, 거기 있어요, 그래요 거기. 그가
마이크에 대고 말했다. 조금 더 왼쪽으로요, 당신 어깨
쪽에요. 누구시려나? 어머님이려나요?

페니는 담배에 불을 붙였다. 연기를 내뿜자 머리 위로 홀
사라져 버렸다.

어머넌 아직 살아 계신걸요. 두 번째 남자가 말했다. 이
분이 제 어머니세요. 그가 방청석 옆자리에 앉은 누군가를
가리키자 카메라가 여자의 얼굴을 포착했다. 주름지고
당황한 얼굴이 갑작스러운 카메라 불빛에 환한 광채를
띠었다. 성스러웠다.

고결한. 페니는 생각했다. 고결한. 그녀는 단어를
입력했다.

텔레비전 방청객이 웃고 있었다. 정장 입은 남자가 별안간
귀를 틀어막았던 거다. 누군지는 몰라도, 이젠 아예 고함을
지르시는데요. 그가 말했다. 대체 누굴까요? 죽은 사람도
번쩍 깨고 산 사람은 고막이 터질 목청이에요.

방청석은 다시 웃음바다가 됐다.

돌아가신 이모가 한 분 계시긴 해요. 스웨터 입은 남자가
말했다. 이모인지도 모르죠.

방금 뭐라고 외치신 줄 알아요? 나 〈안〉 죽었거든, 이라고
외치셨어요. 양복 입은 남자가 말했다. 그는 고음으로
외쳤다. 나 〈안〉 죽었어. 내가 죽었다고 〈누가〉 그래! 난

〈안〉 죽었어!

맞아요, 앨리스 이모예요. 스웨터 입은 남자가 말했다.
확실해요. 거참 신기하네요. 이모 말투가 딱 그랬는데.

페니는 전원 단추를 눌렀다. 신호가 보이지 않게 방을
가로질렀다. 텔레비전은 꺼졌다. 페니는 담배 끝을 빨고
한숨 쉬듯 연기를 내뱉었다. 지금껏 죽은 모든 사람들이
여전히 이승을 맴돌고 있다면. 전 지구를 섭렵하며 온 나라를
뛰어다니며, 바다보다도 망망한 3등 선실에 몸을 둥둥 싣고,
런던행 3차선 고속도로에 꼬리에 꼬리를 문 차량처럼 세계
전역에 교통 체증을 빚어 가며 이 도시 저 마을, 이 가게 저
사무실, 이 방 저 방, 어쩌면 이 호텔 방에까지 파고들어,
보이지 않는 벽 뒤로 주먹을 내리치며 일제히 소리 없는
함성을 외치고 있는지도 몰랐다. 우린 〈안〉 죽었거든!
우리가 죽었다고 〈누가〉 그래!

헉. 페니는 자기도 모르게 말했다. 고개를 흔들어 그림을
떨쳐 보려 했지만 절로 확장해 나가는 생각은 어느새 암석과
점판암에 각인되어 한낱 등골뼈로 영락한 공룡과, 러시아의
얼음 사막 깊숙이 냉동된 집채만 한 털북숭이 매머드,
총탄 맞고 박피당한 사자며 호랑이, 각종 응접실과 식당을
전전하며 페니가 봐온 수사슴과, 아버지가 그래야 맛이
좋다며 헛간에 걸어 썩히던 죽은 꿩들까지 포섭해 버렸다.
게다가 페니가 여태 알고 지낸 말과 개와 고양이들까지.
(거기까지 생각이 닿자 심장이 오그라들었다. 뜨끈히
변한 녀석들의 주둥이와 발굽과 발톱 달린 발바닥과

저만의 독특한 무늬로 털을 두른 옆구리와 초롱초롱 빛
밝힌 눈망울이, 집 주변 대지를 내달리던 말들과 촐싹대며
깨갱 인사를 짖어 대던 개들과 꼬리를 치켜세우고 앞뒤
계단과 윤기 흐르는 복도를 앞장서 오르내리던 고양이들이
눈앞을 아른거렸다.) 어디 개들뿐인가. 페니는 마음을
다잡듯 속으로 말했다. 이미 오래전 죽어 떠난 녀석들
생각에 괜히 마음 애틋해지는 건 곤란했다. 동물원의
동물들은 또 어떻고, 땅돼지서부터 얼룩말까지 종류별로
다 있잖아. 페니는 멍하니 생각했다. 그리고 만에 하나
닭들과 달걀, 소들과 송아지, 그밖에 온갖 물고기며 돼지며
어른과 새끼 양들 등등, 페니가 — 다른 사람이 아닌 페니
혼자서 — 반평생 동안 포식해 온 기백 마리 짐승들마저도
그곳에서 기다리고 있다면, 아무리 잠시 머물다 떠난
나그네새일지언정, 페니의 시야에 한 번이라도 날아들은
이력이 있는 새란 새는 모조리 동원되어 그 너머로 망령된
새소리를 재잘대고 있다면. 또 페니가 여태 목격해 온, 덫에
걸려 교수형 당한 수많은 생쥐와 바닥에 비슷이 엎어져 혀를
늘어뜨린 독살된 쥐와 여우들이. 하루살이 나비들과 전구에
불살라진 나방과, 페니의 손에 맞아 죽은 금파리들의 누렇게
파열된 몸뚱이들이. 비뚤배뚤한 비행경로를 긋다가 페니의
인생을 스쳐 지났던 초파리들과, 지붕 틈에 살지만 간혹
침대까지 진출할 때면 페니가 손끝으로 뭉개 버리던 등딱지
달린 깨알만 한 딱정벌레들, 심지어는 페니의 체내에서 살고
죽거나 이미 통과해 나간 육안으론 볼 수도 없는 수십 억

공중 세균까지도. 그네들 모두가, 그네들 모두가, 그네들
모두가, 보이지 않는 벽을 주먹과 앞발과 발굽과 더듬이와
아메바 닮은 팔인지 줄기인지로 쾅쾅쾅 두들겨 대며
제각각인 무언의 언어로, 컹컹 꺅꺅, 힝힝 야옹야옹, 음매
후하 꽥꽥 찍찍 윙윙 쉭쉭 부르짖고 외쳐 댄다면 ─ 어이,
거기! 우리 〈안〉 죽었거든! 우리가 죽었다고 〈누가〉 그래!

　지옥에 필적할 소음일 테지. 페니는 눈을 깜빡이며
생각했다. 끝없이 이어지는 그 끔찍한 소음. 우리 귀엔
실제로 안 들리니 그나마 다행이지. 기억해 죽어야 한다는
걸. 기억해 살아야 한다는 걸. 살 빼야 한다는 걸. 페니는
소리 내어 웃으며 펜을 꺼내 그 말을 메모했다. 그런데 막상
텔레비전도 끄고 웃음소리도 희미해지고 나니 이젠 정적
소리가 너무 묵직하게 느껴졌다. 게다가 그 적막감 뒤로
그리고 언저리로 들려오는 소리라고는, 페니가 누구인지,
여기 있는지조차도 모르는 무명인들이 음울한 호텔 안을
꼼지락대는 소리와, 극장이라곤 하나뿐인 이 우울한
소도시의 등불 밝힌 늦저녁 거리를 저벅저벅 지나치는
무명의 발소리뿐.

　페니는 생각 대신, 제 앞에 놓인 노트북 자판을 두드려
최적의 단어를 철자 완벽하게 입력 중인 손가락 소리에
집중했다.

　월등한. 자판이 타다닥 눌렸다.

　초월적인.

　그녀는 턱을 괸 채 잠시 생각에 빠졌다.

타의 추종을 불허하는. 그녀는 다른 단어들 밑에 이
구절을 입력했다. 오, 좋다. 페니의 귓가에 제 목소리가
들렸다. 추종을 불허한다. 추종을 불허했다. 타의 추종을
불허하는 곳을 찾고 계시다면. 클래식한 곳을, 이상적인
곳을, 무결한 곳을 찾고 계시다면. 고결한 곳? 아니야.
월등한 곳을. 초월적인 곳을, 아니야.

페니는 〈초월적인〉과 〈고결한〉을 삭제했다.

타의 추종을 불허하는 월등한 곳. 빈 방을 향해 그녀가
말했다. 방은 그에 응대하듯 페니를 위압했다. 사벽이
다가붙고 천장은 궂은 하늘처럼 낮게 깔리며 으름장을
놓았다.

욕조엔 미지근한 물밖에 안 나왔었다. 페니는 불평을
하려 아래층에 전화했었다. 그게 아녔대도 수도꼭지에서
흘러나온 물은 녹이라도 슬었는지 누런빛을 띠고 있었고
방 천장은 손볼 필요가 있었으며 방 자체도 겉보기나
번지르르하지, 실은 꽤 추레했었다. 문가 벽에는 원인 불명의
긁힌 자국이 있고 채널 4를 틀자 텔레비전에선 와글거리는
소리가 났으며, 카펫은 첫인상과 달리 상당히 헤졌고 연필과
볼펜 등 문구류는 무난할 따름이었으며, 샴푸는 희석돼
있었고 기본으로 제공되는 차와 커피는 상표가 시시했었다.

페니는 침대에 도로 앉았다. 침대가 삐걱거렸다.

이것도. 페니는 생각했다. 게다가 침대마저 삐걱거렸어.

(딱 그런 말투로 생각했다. 나중 가서 지금 일을 돌이켜
누군가에게 얘기해 주듯. 비록 아직까지는 방에 혼자 앉아

하고 있는 생각이래도.)

　페니는 침대에 몸을 눕혔다. 호텔이란 다 이리도
가식적이었다. 페니는 따분해 미칠 것 같았다.

　그 호텔에서 따분해 미치는 줄 알았어.

　페니는 발로 노트북을 슬그머니 밀쳤다. 조금 더, 더,
조금만 더, 노트북이 반은 침대 가장자리에 걸쳐진 채, 반은
바닥으로 기우뚱 쏠린 채 겨우 균형을 잡을 때까지. 그리곤
발을 힘껏 걷어찼다. 노트북은 바닥으로 떨어졌다.

　페니는 웃었다.

　그러다 노트북이 고장 났을지도 모른다는 생각이 들었다.
그녀는 눈살을 찌푸렸다.

　젠장. 그녀가 말했다.

　그렇지만 실제로 고장이 났다면 이야깃감으로 딱이었다.
예를 들어, 그래서 그 호텔에 묵으러 가는 길이었는데 하필
그때 내 파워북이 망가졌지 뭐야. 거기에 또 복잡한 사연이
있어. 기다려 봐, 얘기해 줄게. 어디 보자. 그게 말이지. 거긴
동네가 좀 거칠고 낙후됐어. 겉보기엔 꽤 고상해 보이지만,
특히 건축물이며 그런 것들을 보면 말이야. 시(市)에서
예술이며 뭐 그런 방면으로 나름 돈과 노력을 들이고는
있거든. 도시 곳곳마다 조각품이며 벽화 따위가 넘쳐 나고,
보행자 전용 구역에선 공공 미술 작품에 걸려 넘어지기
십상이지. 그래도, 좀 냉정한 평가긴 하지만, 그런다고
동네가 별반 달라진 것 같진 않더라고.

　(달라지다니? 원래 어땠는데? 대체 무슨 일이 있었던

거야, 페니? 포크 내리는 소리, 유리잔 부딪는 소리, 저녁
식사 이후의 포만감에 찬 헛기침 소리며, 이야기에 귀를
쫑긋 세운 사람들의 호기심과 조급함으로 점점 부풀어만
가는 침묵 소리.)

우선은 짐 가방을 뺏겼어.

(가방을 〈뭐〉? 누구한테? 누가 뺏었는데?)

한 녀석은 아예 내 면전에서 핸드백을 뒤지더라. 딱 너
정도 거리밖에 안 됐는데 말이야. 카드니 뭐니 전부 다 든
가방을. 내 인생이 죄다 들어 있었다고.

(세상에 페니, 무섭지 않았어?)

아니, 엄청 무서웠지.

(몇 명이나 됐는데?)

다섯 명. 아마도. 잘은 기억 안 나. 몇몇 장면 빼곤 전부
삭제된 느낌이야. 암튼 길에 다른 사람이라곤 있어야지.
지나는 차도, 택시도, 아무도 없었어. 아무도. 완전
악몽이었지. 정말이지 내가 그런 짓을 했다는 게 여태 안
믿긴다니까.

(왜? 왜? 뭘 어쨌는데?)

입이 아주 모래밭이었거든. 근데 정신을 차려 보니 내가
막 떠들고 있는 거야. 두목이랄까 우두머리랄까, 암튼
주동자처럼 보이는 우락부락한 체격의 거구한테, 그래 봤자
열여덟 살밖에 안 됐었겠지만 ─

(폭소.)

아니, 들어 봐, 들어 봐. 내가 뭐라 말했냐면, 난 이랬어.

어디 건드리기만 해봐. 한 놈이라도 내 물건에 〈손 하나〉
댔다가는. 저 건달들한테 당장 내 물건 내려놓으라고 해, 안
그랬다간. 죄다 법적 처벌 받고 땅 치며 후회하게 만들어 줄
테니까. 농담 아니야. 정신 못 차리게 만들어 주마. 〈이렇게〉
말이야.

그러곤 해버렸어.

(해버리다니? 뭘? 뭐야, 페니, 뭘 어쨌는데?)

제일 근처에 있던 녀석 머리통을 파워북으로 냅다 쳤어.

(뭐? 뭐? 뭘 어쨌다고? 웃음소리, 설마 하는 남녀의
들숨소리.)

진짜야 ─ 파워북으로 쳤다니까. 무게가 꽤 나가잖니.
나도 여전히 믿기질 않아. 알잖아. 난 폭력이랑 거리 먼
거. 파리도 못 잡는 사람인데. 그런데 내가 그런 짓을
한 거야. 했어. 것도 얼마나 세게 때렸는지 그 자리에서
주저앉더라니까. 무릎 꿇고 주르륵 미끄러지더라. 나머지
애들은 그걸 보고 줄행랑을 놓았어. 말 그대로, 줄행랑. 내
핸드백이랑 짐 가방도 놔두고, 지갑도 길에 팽개치고 죽어라
도망치더라. 나만 남겨 두고. 솔직히 운이 좋았지. 훔친
것도 없었고 핸드백도 짐 가방도 멀쩡했으니까. 파워북이야
물론, 나중에 틀어 보니 고장 나 있었지만. 값이 얼만데.
몇천 파운드어치 기술력이잖아. 그걸 열일곱 살짜리 깡패
머리통에 박살 내다니.

(폭소, 누군가 〈완패〉라고 외치는 소리, 박수갈채,
축하하는 말들, 흡족한 기침 소리.)

썩 그럴듯한데. 페니는 침대에 누운 채 생각했다. 완벽한
건 아니지만 제법 클래식하긴 했다. 초월적이진 않아도
그럭저럭 쓸 만했다.

(근데 그 남자애는? 머릿속 목소리 하나가 끼어들자
다시 유리잔 부딪는 소리가 들리고 담배 연기가 식탁 위로
피어올랐다. 죽었어? 일어나 도망치진 않았어? 그대로
발밑에 기절해 있었으려나?)

페니는 어느 편이 좋을지 곰곰 생각해 봤다. 씩씩하지만
충격에 빠진 영웅의 기세로 비오는 거리에 홀로 선 자신의
모습, 발 주변에 널린 가방, 그리고 비에 젖은 험악한 이
북녘 도시 귀퉁이로 잦아드는 발소리. 아니면 씩씩하지만
충격에 빠진 영웅의 기세로 비오는 거리에 선 자신의 모습,
다만 혼자가 아니라 인도에 고꾸라져 피를 흘리는 (기왕이면
썩 귀여운 외모의) 남자애를 뾰족한 구두 굽이 눈에 닿을
정도로 가까이 둔 채. 그러고는 병원, 혹은 경찰서, 혹은 택시,
혹은 그 애 부모님 집에서 벌어진 장면과 이후 간간이 연락을
주고받는 사이로 발전했다는 둥, 뭐 그러한 이야기. 그런 게
진짜 모험담이지. 그런 ─. 그런 게 ─. 그랬을 수도 ─.

그랬을 수 있고 없고는 아무 상관없었다. 그 이야기는
이제 끝났으니까. 왜냐면 페니는 그새 저만치 팔을 뻗어
바닥에 떨어진 노트북을 집었고, 뚜껑을 열었고, 전원 버튼을
눌렀고, 그러자 노트북은 여느 때와 같이 시작, 아무 일
없었다는 듯 회생, 한 치의 이상도 없었던 것이다.

대신 여태 입력한 단어들이 날아갔다. 저장도 안 했는데.

문서가 통째로 증발해 버렸다. 젠장. 처음부터 다시
시작해야 했다. 미치고 환장하고 펄쩍 뛰어 나자빠질.
페니는 기계를 때렸다. 어디서 배워 먹은 버릇이냐고
야단이라도 치듯. 노트북이 이불 껍데기 위로 휘청거렸다.

월등한. 페니는 생각했다. 새 문서를 열고 단어를
입력했다. 월등한, 그래. 하지만 다른 단어들은 좀체
떠오르질 않았다.

방문 밖 복도에서 누군가 돌아다니며 문을 두드리는
소리가 났다.

이 기분 나쁜 방에서 잠깐 나가는 것도 괜찮을 것 같았다.
단순히 외부 자극이 필요해 이런 건지도 몰랐다. 이 방 밖의
누군가는 〈월등한〉의 유의어를 알고 있을지도 몰랐다.

페니는 침대에서 몸을 굴려 방문을 열었다.

저기요. 페니가 말했다. 궁금한 게 있어서요.

호텔 제복을 입은 누군가가 저쪽 벽에서 뭔가를
조몰락대고 있었다.

미안한데요. 페니가 말했다.

그 사람은 돌아설 기미도 안 보이고 벽만 살폈다.

페니는 다시 시도해 봤다.

좀 도와주겠어요? 텔레비전 설정을 바꾸려면 어떡해야
하는지 알아요?

페니는 가까이 다가갔다.

저기요? 그녀가 말했다.

그 사람은 화들짝 놀라 돌아서더니 뒤로 한 발 물러섰다.

이제 보니 여자애였다. 금발 머리, 나이는 어려 보였다. 10대 중반, 아마 열여섯 살쯤 되지 않았을까 페니는 생각했다. 몸은 마르고 눈꺼풀은 침침한 것이 이상적인 열여섯 살 소녀의 모습이었다. 딱인데. 페니는 자동적으로 생각했다. 니트웨어나 모피, 혹은 겨울철 북부 도시를 주제로 한 라이프스타일 화보에 딱 맞겠어.

소녀는 주눅 든 얼굴이었다. 언제든 비상구로 뛸 것만 같은. 그러나 곧 당돌한 표정을 지었다.

뾰족한 거 뭐 없어요? 소녀가 억양 있는 말투로 물었다.

뾰족한 거? 페니는 뜻밖의 질문에 매료됐다. 아니. 그녀가 말했다. 무기 소지엔 별 취미 없어서.

페니는 싱긋 웃었다. 소녀는 웃지 않았다.

손톱 줄이나 주머니칼, 뭐든 끝이 뾰족하면 돼요. 소녀가 말했다.

난 — 흠. 글쎄, 모르겠네. 페니가 말했다. 잠깐만. 잠깐만 기다려.

끝만 뾰족하면 돼요. 방으로 향하는 페니 뒤로 소녀가 외쳤다.

페니는 화장품 가방을 들고 돌아왔다. 이게 있긴 한데. 그녀가 말했다. 이걸로 될까?

페니는 눈썹 족집게를 내밀어 보였다. 소녀는 족집게를 받아 높이 치켜들고 끝을 살폈다. 페니는 소녀의 움직이는 손을 바라봤다. 주름 없이 창백한, 쉽게 다칠 손이었다. 그녀는 고개를 들었다. 소녀는 머리를 가로젓고 있었다.

너무 작아요. 소녀가 말했다.

페니는 실망했다. 확실해? 그녀가 물었다. 그녀는 카펫
위로 화장품 가방을 엎었다. 그럼 이건? 이건 꽤 뾰족한데.
페니는 손톱 가위를 들어 보였다.

소녀는 가위를 받아 벽으로 돌아갔다. 가윗날로 뭔가
꼼지락대기 시작했다.

아뇨. 그 애가 말했다. 너무 작아요. 여기가 너무 좁아요.
더 두꺼워야 돼요. 2펜스나 10펜스짜린 없어요?

없어, 난 현금은 안 들고 다니거든. 페니가 말했다.

그러자 소녀가 어찌나 앙칼진 눈빛을 쏘아 붙이던지 그
시선이 그대로 페니의 몸을 관통하는 느낌이었다. 소녀는
한숨을 짓더니 페니의 방문을 힐끔 쳐다봤다. 저기 칼
같은 거 주지 않아요? 그녀가 물었다. 아님 숟가락이나
티스푼이라도?

티스푼? 페니가 말했다. 그러고 보니, 그래, 그렇겠네. 그
정도야 당연히 있겠지? 잠깐 기다려 봐. 잠깐만.

페니는 쟁반의 차받침이며 찻잔들을 달가닥 추어
티스푼을 찾았다. 그러곤 의기양양 가져다 라이프스타일
소녀에게 바쳤다. 소녀는 티스푼을 받아 겉을 살폈다.
눈동자 색이 무척 짙었다. 아주 두드러진 외모였다. 소녀는
팔을 들어 티스푼을 겨누고는 그 끝을 자기 코 높이에 달린,
이제야 페니 눈에 띈 나사 머리에 꽂았다.

응, 이건 꽤 쓸 만해요. 소녀가 말했다.

페니는 가슴이 뿌듯했다.

근데 ─ 이 부분이 ─ 도저히 ─ 이 이상 들어가질
않으니 ─ 돌리기가 영, 안 돼. 안 돼요.

내가 해볼게. 페니가 말했다.

티스푼 머리가 너무 얇고 게다가 휘어 있어 나사 홈에
끼우기가 어려웠다. 페니는 손잡이 부분으로 다시 시도해
봤다. 손잡이는 너무 널찍해서 아예 홈에 맞지도 않았다.

안 돼. 페니가 말했다. 대신 드라이버로는 금방 풀 수 있어.
드라이버를 가져오는 게 나아.

소녀는 페니를 무시했다. 하기야, 아래층에 드라이버가
있었더라면 애초 챙겨 왔을 거라고 페니는 생각했다. 아님
깜빡했던 건지도. 어쩌면 심부름을 하러 여기 올라온 거라
윗사람한테 혼날 게 두려워 일을 마무리하기 전엔 아래층에
내려갈 엄두도 못 내고 있는 건지도 몰랐다.

이제 소녀는 티스푼으로 나사 홈을 긁고 있었다.

그러지 마. 페니가 말했다. 그러다가 그거, 그 뭐라더라. 왜
있잖아. 결만 망가져. 그럼 더 풀기 어렵다고.

소녀는 당장 멈췄다. 한순간 페니의 눈에, 우단처럼
두툼하고 호화롭고 극적인 고뇌가 묵직한 커튼과 같이
소녀의 얼굴에 드리워지는 모습이 보인 듯했다. 다음 순간
눈을 깜빡이자 그 광경은 사라졌다.

흠. 페니가 말했다. 대신 앞에 남은 벽을 살펴봤다.

나사 몇 개가 벽 한 부분을 붙들어 매고 있었다. 소녀는
티스푼으로 벽면과 그 위에 나사로 고정된 또 하나의 벽
사이를 침울히 긁어 대기 시작했다. 얄팍한 틈새로 페인트

175

껍질이 벗겨지고 있는 걸 페니는 보았다.

소녀의 다물린 얼굴은 단호하면서도 묘하게 순수해 보여 페니는 무슨 수로든 돕고 싶은 충동을 느꼈다.

그만해. 페니가 말했다. 있어 봐. 내가 가서 찾아볼 테니까. 여기서 기다려.

이게 차라리 나았다. 아주 훌륭했다. 방화 문을 열고 계단을 사뿐히 뛰어 내려가며 페니는 생각했다. 여느 때처럼 또 호텔 방구석에 앉아 홍보 기사나 쓴답시고 지루한 밤을 보내고 있었건만, 느닷없이 찾아온 우연 덕에 실제 상황에 휘말린 톱니바퀴 역을 맡게 된 것이었다. 게다가 내 도움을 받고 나면 저 애도 날 평생 기억하게 될 테지. 페니는 층계를 한 단씩 내려가며 생각했다. 정확히 뭘 하려는 건진 몰라도 여하간 복도에서 뭔가 해야 했던 그날 밤 자기에게 도움의 손길을 내밀었던 친절한 사람이라고 말이야. 그리고 나도 언제나 이 일을 잊지 않고, 세월이 한참 지난 뒤에도 10대의 비범한 룸메이드를 도와 호텔 벽에서 나사를 제거했던 날로 오늘을 회상하게 될 테지.

페니는 기분이 우쭐해졌다. 비상계단이 무슨 영화 속 계단이라도 되는 양, 그리고 그녀 자신은 잔뜩 차려입고 무도회장으로 향하는 여주인공이라도 된 양 의기양양 층을 내려갔다. 계단 발치에 모여든 사람들이 샹들리에 불빛 아래로 유리잔을 높이 쳐들고 그녀가 내려오기만을 기다리고 있는 듯. 페니는 뾰족한 것, 끝이 날카로운 무엇인가를 찾아 층계참을 두리번거렸다(미국 남부의

숙녀들이 입을 법한 야회복 차림으로, 우아하고 품위 있게).
소화기는, 아니다. 그녀는 다시 아늑한(아늑함이라, 이것도
괜찮은 표현인걸. 페니는 생각했다. 아늑하다, 아늑한, 좋은
단어야) 호텔 복도로 들어섰다. 인근 풍경을 묘사한 그림들,
들판의 소들이며 언덕을 가로지르는 다리가 담긴 액자 속
풍경화들은, 아니, 충분히 뾰족하지 않다. 그때 객실 밖에
서 있는 한 여자가 눈에 띄었고, 그리하여 페니는 그날
밤 간만에 아주 흥미로운 인물을 만나게 되는데, 처음 그
여자를 목격했을 때만 해도 페니는 ― 짙은 사향 냄새를
풍기는, 다소 헤졌지만 길고 패셔너블한 여자의 외투에
근거한 오산이었지만 ― 그이가 호텔에 투숙 중인 괴짜
성향의 약물 중독자 혹은 마이너 급의 전직 록 스타일지도
모르겠다고 생각했다.

　여자는 페니가 뾰족한 물건이 있는지 물으러 다가가기도
전부터 벌써 미안한 표정을 짓고 있었다. 그러다 페니가 두
번 연속해 질문하고 난 뒤에야 고개를 저어 보였다.

　꼭대기 층에서 쓸 일이 좀 있어서요. 페니가 말했다. 혹시
잔돈은 없으시겠죠?

　에. 외투 입은 여자가 말했다. 놀란 표정이었다. 여자는
좌우를 살폈다. 수줍음을 많이 타는 성격 같았다.

　동전 하나면 돼요. 페니가 말했다. 벽에 나사 같은 게 박혀
있는데, 그걸 풀어야 하거든요. 작은 동전이면 풀 수 있을 것
같아요.

　아? 여자가 말했다. 그러더니 덧붙였다. 하지만 어떤 돈은

177

더 가늘어요. 다른 돈보다.

돈이 가늘 수도 있다는 생각이 재밌어 페니는 큰 소리로 웃었다. 여자는 놀란 얼굴로 페니를 쳐다봤다.

왜 그러느냐면요. 페니는 비밀 얘기라도 하듯 몸을 기울였다. 벽에 붙은 걸 떼어 내려는 중이거든요. 적어도 제가 파악한 바로는 그래요. 그녀가 말했다. 그 뭐시냐, 정확히 뭐라 부르는지 모르겠지만 암튼 나사 머리에 난 구멍 있잖아요, 그게 이쯤 되거든요. 페니는 엄지와 검지를 아주 살짝 벌려 보였다.

외투 입은 여자는 페니의 손가락 사이를 유심히 들여다봤다.

그러니 혹시 2펜스나 10펜스짜리가 있으시다면. 페니가 말했다.

에. 여자가 말했다. 그러곤 뒤로 한 발 물러섰다. 여자의 외투 속 어딘가에서 동전이 짤랑댔다. 페니는 다시 웃었다. 그러다 놀라서 발을 내려다봤다. 발이 갑자기 차가워졌다. 물에 젖은 스웨이드 부츠가 짙게 변색돼 있었다. 두 사람 발밑에 깔린 카펫이 물에 잠긴 것이었다. 페니는 발을 번갈아 들어 가며 밑창을 확인했다.

젠장. 페니가 말했다. 새 신인데.

방이, 에, 새요. 여자가 말했다.

그 말에 페니는 또 웃음을 터뜨렸다. 여자가 입을 벌리고 쳐다보기에, 페니는 여자와 팔짱을 끼고 짤랑거리는 외투째 그녀를 복도 저편으로 데려갔다.

같이 가요. 페니가 말했다. 같이 올라가면 재밌을 거예요.
일 대신 재미라니, 드문 기회잖아요. 전 페니예요. 당신은요?

나는 뭐? 외투 입은 여자가 말했다.

페니는 깔깔대며 웃었다.

혹시 뾰족한 거 뭐 없어요? 페니와 여자가 가쁜 숨을
몰아쉬며 꼭대기 층에 다다르자마자 벽을 보고 서 있던
소녀가 뒤돌아서며 물었다. 페니란 사람은 난생처음 본다는
듯이. 페니는 뾰로통해졌다.

뭐든 이 분에게 부탁하면 돼. 여자의 어깨에 팔을 두른 채
페니가 말했다. 그리곤 도망칠 듯 비상구로 뒷걸음질 치는
여자를 앞으로 끌고 갔다. 여자는 페니의 팔을 뿌리치고
명령이라도 따르듯 그 자리에 얼른 주저앉더니 외투에서 한
움큼씩 잔돈을 꺼내기 시작했다. 두 손이 주머니와 카펫을
번갈아 가며 연거푸 잔돈을 끄집어냈다. 한 자리에서,
그리고 한꺼번에 그 많은 잔돈을 보는 것도 참 경악할 만한
일이라고 페니는 생각했다.

여자는 외투를 털고 안감을 뒤적거리더니 마지막 남은
동전 몇 닢마저 바닥에 쏟아부었다.

내 돈도 있어. 여자가 말했다.

소녀가 발로 동전 더미를 헤집기 시작했다. 아 맞다. 전화
왔었어요. 소녀가 말했다.

뭐, 내 핸드폰으로? 페니가 물었다.

몰라요. 소녀가 말했다. 저 안에 있는 전화기요. 잠깐
울리다가 끊어졌어요.

그랬구나. 페니가 말했다. 혹시 벨소리가 아주 높았니?
아님 노래가 나오는 그런 벨소리였어?

〈난들〉 알아요? 별꼴이야. 소녀가 오만상을 쓰며 말했다.
그러더니 몸을 일으켜 동전을 만지작대며 벽 쪽으로
돌아갔다.

페니는 소녀가 썩 마뜩잖다는 결론을 내렸다. 호텔
경영진이 몇몇 직원의 이런 무례한 태도를 알고나 있을지
궁금했다. 페니는 방으로 돌아가 핸드폰을 확인했지만
부재 중 메시지는 전혀 없었고 객실 전화기에도 메시지가
도착했음을 알리는 깜빡거리는 불빛은 보이지 않았다.
페니는 옷장을 열고 윗옷 주머니에 넣어 둔 지갑과
신용카드며 은행 카드 따위가 제자리에 있는지 확인했다.
그런 뒤 핸드백에 든 수표장을 확인하고 그새 누군가 짐
가방을 뒤진 흔적은 없는지 살펴봤다.

다시 복도로 나가 보니 동전 더미가 카펫 무늬의 일부인
양 바닥에 요란히 펼쳐져 있었다.

페인트. 여자가 말하고 있었다.

소녀는 페니에게 고개를 돌렸다. 뭐라는 거예요? 소녀가
물었다.

이런. 페니가 말했다. 하나도 안 맞아? 그녀는 몸을
구부려 동화를 한 움큼 집었다. 크기별로 끼워 봤어?
동전에도 얇은 게 있고 덜 얇은 게 있다던데, 그거 알았니?

페인트. 여자는 바닥에 앉은 채로 고개를 저으며 말했다.
붙었어.

뭐라는 건지 알아들을 수가 없어요. 소녀가 말했다.

이런. 페니가 말했다. 전혀 안 풀리든? 그거 참 안됐네. 그렇게 공을 들였건만.

페니는 1페니 동전을 나사에 끼워 봤다. 힘을 세게 주면 그럭저럭 홈에 들어맞기는 했는데 그래도 나사는 꿈쩍할 생각을 안 했다. 페니는 한 번 더 시도해 봤다. 이번에는 동전을 다른 각도로 잡아 봤다. 그래도 마찬가지였다.

페인트 때문이야. 페니가 소녀에게 말했다. 나사 위로 페인트칠을 해버려서 나사가 꿈쩍을 않는 거야.

소녀의 얼굴이 일그러졌다. 난폭하게, 처절하게, 그러더니 아예 생기를 잃었다. 페니는 비상 대책을 세우기 시작했다. 안 그러면 이 이야기는 여기서 끝나 버릴 것이고 오늘 저녁도 미해결된 채로 어설피 흘러가 페니는 5분 내로 다시 방구석에 틀어박혀 무의미한 광고 글이나 작성해야 할 것이고, 설사 그렇지 않대도 페니는 지는 건 못 참았다. 게다가 좋은 이야깃거리가 될지도 모를 일이었다. 예컨대 페니가 좀 더 친절하게 나오기로 마음먹으면 (그리고 저 소녀도 페니를 싹싹하게 대할 의사를 보인다면) 객실로 돌아가 전화번호부에서 밤새 영업하는 슈퍼마켓을 찾아보는 수도 있었다. 그러다 하나 찾게 되거든 — 모르긴 해도 이 동네에도 하나쯤은 있지 않을까, 24시간 슈퍼마켓쯤은 요즘 어느 동네고 있을 테니 — 전동 공구도 취급하는지, 재고는 남아 있는지 물어볼 수도 있었다. 재고가 있다거든 신용카드 번호를 알려 주는 수가 있다. 회사

카드로 알려 준 뒤 나중에 비용을 청구하면 된다. 그러곤
택시 회사에 전화해 카드 번호를 대고 공구와 영수증을
호텔까지 배달해 달라고 부탁하는 수가 있다. 만에 하나
24시간 하는 가게가 없다거나, 가게는 있는데 전동 공구를
취급하지 않거나 재고가 없을 경우에는 택시 회사 직원에게
기사들 중에 평소 공구를 갖고 다니는 사람이 있는지
물어보고, 사례는 넉넉히 하겠다고 덧붙이면 재깍 호텔로
달려올 게 분명 ㅡ

나사가 움직였다.

나사 둘레의 페인트가 쩍 소리를 내며 갈라진 것이다.
그러면서 나사가 뒤쪽으로 살짝 물렸고, 바짝 긴장한 채
페니 옆을 지키고 서 있던 소녀가 아, 하고 숨을 들이쉬었던
것이다.

간단하네. 좋아. 이제 어떡할지 생각해 보자. 페니는 벅찬
가슴으로 말했다.

결국 페니가 해냈으니까. 뭔지는 몰라도 페니가 해냈다.
동전을 반 바퀴씩 돌릴 때마다 페인트는 계속 갈라졌고,
곧 윗부분의 나사 네 개를 모두 풀어내자 벽면의 판벽
뒤로 (자그마한) 손을 반쯤 집어넣을 수 있을 만한
틈새가 생겼다. 이어서 소녀와 여자가 판벽을 한쪽씩
붙들고 잡아당겼다. 소녀의 발이 공중에 번쩍 들렸다.
다시 페인트가 갈라졌다. 나무가 갈라졌다. 소리가
갈라졌다. 판벽이 벽 밖으로 튕겨 나오면서 두 사람은 뒤로
나자빠졌고 나무오리며 파편이 사방에 튀었다. 곰팡내 나는

묵은 공기가 얼굴로 날아들었다. 먼지가 자욱이 피어올라
공중을 부유하다가 호텔 카펫 위로 차츰 잦아들었다.

페니와 여자와 소녀는 공허 속으로 고개를 내밀었다.
하지만 여긴 아무것도 없는걸. 페니가 말했다.
깊네. 외투 입은 여자가 말했다. 여자가 몸을 숙이자
목소리가 사방에 울렸다. 세상에. 여자가 말했다. 여자의
〈네에〉와 〈에에〉 소리가 몇 배 증폭되어 세 사람의 머리를
맴돌았다.
소녀는 아무 말이 없었다.
페니는 기침을 했다. 먼지가 많았다. 환한 복도로
다시 고개를 빼자 벽 한가운데 뻥 뚫린 구멍이 보였다.
그림이라도 걸려 있었을 법한, 혹은 무법자들이 폭파시킨
금고라도 숨어 있었을 법한 검은 네모꼴 구멍이었다.
동전으로 나사를 돌리느라 잔뜩 힘을 주었던 탓에 엄지와
검지 끝이 얼얼했고 벌겋게 벗어진 살 위로 동전 자국이
새겨져 있었다. 동전에 새겨진 무늬가 손끝에 고스란히 찍힌
모양이었다. 페니는 손가락을 비벼 댔다. 사기라도 당한
기분이었다. 활짝 열린 페니의 방문 앞에는 뒤틀리고 쪼개진
벽널이 세워져 있었다. 페니까지 합세해 기껏 떼어 냈건만 그
뒤에 숨은 거라곤 고작 저 수직 통로뿐이었다.
페니는 자기가 조금은 충격받았다는 걸 알고 있었다.
그녀는 카펫에 몸을 앉혔다. 어지러이 흩어진 동전과
아이섀도와 아이라이너와 립글로스 사이사이 나무

지저깨비와 흰색 페인트 부스러기가 널려 있었다. 외투 입은 여자가 동전을 뒤적거리고 있는 모양이었다. 등 뒤로 동전 맞닿는 소리가 짤랑짤랑 들려왔다. 페니는 바닥에 떨어진 흰색 나무오리를 집었다. 어떤 느낌이 들지 궁금해 손가락에 찔러 보았다.

아무 느낌 없었다.

이 건물의 전체 깊이를 아우르며 척추처럼 뻗어 나가던, 아무것 없는 무의 공동을 보는 순간 페니는 섬뜩함에 사로잡혔었다.

저 뒤에서 뭘 찾으려 했던 거야? 페니가 소녀에게 물었다. 공포감이 목구멍 안을 후비적대며 입까지 기어올랐다. 저기서 뭘 찾아오라고 심부름시키던? 페니가 말했다.

소녀는 벽이 끝나고 벽면 뒤의 공간이 시작되는 경계를 만지작거리고 있었다. 벽널이 쪼개지는 와중에도 꿋꿋이 자리를 지킨 나사 밑에는 톱니 모양의 나무 파편들이 박혀 있었다. 벽 군데군데 비죽하니 솟아 있는 것이 아가리에 박힌 이빨을 연상케 했다. 소녀는 벽 안으로 빨려 들어갈 듯 허리를 반으로 꺾었다. 페니는 소녀가 구멍에 빠질까 싶어 당장 달려가 발목을 붙잡아야겠다는 충동을 느꼈으나, 그녀가 벌떡 일어나려는 찰나, 사람 애간장 태우는 소녀는 태연히 몸을 구멍 밖으로 펴더니 복도를 가로질러 바닥에서 동전을 한 줌 집었다. 그리고 이제 손에 쥔 동전을 하나씩 구멍에 떨어뜨리고 있었다. 돈은 소리 없이 어둠 속으로 사라졌다.

시계 혹시 없어요? 소녀가 물었다. 페니와 여자를 번갈아 보면서.

아. 페니가 말했다. 아니. 난 그 왜, 절대 시계 못 차는 사람들 있잖아. 그 과거든. 진짜야, 들어 봐. 난 손목시계만 찼다 하면, 아니, 몸 근처에 두기만 해도, 심지어는 주머니나 가방에 넣어 둬도 얼마 못 가 시계가 망가져. 디지털시계면 화면이 막 깜빡거리면서 숫자가 제멋대로 올라가. 퓨즈인지 뭔지, 여하간 속에 든 부품이 죄다 터지거나 망가지나 봐. 일반 손목시계라든가 태엽 감아 쓰는 시계처럼 다른 사람들 손목에선 멀쩡히 작동하는 것들도 내가 차면 기다렸다는 듯 고장이 나지. 한번은 시계가 어찌나 빨리 가던지 다른 사람들 시계는 10분, 15분 움직일 동안 내 시계는 몇 시간을 집어먹은 적도 있어. 아님 그 반대로 속도가 점점 느려지다 아예 뚝 멈춰 버리거나. 어느 순간 정지해 버리지. 누가 그대로 멈춰라, 하고 주문이라도 왼 것처럼 영영 얼어붙는 거야. 왜, 그 동요에서처럼. 난 노인도 아니고 보다시피 죽지도 않았지만 그것만 빼면 딱 그 가사대로라니까. 있잖아 왜, 할아버지 시계 어쩌고 하는 그 옛날 동요 말야.

단어가 홍수가 되어 페니의 입 밖으로 쏟아져 나왔다. 페니는 설명을 늘어놓았다. 두 사람에게 이야기할 동안은 공포감을 잊을 수 있었다. 소녀는 페니가 말을 마칠 때까지 기다렸다가 외투 입은 여자에게로 돌아섰다.

〈아줌마는〉 시계 있어요? 그녀가 물었다.

여자는 고개를 저었다.

페니는 이제 투명 인간이나 다름없었다. 그러다 문득 기억이 났다. 내 방에 시계가 하나 있어. 그녀가 말했다. 그것도 하필 욕실에. 왜 하필 욕실에 시계를 두는 건지 그 이유가 궁금했는데, 대체 왜지? 페니가 소녀에게 물었다. 손님들이 샤워나 목욕하다가 체크아웃 시간이라도 놓칠까 봐? 어차피 샤워건 목욕이건 할 동안은 김이 차서 보이지도 않잖아? 시계 얼굴에 말이야. 김이 차서 몇 신지 보이지도 않을 건데. 하긴, 너희가 욕실 청소할 때마다 증기 제거 스프레이라든가 뭐 그런 걸로 시계를 닦기야 하겠지만.

소녀는 아무 말 하지 않았다. 페니의 방문만 응시하고 있었다.

내가 가서 보고 올까? 페니가 물었다.

복도를 가로지르면서 페니는 스웨이드 부츠에 줄이 생긴 걸 발견했다. 물이 마르며 생긴 자국이었다. 젠장. 페니는 속으로 생각했다. 젠장 망할 제기랄. 괜히 나섰다가 이 짝이나 나고. 9시 10분. 그녀가 복도를 향해 외쳤다.

초침도 있어요? 소녀가 외쳤다.

페니는 시계를 들고 나왔다. 검정색의 모조 아르데코풍 시계였다. 받침대에는 작고 세련된 스티커가 붙어 있었다. 〈글로벌 호텔 소유〉.

9시 10분이야. 페니가 말했다.

소녀는 시계를 받아 들었다. 고개를 저었다. 한동안 시계를 손에 쥔 채 이리저리 뒤적였다. 그러더니 벽에 손을 집어넣고 시계마저 구멍에 떨어뜨려 버렸다.

〈젠장.〉 페니는 속으로 생각했다.

처음엔 아무 소리도 들리지 않았다. 그러나 곧 시계가 통로 바닥과 충돌하며 플라스틱이 박살 나는 소리가 멀찌감치 들려왔다. 젠장. 페니는 다시 속으로 중얼거렸다. 내 저럴 줄 〈알았다니까〉.

깨졌을까? 페니가 소리 내어 말했다.

당연히 깨졌죠. 소녀가 고개를 끄덕이며 칙칙한 눈매로 말했다.

디자이너 시계였을까? 페니가 물었다.

그녀는 구멍 가장자리로 다가가 보라고 스스로를 부추겼고, 다시 구멍 안을 들여다보라고 스스로를 부추겼다.

이제 저걸 어떻게 꺼낸다? 그녀가 말했다.

어둠. 공허. 낡은 공기뿐인 통로. 페니는 시계의 존재 자체를 부인하기로 마음먹었다. 그녀는 벽에서 물러섰다. 이런 어처구니없는 상황이라니. 이건 그녀와 아무 상관없는 일이었다. 누가 우기고 들거든 「월드」 신문 앞으로 항의 편지를 보내 태어나 이제껏 본 적도 쓴 적도 없는 물건을 보상하라는 터무니없는 요구를 받았다고 주장할 생각이었다. 〈명시된 날짜에는 내 객실 어디에도 시계가 없었다. 내가 아는 한 애초 그 자리에 있지도 않았던 물건이므로 나는 분실물에 대해 어떤 보상금도 지불할 생각이 없다. 나는 아무 책임이 없다.

설사 내 객실에서 분실물이 나왔대도 그에 대한 손해 보상 및 책임은 귀사 직원들에게 요구할 것을 건의하는 바이다.

또한 이 기회를 빌려 내가 귀 호텔에 투숙하던 날, 공사를
벌이기에는 너무 늦은 시각이었음에도 저녁 늦게 내 객실
밖 복도에서 이유도 목적도 알 수 없는 건물 개조 작업을
실시했던 귀사 직원들로 인해 빚어진 소음과 혼란에 불만을
표하는 바이다. 그 일로 인해 나뿐 아니라 다른 투숙객들도
피해를 입었으나, 우리 중 누구도 사전 경고는 물론
사과조차 받지 못했다.〉

　소녀가 무슨 말인가 하고 있었다.

　대신 무게가 더 나갔다면 훨씬 더, 훨씬, 어 그러니까,
빨리 떨어졌겠죠. 무거운 만큼 빨리 떨어지니까. 무거운
물건은, 아니 물건이건 뭐건, 여하간 무거운 만큼 몇 배 빨리
떨어졌겠죠. 그렇겠죠?

　응 물론, 당연히 그렇지. 페니가 말했다.

　아니야. 여자가 말했다.

　기분 나쁘게 생각 마세요. 하지만 더 빨라지는 게 맞아요.
페니가 말했다. 저 구멍에 그랜드 피아노를 떨어뜨린다고
생각해 봐요. 내 방에 마침 그랜드 피아노가 있고, 내가
그것마저 구멍에 던지라고 너한테 선뜻 내줬다고 가정해
봐. 페니는 소녀에게 (사근사근하게, 가시 돋우어) 말했다.
그럼 피아노가 아까 그 시계보다 훨씬 빨리 떨어지는 게
당연하지.

　반들반들한 그랜드 피아노가 통째로 추락하여 ― 슬로
모션으로 ― 저 공허한 바닥에 이르러 나뭇개비와 피아노
현 뭉텅이로 와장창 분해되는 모습, 교양 있는 악기의

매끈한 외관이 쪼개져 박살 나며 앙칼진 올림표들의
불협화음이 귀를 째고, 하상에 꺾인 갈대들처럼 어둠 속에서
휘적대는 동강난 뼛골과 푸주 칼.

아니야. 여자가 다시 말했다.

페니의 머릿속에서 피아노가 스륵 사라졌다. 페니는
반박당하는 걸 몹시 싫어했다.

여자는 2펜스, 10펜스, 그리고 20펜스짜리 동전들을
크기별로 나누고 있었다. 은화와 동화 더미가 그녀를 수북이
에워쌌다.

갈릴레오. 여자가 돈을 분류하며 말했다. 피사의 사탑
꼭대기에서 완두콩과 깃털을 떨어뜨렸죠. 둘은 동시에 땅에
부딪혔어요.

그래요. 페니가 말했다. 하지만 실제에 적용하면 얘기가
달라지죠. 그랜드 피아노가 시계보다 훨씬 무겁게 떨어지는
게 맞고, 시계는 동전보다 훨씬 무겁게, 동전은 완두콩보다
조금 더 무겁게 —

아니. 여자가 또 말했다. 아니에요. 여자는 하던 일을
멈췄다. 이어 손으로 주화의 무게를 하나씩 재보더니,
각각의 더미 위에 조심스레 내려놓았다.

무엇이건 세상 한 지점에서 동시에 떨어뜨리면. 여자가
말했다. 똑같은 속도로 떨어져요. 어림잡아. 그런데 서로
모양이 아주 다른 경우에는, 그러니까 깃털하고 완두콩처럼.
그럼 깃털의 생긴 모양 때문에 완두콩보다는 깃털이 밀치는
힘이 더 커요. 아주 큰 차이는 아니지만. 하지만 만약.

상상해 봐요. 달에선 어떤지. 공기가 없죠. 그러니 깃털이랑 완두콩, 심지어 피아노라도. 한꺼번에 떨어뜨리면 셋은 똑같이 표면에 닿아요. 달 표면에 말예요. 속도만 조금 느릴 뿐이죠, 달에선. 여기가 중력이 여섯 배 강하니까. 달이랑 세상을 놓고 비교하는 거라면. 그리고 사실 떨어뜨리려는 물건도, 심지어 피아노라도 실은 아주 작아요. 피아노, 완두콩, 깃털, 동전, 뭐든. 전부 고만고만, 똑같아요. 여기는 밀치는 힘이 그리 크질 않으니까. 그러니 작은 물건이든 큰 물건이든 그게 그거고 결국은 똑같아요.

여자는 멈추고 생각에 잠겼다. 하긴 많이 다르긴 하겠다. 여자가 이윽고 말했다. 동시에 두 가지 물건을 떨어뜨리는데 그 두 가지 크기가, 뭐랄까, 아주 많이 다르다면. 동전이나 완두콩을 던질 때처럼. 그리고 그 옆에 행성을, 이 세계 크기쯤 되는 행성을 나란히 떨어뜨릴 때처럼.

여자는 5펜스 더미를 한쪽으로 밀었다. 이어 50펜스와 1파운드 더미를 깍짓손으로 제 쪽 가까이 옮겨 놓고, 돈을 한 닢씩 세어 가며 동전 기둥을 쌓기 시작했다.

페니는 여자가 틀린 걸 알았다. 그 말을 하려고 입을 열었다가 문득 고개를 숙이자, 입에서 흘러나오는 무(無)가 눈앞에 어른거리는 듯했다. 하기야 이것도 썩 괜찮은 버릇이었다. 여자가 혹여나 한가락 하는 사람이라면 괜한 말로 언짢게 만들어 좋을 것 없었다. 알고 보면 중요한 사람일지도 몰랐다. 어찌 알겠나? 그러니 이런 압박 속에서도 침묵을 지킬 줄 아는 건 페니의 좋은 버릇이었다. 하지만 발설되지 않은 무는 어느새 페니의 입 밖으로 스멀스멀 기어 나와 구렁이처럼 페니의 목둘레를 칭칭 감았다. 페니는 무를 혐오했다. 또 구렁이와 죽은 짐승들, 망가지고 박살 나긴 해도 의외로 아름다운 피아노 따위로 채워진 제 상상력도 혐오했다. 오늘 저녁은 갈수록 불쾌해져만 갔다.

밉살스러운 10대 소녀는 그새 운동화 한 짝을 벗어 던진 모양이었다. 소녀는 제가 뚫은 구멍 앞에 섰다. 호텔 제복의 단추를 끄르더니 덧옷을 벗어 운동화와 한데 뭉뚱그렸다. 그리고 옷과 신발 뭉치를 든 손을 구멍에 밀어 넣었다. 여자는 무너지려는 동전 기둥을 바로잡으며 소녀를 바라봤다. 페니는 아무 말 하지 않았다. 소녀는 손을 펴 둘둘 말린 뭉치를 떨어뜨렸다. 실제로 그런 소리가 난 건지 아니면 상상일 뿐이었는지 분간하기 어려웠지만, 페니의 귓가에 운동화 고무창이 바닥에 부딪는 둔탁한 소리와 사뿐히 내려앉는 얇은 제복 원단의 가벼운 한숨 소리가 들린 것도 같았다.

소녀는 벽에 몸을 기대더니 바닥으로 무너져 내렸다. 아주 녹초가 된 모습이었다. 곧 울음이라도 터뜨릴 것 같은 모습이었다.

외투 입은 여자가 자리에서 일어났다. 그녀는 1파운드 동전으로 쌓은 기둥의 절반과 기타 잔돈을 얼마간씩 챙겨 제 외투에 쏟아부었다. 동전은 날카로운 쳇소리를 내며 외투 속으로 사라졌다.

그거 알아. 여자가 말했다. 런던에 있는 빅 벤 시계를 맞추는 데 2펜스 동전을 쓰는 거? 시계추에 동전을 쌓아 둬. 그럼 제 시간을 지키거든.

여자는 손짓으로 벽에 난 구멍을 가리키더니 카펫 위에 분류해 놓은 동전 무더기를 가리켰다. 네 거야. 그녀가 소녀에게 말했다. 32파운드 50펜스. 네가 저기 버린 돈 빼고.

여자는 동전 더미를 넘어 복도 끝에 서더니 소녀와 페니에게 차례로 고개를 끄덕여 보였다. 두 손을 주머니에 넣은 채, 그녀는 계단 입구의 문을 밀쳐 열었다. 여자의 등 뒤로 문이 뻣뻣이 회전해 닫혔다.

페니는 철저히 버림받은 기분이었다. 더 최악인 건 소녀가 갑자기, 소리 없이, 울기 시작했다는 거다. 팔에 고개를 처박은 채, 몸을 앞뒤로 흔들며. 페니는 일어났다. 신을 벗은 소녀의 한쪽 발은 한층 왜소해 보였고, 발목 양말 위로는 맨살이 허옇게 드러나 있었다.

그러지 마. 페니가 선 자리에서 말했다. 아 이런, 울지 마. 제발. 괜찮아. 괜찮을 거야.

소녀는 동요하며 울었다. 페니는 께름하여 주변을 둘러봤다. 모른 척 방에 들어가 문을 닫는 수도 있었다. 하지만 설사 그런대도 소녀는 복도에 앉아 마냥 쥐어짜고 있을 테고, 페니와 그 애 사이의 경계라곤 고작해야 얄팍한 방문뿐이라 그 사실을 외면하려도 외면할 수가 없을 테다(더욱이, 최악의 경우, 우는 소리마저 고스란히 들려올지 모른다). 아니면 방으로 돌아가 다른 직원을

부르는 수가 있었다. 그럼 그 직원이 이리로 올라와 알아서
저 직원을 수습하겠지.

페니는 방문 앞에 기대어 둔 쪼개진 나무 판벽을 집어
복도 반대편의 문전에 옮겨 놓았다. 다른 누군가의 방 앞에
기대어 놓았다. 그리고 가시가 끼지는 않았는지 두 손을
찬찬히 살폈다. 이어 돈과 잡다한 파편 틈에 널린 화장
용품을 하나씩 챙겼다. 화장품 가방에 그것들을 집어넣었다.
화장 거울에 붙은 페인트 부스러기는 입으로 후 불어 내고
그나마 깨끗한 카펫 부위를 찾아 거울을 닦았다.

방으로 돌아와 그녀는 수화기를 들고 1번을 눌렀다.
소녀가 걱정됐던 것뿐이었다.

네, 리셉션입니다. 목소리가 말했다.

네. 페니가 말했다. 34호실인데요. 호텔 직원이 내 방
앞에서 울고 있는 것 같아서요.

페니는 외투를 입었다. 핸드백 끈을 어깨에 멨다. 등 뒤로
문을 닫고 손잡이를 돌려 문이 잠겼는지 확인했다. 동전
더미를 가로질러 계단 홀을 건넜다. 엘리베이터 단추를
누르고 문이 열리기를 기다렸다. 문이 열리는 데 한참이
걸렸다.

엘리베이터 문가에 선 채로 페니는 뭉그러진 벽 앞에
책상다리를 하고 앉아 흐느끼는 소녀를 향해 외쳤다. 움푹
팬 공동이 소녀의 머리 위로 입을 헤 벌리고 있었다.

누군가 올라올 거야. 페니가 쾌활한 목소리로 말했다.
금방이면 돼.

통로 바닥에는 어둠 속에 색을 잃은 신발 한 짝과 구겨진 제복이 체온을 품은 채 널브러져, 싸늘히 식어 가고 있었다. 동전도 서너 닢, 어쩌면 더 떨어져 있는지 몰랐다. 그리고 부서진 시계. 플라스틱 껍데기는 으스러지고 얼굴은 조각나 있었다.

벨이 땡 울렸다. 엘리베이터 문이 열렸다. 페니는 승강기에 탔다. 문이 닫혔다.

체중을 실어 회전문을 한 바퀴 돌리자 어느새 거리였다. 안도감이 페니를 감쌌다. 온도 조절이 전혀 안 된 공기. 페니는 운 좋게도 양심 없이 태어났다. 아니, 간혹 양심의 가책을 느끼더라도 아주 일시적인 현상에 불과한, 상상력의 여파일 뿐이었다. 공기만 바꿔 주면 다 해결될 일이었다. 페니는 호텔 문간에 서 숨을 들이쉬었다가 다시 내쉬었다.

그새 비는 걷혀 있었다. 페니는 전면에서 천천히 길을 건너고 있는 외투 입은 여자를 발견했다. 페니는 창고 건물 앞에서 여자를 따라잡았다. 여자는 손으로 눈을 가리고 가로등의 반사광 너머로 유리창 안을 들여다보고 있었다. 페니도 안을 들여다봤다. 싸구려 카펫 두루마리들 위에 자신의 모습이 겹쳐져 보였다.

또 만났네요. 페니가 말했다.

여자는 페니를 돌아보더니 무시하고는 계속해서 창고를 들여다봤다.

여기에도 이야깃거리가 숨어 있는 게 분명했다. 직감이

왔다. 반쯤 떠오른 기억처럼 온몸에 감지되는 이야기. 분명
뭔가 있었다. 페니는 끈기를 발휘했다.

아깐 참 황당했어요. 그녀가 말했다. 담배 피우세요?

여자는 고개를 저었다.

전 우는 사람은 도저히 못 참아요. 페니가 말했다. 담배에
불을 붙이고 연기를 빨아들였다 내뿜었다. 천성 양심이란
모르는 성격이니 그나마 다행이죠. 그녀가 말했다. 이제
뭐하실 생각이에요? 어디 재밌는 데라도 가세요?

여자는 어깨를 으쓱였다.

어디 가서 한잔하실래요. 페니가 말했다. 뭐라도 좀 먹거나?

여자는 페니에게서 돌아서며 알아들을 수 없는 말을
웅얼거렸다. 얼핏 듣기에는 식후경 간다는 소리로 들렸다.

식후경요? 산책 가신단 말인가요? 페니가 말했다. 그럼
저도 갈게요.

여자는 소리 내어 웃더니 숨 막힌 듯 캑캑거리다 또
한바탕 기침을 했다. 집 구경. 기침이 멎자 여자가 말했다.

아. 페니가 말했다. 집 구경, 그랬구나. 암튼 제가 길벗
해도 될까요? 솔직히 지금 할 일이 전혀 없거든요. 어쨌든
당분간은요.

여자의 얼굴엔 아무 표정이 없었다. 잠시 후 그녀는
고개를 끄덕였다.

여자는 창고 옆 샛길로 길을 안내했고, 이어서 불빛
침침하고 인적이라고는 테이크아웃 중국집 앞에 비슷이
세워진 차 세 대가 전부인 휑한 길로 접어들었다.

집 살 생각이라 집 구경 가시는 거예요? 페니가 말했다.

에? 여자가 말했다.

아니, 집이라도 장만하려 구경 가시는 건가 해서요.
페니가 말했다.

여자는 또 기침 섞인 웃음을 씨근덕거렸다. 그래요.
그녀가 말했다. 맞아요.

두 사람은 중국집 담벼락에 기대거나 걸터앉은 소년들
앞을 지나쳤다. 안녕. 페니가 지나가며 말했다. 〈안녕.〉
남자애 하나가 비꼬았다. 또 한 애는 페니와 여자의 등 뒤로
뭘 던졌다. 납작해진 맥주 캔이었다. 아이들은 자지러질 듯
웃으며 다시 무슨 말인가 외쳤다. 잘 있어. 페니가 덩달아
외쳤다. 〈잘 있어.〉 아이들이 반복했다.

여자는 다리를 절었다. 하지만 다리 저는 사람치고는
동작이 민첩해서 페니는 보조를 맞추느라 애를 써야 했다.

어디 다쳤어요? 근육이라도 접질렸어요? 페니가 말했다.

그래요. 테니스 치다가. 여자가 말했다.

테니스 칠 땐 각별히 주의해야 해요. 페니가 말했다. 미리
스트레칭이라도 해주지 않았다간 크게 다치는 수가 있어요.

바람이 불었다. 두 사람은 수 킬로미터는 될 듯한
거리를 걸었다. 여자는 수시로 멈춰 기침을 했다. 두어
번의 시도 끝에 페니는 결국 입을 다물었다. 돌아오는
침묵이 계면쩍었다. 기침 소리가 날 때마다 페니는 속으로
움찔움찔했다. 이 여자는 알코올 중독자인지도 몰랐다. 울던
소녀만큼이나 곤혹스러운 상황이었다. 호텔을 나온 게 슬슬

후회되려 했다. 페니는 그나마 헤매지 않고 돌아갈 수 있을
때 돌아가야 하지 않을까 고민했다. 그렇지만 지금 돌아서면
중국집 앞의 그 남자애들을, 그것도 혼자서 지나쳐야 했다.
게다가 시간이 그리 많이 지난 것도 아니라 그새 다른
직원들이 우는 소녀를 수습했을 가능성도 적었다. 그리하여
두 사람은 시내를 지나 교외로 들어섰고 그러자 겨울
습기 머금은 쇳내 대신 겨울 습기 머금은 흙내가, 산울과
정원 냄새가 바람결에 실려 오기 시작했다. 잔디 한가운데
장미 덤불을 박아 넣은 조막만 한 앞뜰이 하나둘 연이어
펼쳐졌다. 나무줄기는 헐벗었고 그나마 핀 장미엔 서리가
내려 있었다.

　여자가 발길을 멈췄다.

　두 사람은 커튼을 젖힌 창밖에 서 있었다. 열린 커튼
사이로 안이 들여다보였다. 어린 아이가, 소녀가, 소파에
앉아 책을 읽고 있었다. 여자 어른이 방으로 들어오더니
무슨 말인가 했다. 아이는 눈알을 굴리며 책을 내려놓았다.
그리고 문을 닫고 방에서 나갔다.

　이게 맘에 들어요? 페니가 집채를 훑어보며 말했다. 연속
주택지의 두 집 사이에 낀 집이었다. 납작하고 보기 흉했다.
얼마 호가할 것 같지도 않았다. 앞쪽엔 잡풀이 돋은 빈터가
하나 있고 거기 차가 몇 대 주차돼 있었다. 그나마 한 대는
앞 유리도 없었다.

　쉬잇. 여자가 말했다. 또는 숨소리에 불과했는지도,
페니로선 구분하기 어려웠다. 여자는 창가 앞을 얼마간 더

서성였다. 그러다 다시 발을 뗐다.

몇 채 떨어진 집의 불 밝힌 창가에서 여자는 발길을
멈췄다. 페니는 여자를 따라잡았다. 이번 창문 뒤에는
의자 위에 올라선 한 남자가 텔레비전을 보려고 고개를
기웃거리고 있었고 그 옆에서 한 여자가 줄자로 남자의
다리를 재고 있었다.

아는 사람들이에요? 페니가 물었다. 여자는 고개를
저었다. 그리고 페니를 바라봤는데 눈빛이 매서웠다. 페니는
겁결에 뒤로 물러섰다. 창문 뒤에서 남자가 무슨 말인가
하자 옆에 서 있던 여자가 웃음을 터뜨렸다. 웃는 모습을
보아하니 입에 옷핀이라도 물고 있는 듯했다. 남자도 따라
웃었다. 여자는 입에 물고 있던 옷핀을 빼 팔을 저만치
뻗더니 깔깔대며 바닥에 쓰러졌다.

막 재밌어지려는데, 그러니까 유리창 뒤 두 사람이
웃음을 거두고 바닥에 누워 서로를 껴안는 순간, 외투 입은
여자가 다시 발길을 옮겼다. 불 켜지고 커튼 열린 창가를
발견할 때마다 여자는 그 앞에서 걸음을 멈추고 사립문에
다가가 안을 기웃거렸다. 좌우로 즐비한 집채들. 네모난
앞뜰 질질 끄는 집들마다 쪼그라든 건가 싶을 정도로 작은
창들이 달렸고, 닫힌 커튼 뒤로 비춘 불빛은 밤 풍경에
조야한 조각보를 수놓았으며, 페니가 들여다본 방들마다
도저히 좋아할 수 없는 가구로만 가득 차 있었다. 방구석에
구석지게 놓인 안락의자들의 반복, 아무 쓸모없는 물건을
마구잡이로 혹은 단정히, 단란하게 또 숨 막히게 선반이며

벽난로 위에 늘어놓은 모습들. 불 켜진 방에서 사람들은
텔레비전을 보았고, 그렇지 않은 경우에는 커튼 쳐지지 않은
열린 창문 너머 빈방에서 텔레비전들이 날랜 빛을 소란스레
전파했으며, 그러한 집들은 끝도 없이 이어졌다. 돌보지
않은 잔디가 집 앞과 보도와 도로 사이사이마다 테두리
장식을 둘렀다. 시 소유의 잔디였다. 페니는 보도를 따라
걸었다. 잔디는 애써 밟지 않았다.

여자는 또 한 무리의 텔레비전 앞에 못 박힌 사람들 앞에
못 박혀 있었다. 페니는 발을 구르고, 손을 소매에 끼우고,
추워하는 소리를 냈다. 부르르. 페니가 말했다. 여자는 흠칫
놀랐다. 치켜든 손이 페니에게 조용히 하라고 명령했다.

페니는 가로등으로 다가가 기둥에 몸을 기댔다. 화가
났다. 진통제가 있나 싶어 불빛 아래서 가방을 열어 봤다.
없었다. 한기가 들고 있었다. 두통이 시작되려 했다.
빌어먹게 지랄 맞게 얼어 죽게 추웠다. 두 사람은 판자를
덧대어 집거나 아예 문창을 틀어막은 집들과 개밥이 된
마당들 일색인 험악한 거리를 지나, 차들도 좀 봐줄 만하고
정원에는 가지를 다듬은 클레마티스와 심은 지 얼마 안 된
겨울 팬지들이 나불대는 비교적 부유한 일대로 들어섰다.

집 사기엔 훨씬 좋은 동네예요. 페니가 은밀하게 속삭였다.

여자는 목욕 가운을 입은 중년의 여자가 머그잔에
든 무언가를 홀짝이며 접시에 담긴 주황색의 무언가를
먹고 있는 모습을 물끄러미 바라보았다. 가운을 입은
여자는 간혹 무릎에 놓인 신문지를 힐끔거렸으나, 대개는

앞만 빤히 바라봤다. 깜빡이는 불빛도 없었다. 음악이나 라디오를 듣고 있는 걸지도 몰랐다. 적요 속에 앉아 있는 걸지도 몰랐다. 페니는 근처 길모퉁이로 눈길을 돌려 어느 집 외벽인가에 붙은 표지판을 찾아 길 이름을 외웠다. 이 부근에서 택시를 잡는 건 그나마 괜찮을 거다. 그런데 아까 가방에서 핸드폰을 꺼냈다가 호텔에 두고 온 모양이니 보나마나 아직 호텔 전화기 옆에 놓여 있을 테고, 따로 택시를 부를 돈도 없었다. 미치겠네. 페니는 생각했다. 젠장. 심장이 가라앉았다. 페니는 당황했다.

하지만 외투 입은 여자에게는 돈이 있다, 잔돈이 아주 많은 걸 페니는 안다, 아까 층계참에서 주머니에 챙겨 넣는 걸 보았으니까. 심장이 떠올랐다. 어디엔가는 공중전화가 있을 거다. 그러니 만에 하나 페니가 여기 혼자 남겨지거든, 이 동네 어디에든(심장이 가라앉았다), 집이나 회사에 수신인 부담으로 전화를 걸어 전화번호 안내에 물어 택시를 보내 달라고 부탁하면 됐다. (다시 떠올랐다.) 나라 어디에서 전화를 걸건 필요한 지역의 번호를 찾아 주는 서비스니까.

두 사람은 풀 돋은 둑길을 건넜다. 건너는 내내 페니는 누구에게 전화를 걸어야 할지 걱정하며 발을 질질 끌었다. 그러다 부츠 밑창이 걱정되기 시작했다. 둑길을 건너자 두 채로 나뉜 쾌적하고 큼직한 연립 주택들이 들어선 길이 나왔고, 길 한복판에는 깨끗한 용모의 나이 지긋한 부인 하나가 주차된 차들 사이를 방황하고 있었다.

안녕하세요. 페니가 말했다. 저흰 집 구경하러 나왔어요.

안 추우세요?

　노부인은 외투를 입지 않은 채였다. 그녀는 페니에게 고양이를 찾고 있는 중이라고 말했다.

　이렇게 늦게 나온 적이 없거든. 노부인이 말했다. 돌아서 보니 사라졌지 뭐야. 걔 답지 않아. 어째야 좋을지 모르겠네.

　걱정 마세요. 페니가 말했다. 집 구석구석 잘 찾아보셨어요? 찬장이나 침대 아래 잠들어 있는 걸지도 몰라요. 고양이들은 독립심이 강하잖아요. 혼자 둬도 걱정 없어요. 들어가세요, 추운데. 알아서 돌아올 거예요. 이미 집에 왔을지도 몰라요.

　검정색에 흰색인데. 노부인이 말했다. 못 봤어요?

　네. 페니가 말했다.

　눈 위 여기에 흰 점이 하나 났고 가슴팍은 하얘. 절대 밖에 안 나가는 앤데. 아까 구명보트 사람들이 찾아왔을 때 나갔나 봐. 내가 잠깐 지갑 가지러 간 사이에. 난 원래 절대 못 나가게 하거든. 걘 절대 나가는 법이 없다고.

　외투 입은 여자는 그새 없어졌다. 저 멀리에서 발을 절뚝이며 길모퉁이를 돌고 있었다. 벌써 저렇게 멀리 갔다니 믿을 수 없었다. 페니는 다시 당황했다. 노부인에게 황급히 인사를 했지만 노부인은 몸을 굽혀 차 밑을 살피느라 인사도 듣지 못했다. 페니는 여자를 뒤쫓아 달렸다. 굽 때문에 속도를 내기가 어려웠다. 저만치 앞에서 여자가 구부정하게 절뚝거리며 철교 위로 사라졌다.

　결국 페니는 작은 쇼핑센터처럼 생긴 건물 앞 콘크리트

벤치에서 여자를 찾았다. 뒤로는 도서관이 있고 상점이
두 개 있었다. 하나는 신발 가게로 진열창의 신발 주위로
크리스마스 장식이 둘려 있었다. 그 옆의 가게는 폐점됐는지
텅 비어 있었다. 깜깜한 창가엔 〈전 품목 50% 할인〉이란
현수막만 달랑 붙었고 내부는 헐려 있었다. 간판에는
〈힐튼스 최상품만 취급합니다〉라고 적혀 있었다. 그나마
남은 흔적만으로는 무엇을 팔던 가게인지 짐작할 수가
없었다. 페니는 우울해졌다. 그녀는 반대쪽으로 고개를
돌렸다. 멀리에서 요란한 소리가 났다. 스케이트보드를
탄 두 소년이 가게 뒤쪽 콘크리트 경사면에 몸을 던지고
있었다.

저러고 놀면 추위도 안 타겠죠. 페니가 말했다.

여자의 얼굴은 외투 깊숙이 파묻혀 있었다. 단추 사이
벌어진 틈으로 입김이 솟았다.

문 닫은 도서관 앞 벽감에 공중전화가 하나 있었다.
페니의 심장이 다시 떠올랐다. 그녀는 도서관으로 향해
수화기를 들어 보았다. 전화기가 작동했다. 신이여.
신에 감사할 일이었다. 이건 하늘의 축복이었다. 지금쯤
정중하게 물어봐도 좋을 듯했다. 이제 택시라도 불러 호텔에
돌아가는 건 어때요? 하고. 날도 춥고, 난 이만 돌아가
봐야 하거든요. 돌아가서 일해야 해서요, 산책 즐거웠어요,
고마워요. 하지만 막상 벤치에 앉아 여자에게 이 말을
하려는 순간, 바람이 페니의 입에 머리카락을 불어 넣었다.
페니 본인의 머리카락은 아니었고, 그렇다고 외투 입은

여자의 머리카락도 아니었다. 그보다 길었다. 전혀 다른
누군가의 머리카락이었다. 페니는 몸서리를 치며 입에 붙은
머리카락을 뗐다. 그리고 눈높이로 들어 봤다. 가닥의 양
끝이 바람에 나풀댔다.

그러고 보면 크게 다를 것도 없다고 페니는 생각했다.
똑같았다. 그 많은 집들 창가를 들여다본 거나, 밖에서
누군가 기웃거리고 있을 거라곤 상상도 못 한 사람들을
구경했던 거나 하등 다를 바 없었다. 바느질하는 여자들,
손에 턱을 괸 여자들, 거실 한편에서 난롯불처럼 날름대는
텔레비전 영상. 세심히 입술에 담배를 꽂는 남자들, 혹은
네트워크 불빛 어른대는 낮으로 잠든 남자들. 그리고 또,
끝없이 이어지던 먹고 마시기 — 페니는 밤새도록 멋모르는
사람들 집 밖에서 식음의 행위를 지켜봐야 했다. 생각해
보라. 사람들이 고개를 들어 밖을 내다볼 생각만 했다면,
그들은 암흑도 아니고 저희들을 구경하고 선 사람들도
아닌, 저희들 자신을, 저희들이 사는 방의 반영 속에 비춘
제 반영들을 보았을 것이다. 잠시라도 불을 껐다면, 그리고
눈이 어둠에 적응하길 기다렸다가 다시 밖을 내다보기만
했다면, 그들은 바깥에서 무엇을 보았을까? 누구를
보았을까? 그들 눈에 다른 사람의 모습이 보이기는 했을까?

추잡한 것도 사실이나 메스꺼운 와중에도 자극적이었다,
타인의 삶에서 길어 낸 이 일륜천편적인 소화계의 작용과
생리적 진기물은. 페니는 그에 혐오감이 들면서도 한편
재충전된 기분이었다. 한낱 스위치만으로도, 빛에서

어둠으로 스위치를 끄는 단순한 행위만으로도 다른
누군가와 이어질 수 있다는 자각에, 혹은 문자 그대로 실로
연결될 수 있다는 사실에, 그게 실이 아닌 다른 일인의
머리에 붙어 있던 한 오라기 머리 가닥이라도, 그토록
엷은 끈, 임의적인 유전 인자, 유기적인 연결고리로 맞닿을
수 있다는 사실에. 그녀는 기다란 머리를 바람결에 들어
보였다. 그리고 손을 놓았다. 바람이 장갑에서 앗아 간
머리카락이 보도를 따라 나불대다 더 이상 보이지 않게 될
때까지 그 모습을 눈으로 좇았다. 그러고서 페니는 옆으로
돌아앉았고, 차가운 돌 벤치에 자기와 나란히 앉아 몸을
떨고 있는 여자를 처음으로 제대로 살펴보았다.

　여자는 기력이 다한 듯 보였다. 호흡이 밭고 소란스러운
것이 겹겹의 젖은 옷감 사이로 숨을 쉬고 있는 것 같았다.
한 차례 호흡할 때마다 또 다른 숨소리가 그림자처럼 뒤를
어른거렸다. 여자는 자기보다 강력한 무엇인가에 이미 한
차례 겁탈당한 것이다. 왠지 그런 느낌이 들었다 — 배슥한
눈가, 긴장된 입가, 부러 다잡은 어설픈 자세, 이 모든 것이
그녀의 플러그가 뽑혔음을, 그래서 예비 전력에, 한정된
동력에 기대고 있음을 암시했다. 손은 쥐고 있었지만 그조차
항복의 몸짓 같았으며, 다리 끝에 매달리듯 달린 부츠는 제
게 아닌 다른 사람의 신처럼 보였다. 앉은 자세, 움직이는
자세, 걷는 자세, 구부정하나 경계심에 차고 경직됐으나
무심한 저 태도에는 함의된 바가 있었다. 그게 뭘지 페니는
생각해 봤다. 한편으로 여자는 세상을 등진 거였다. 또

한편으로는, 페니가 지금 이 순간 떠올릴 수 있는 그 어떤 사람보다 위엄 넘치는 요소를 지니고 있었는데, 그러자 문득, 지금껏 살아오며 말 그대로 수천 명에 달하는 타인을 만나 왔지만 그중 이 여자 같은 사람은 단 한 사람도 없었다는 사실이 페니의 머리를 스쳤다.

페니는 호텔로 돌아가기에 앞서 이 상황에 몇 분 더 기회를 주기로 마음먹었다. 일이 어떻게 전개될지는 알 수 없는 일이었다. 페니는 자기의 이런 면이 좋았다, 경험에 열려 있는 것이, 특히 이런 경험에.

그녀는 여자가 기침을 멈출 때까지 예의 바르게 기다렸다. 그리고 가방에서 다시 담배를 꺼낸 뒤, 시작했다.

정말 생각 없으세요? 페니가 말했다.

몸에 나빠요. 여자가 말했다.

전 피워도 될까요? 페니가 말했다.

여자는 고개를 끄덕였다.

성함이 어떻게 되세요? 페니는 불을 붙이며 물었다. 뭘 하시나요?

해요? 여자가 물었다.

알잖아요, 왜. 페니가 말했다. 살기 위해서.

아, 살기. 여자가 말했다. 걸걸한 목소리는 외투에서 나는 듯했다. 페니는 기다렸지만 여자는 그 이상 아무 말도 안 했다.

오늘 밤 춥네요. 페니가 말했다.

맑아요. 여자가 말했다. 그러더니 위를 가리켰다.

별 여드름 돋은 하늘이 머리 위로 펼쳐졌다. 예쁘네요. 페니가 말했다. 그녀는 몸을 떨었다. 이번엔 다른 방법을 써 봤다.

그 사람 뭘 하려던 속셈이었을까요? 호텔의 그 메이드요. 페니가 다시 물었다.

여자는 다시 어깨를 으쓱였다.

페니는 여자의 어깨 너머 공중전화기로 눈을 돌렸다. 그런데 그때 여자가 무슨 말인가 했다.

벽을 분해해야 했던 거예요. 여자가 말했다.

그래요. 페니가 말했다. 길 잃고 헤매는 사람 같았어요. 사실 일하기에는 너무 어린 나이 같아요. 돌아가거든 확인해 볼 생각이에요. 어떻게 생각하세요?

가출한 건 아니에요. 여자가 말했다.

페니는 멍하니 고개를 끄덕였다.

걔 돈이었어요. 여자가 말했다.

아. 페니가 어리둥절해져 말했다. 나야말로 헤매는 기분인데요.

응. 여자가 말했다. 잘됐어요. 그럼 앞으로 그럴 일 없으니까.

그럴 일이라뇨? 페니가 말했다.

헤맬 일. 여자가 말했다.

아 〈네에〉. 페니가 말했다. 헤맬 일. 그렇군요.

이미 그렇다는 걸 알고 있으면. 여자가 말했다. 그럼 당장엔 그럴 일 없죠. 헤맬 일.

페니는 그 말을 외워 두기로 했다. 헤매고 있단 걸 아는 한 당장에 또 헤맬 일은 없을 것이다. 맞나? 확실하지 않았다. 똑똑하시네요. 페니는 소리 내어 말했다.

여자는 고개를 끄덕였다.

그러더니 말했다. 모건 거리의 그 나이 든 여자 봤어요? 고양이가 없어졌다고 해요?

참 안됐죠. 페니가 말했다. 찾았길 바라요.

아니. 여자가 말했다. 항상 고양이만 찾아요. 고양인 없어요. 만약 있었어도 이미 몇 달은 전에 떠났어요.

아. 페니가 말했다. 오늘 지나온 길로 종종 산책 다니시나 봐요, 그럼? 이 동네에 자주 들르세요?

고양이는 없어요. 여자가 말했다.

페니는 집을 사거나 빌리는 대신 호텔에서 생활하는 편을 선호하는 사람들도 있다는 걸 알았다. 호텔에 사세요? 그녀가 물었다.

침묵.

페니는 담배를 돌로 된 벤치 팔걸이에 비벼 껐다. 한 번만 더, 딱 한 번만 더 시도해 보자고 생각했다.

원래 여기 출신 아니시죠? 그녀가 말했다.

여자는 고개를 끄덕였다.

어릴 땐 어디 사셨어요, 그럼? 페니가 말했다.

여자는 숨만 내쉴 뿐, 아무 말도 안 했다.

재밌는 일이죠. 페니가 혼잣말이라도 하듯 말했다. 사람들이 나한테 그런 질문을 하면 난 보통 거짓말로

대답해요. 있잖아요 왜, 선의의 거짓말. 불행한 어린 시절을
보냈다고, 난 고아로 태어났다고 얘기하죠. 서른 줄에
들어서도 고아란 말을 써도 되는 걸까요? 그렇게 말하곤
했죠, 파티든 어디에서든 사람들이 질문해 오면, 〈실은 저
고아예요〉 하고 말하곤 상대방 얼굴을 살펴보면 재밌어요.
직방이거든요, 다들 무안해 어쩔 줄 모르죠. 길게 보면
사람들은 내가 아주 특별한 경험을 했다고 생각하는 것
같아요. 자기들도 언젠가는 겪어야 할 일이지만, 부모가
모두 죽는 경험요. 그러면서도 한편으론 날 유약한
사람으로 봐 살살 다루려 하죠. 완벽한 조합이에요. 하지만
이번만큼은 솔직히 얘기하건데. 페니가 말했다. 난 솔직한
때가 드물거든요.

페니는 혹시나 싶어 확인했다. 여자는 듣고 있는
눈치였다. 페니는 말을 이었다.

내 부모님은 사실 아직 살아 계세요. 아주 행복하게도요.
아니, 솔직히 말해선 꽤나 암울하고 불행한 삶을 살고
계세요. 이젠 각자 다른 도시에 사셔서 크리스마스 때면
동생과 내가 좀 애를 먹죠. 두 분 다 경제력은 좋으세요.
우린 상당히 안락한 환경에서 자랐죠. 내 어린 시절은
평균적으로 행복했고 평균적으로 괴로웠어요. 솔직하기로
했으니 하는 말이지만, 실은 이랬어요. 아빠는 엄마
이외의 여자들과 바람을 피웠어요. 아빠들이 대개 그러죠.
그래서 난 사춘기 때 사태가 이러함을 파악하고는, 뭐랄까,
이런저런 물건을 슬쩍하기 시작했어요. 왜 있죠, 가게 같은

데서요. 다른 사람들 집에서도 그랬지만 주로 가게에서 그랬어요.

여자는 아직 이야기를 듣고 있는 듯했다.

난 뭐든 닥치는 대로, 때와 장소 안 가리고 물건을 슬쩍했어요. 그건 놀랄 정도로 쉬운 일이에요. 그렇게 가져온 물건들은 침대 밑에 숨겼어요. 아마 지금도 아빠 집에 가보면 내 옛날 방에 고스란히 남아 있을걸요. 내 장기는 머리 액세서리였어요. 소매에 슬쩍 집어넣으면 그만이거든요. 아주 쉬워요, 고리에 걸린 걸 봉지째 쥐어 가방이나 소매에 집어넣으면 그만이에요. 아직까지 침대 밑에 쌓여 있어요. 뜯지도 않은 플라스틱 공 달린 머리끈이며 고무줄 같은 것들이 아주 왕창 쌓여 있죠. 화장품이랑 작은 컴퓨터 게임기도요. 가끔 침대 밑에서 하나씩 끄집어내 구경하곤 하거든요, 아빠 집에 며칠씩 가 있을 때면요. 옷도 있어요. 치마, 스웨터, 티셔츠. 철 지난 보물 창고 같아요. 모든 게 분홍색, 회색, 하늘색 아니면 파스텔 톤에, 지금 보면 한심할 정도로 구닥다리예요. 난 딴 집 부엌에서 컵이니 숟가락 같은 것도 슬쩍했죠. 다른 집에 놀러 갈 때마다 뭐든 하나는 챙겨 나오기로 스스로 약속했거든요.

아직 효과가 없었다. 그렇다면 엄마로 넘어갈 차례, 하고 페니는 생각했다.

엄마는 말이죠. 페니가 말했다. 처음부터 나보단 동생을 선호했어요. 나도 알아요, 전부터 알았죠. 이젠 개의치 않아요. 한때는 그게 신경 쓰여 엄마 모르게 복수를 하기도 했어요. 복수라는 게 그러니까, 섹스를 무기 삼았죠. 엄마와 아빠가 옛날부터 알던 친구분이랑 자기 시작했어요. 런던 외곽의 어느 역에서 어느 날인가 마주쳤거든요. 우리 집에 종종 왔던 분이라 잘 알았죠. 아빠 같은 분이었달까, 뭐 다 그렇고 그런 법이죠.

여자가 드디어 고개를 끄덕였다. 낚인 거야. 페니는 속으로 생각하며 전율을 느꼈다. 목덜미가 서늘했다.

그때 문득 생각이 들었죠, 그러면 되겠다는. 그래서 실제로 했어요, 역내의 빈 대기실에서 아주 다급히 섹스를 했죠. 내 첫 경험이었어요. 아주 짜릿했어요. 아주 난잡하고. 끔찍했죠. 그런 기분 이해하세요?

여자는 동정 어린 눈으로 페니를 바라봤다. 페니는 애절한 얼굴로 여자를 봤다. 섹스. 애절한 표정 뒤로 그녀는 생각했다. 도둑질도 안 통하고 부모님한테 이해받지 못했다 식의 하소연도 안 통할 때, 섹스는, 섹스만은 언제고 통하기 마련이지.

페니는 이야기를 계속했다.

그 아저씨가 좋대서 난 짧은 치마를 자주 입고 다녔어요. 짧은 치마를 훔치는 것도 좋았어요. 그때가 열일곱 살 때예요. 아저씬 신문사 사장이었어요. 사실 아저씨 덕에 첫 일자리도 신문사에서 얻었죠. 그러니 그 경험은 내 인생에 최소 두 가지 방식으로 영향을 미친 셈이네요.

페니 옆에 앉아 있던 여자가 갑작스레 몸을 움직였다.

신문사? 여자가 말했다. 신문 말예요?

「월드」요. 페니가 말했다. 그냥 회색 종이에 불과해요.
솔직하기로 했으니 하는 말이지만. 우린 그 빈 공간을
최대한 빨리 메워야 하죠. 난 그런 걸 해요. 그게 내
직업이죠, 당신과 나 같은 사람들을 위해 매주 회색 지면을
채우는 일.

그녀는 친밀함을 가장하며 여자를 슬쩍 찔렀다. 여자는
고개를 저었다. 신문에서 일하는 게 아니에요, 그럼? 여자가
말했다.

「월드」에서 일해요. 페니가 말했다. 「월드」지요. 있잖아요,
왜. 「월드 온 선데이」.

그게 신문이에요? 여자가 말했다.

「월드」요. 페니가 반복해 말했다.

그럼 그것도, 단어가 기억나지 않는데. 여자가 말했다.
그러더니 혼자 들기엔 너무 큰 물건을 팔에 인 듯 손을
앞으로 쭉 뻗었다.

페니는 웃었다. 「월드」를 모르시다니 신기하네요. 그녀가
말했다. 그러나 여자는 그새 눈을 휘둥그레 뜨고 외투에
박았던 고개마저 쳐들고 있었다.

당신 기자예요? 그녀가 말했다. 사람이니 그런 것들
인터뷰하고 그래요?

글쎄, 대개는 사람들만 인터뷰하죠. 페니가 말했다. 그
외의 사물은 웬만해선 속내를 잘 드러내지 않으니까요.

그 기사도 당신 신문에서 한 거예요? 여자가 말하고

있었다. 손을 이리저리 휘저으면서. 페니는 벤치에 등을
기댔다.

아마도요. 그녀가 말했다. 어느 거 말이죠?

그 기사요, 노숙자들 주머니에 든 물건에 대한 거,
사람들이 주머니에 뭘 넣어 다니는지에 대한 거요.

흐음. 페니가 말했다.

사진도 있었을 거예요. 그 사람 주머니에 들었던 물건들
사진. 길가에 죽 진열했죠. 또 그 사람에 대한 글도 실렸을
거예요. 여자가 말했다. 그 사람 이름이랑, 사진은 어디서
찍었는지, 그런 것들요.

아니요, 그런 기사는 기억나지 않는걸요. 페니가 말했다.
적어도 내가 「월드」에 있던 동안은 못 봤어요.

「월드」에 있은 지 오래됐어요? 여자가 말했다.

음, 이제 3년 됐어요. 페니가 말했다.

여자의 눈빛이 흐려졌다. 아. 그녀가 말하곤 돌아앉았다.
그러더니 다시 몸을 돌렸다. 그래도 그런 기사는 기억해요,
다른 신문에서라도 그런 거 본 적 있어요? 그녀가 물었다.

아뇨. 페니가 고개를 저으며 말했다. 어쨌든 우리
「월드」에선 못 봤어요. 아직 그런 기사를 다루는 데도
있긴 해요. 아마 다른 데서 한 기사일 거예요, 우린
요즘 그런 건 거의 안 다뤄서요. 솔직히 그런 건 좋은
기삿감이 못 되거든요. 지난 정권 땐 부정과 불평등이니
인간적인 이야기가 대세였죠. 이번 정부 들어서곤 그런 건
넋두리로밖에 안 들리거든요. 그래서 아무도 안 다루려

하죠. 마약과 연관 없는 한은요. 마약 기사는 아직 먹혀요.

마약과 연관 〈있어요〉. 여자가 말했다. 다들 하니까. 길에 있는 사람들은 다 해요, 우리 모두.

당신들 모두요. 페니가 말했다.

안 그럴 수가 없어요. 여자가 말했다. 머리를 쑥대밭 만드니까. 머리가 아주 지랄이 되죠. 욕해서 미안해요. 뒤늦게 생각난 듯 그녀가 말했다.

〈그런〉 일을 하는 거였군요. 페니가 말했다.

그리고 또. 여자가 말했다. 아주 딴사람 만들어요.

길에 있으면. 페니가 되풀이해 말했다.

응, 어디서든요. 여자가 말했다. 사람을 아주 개자식 만들죠.

여자는 멈췄다. 잠자코 앉아 입을 다물어 버렸다. 이윽고 고개를 가로저었다. 텅 빈 손바닥을 위로 활짝, 펼쳤다. 그러더니 말했다. 미안해요 또. 말버릇이.

난 바보 천치야. 페니는 속으로 생각하고 있었다. 어쩜 이리 멍청하니. 생각해 봐. 외투. 잔돈. 까칠한 피부, 달달한 냄새, 엉성하고도 긴장된 태도. 방랑벽. 거친 숨소리. 난 바보야. 이제야 알아차리다니. 동전 딸랑. 페니 딸랑. 페니, 드디어 정신 차리다.[12] 괜찮은 표제인걸. 웃음이라도 터뜨리고 싶었다. 그러다 공중전화기가, 택시가, 따뜻한 방이, 커튼을 굳게 친 방이 머리에 떠올랐다.

여자가 무슨 말인가 하고 있었다. 뭐라고요? 페니가 말했다.

---

12 *penny drops.* 〈마침내 알아차리다〉를 뜻하는 관용구.

물건들요. 여자가 말했다. 손으로 만지면, 마치. 망가져요.

있죠. 페니가 말했다. 아까 처음 만났을 때 난 당신이 호텔에 묵고 있는 줄 알았어요.

응. 노숙자 여자가 말했다. 그랬어요.

아. 페니가 말했다. 그녀는 자리에서 일어나 발을 쾅쾅 굴렀다. 부츠는 망가졌고 발은 얼었다. 발에 감각이 영영 돌아오기는 하려나 싶었다.

뉴스랑 역사적인 것들, 전에 그 공중전처럼, 그런 걸 보도하는 거예요? 노숙자 여자가 말했다.

으음? 페니가 말했다. 아 아뇨, 난 스타일 페이지 담당이에요. 그녀가 말했다. 전에 한 번 기사 때문에 비행기에서 뛰어내린 적은 있었지만. 재밌었어요.

우와, 그래요. 여자가 예의 바르게 말했다.

페니는 길 한복판으로 걸어갔다. 차가 몇 대 지나쳤지만 택시는 한 대도 없었다. 여기까지 택시가 나오나요? 그녀가 외쳐 물었다. 망가진 부츠를 길바닥에 굴려 가며.

혹시 부탁 하나 해도 돼요? 여자가 말했다.

으음? 페니가 길 한복판에서 외쳤다. 이 동네 택시들도 신용카드를 받을지 고민하는 중이었다.

부탁요. 뜻 하나 물어도 돼요?

무슨 말이죠, 뜻을 묻다니? 페니가 인도로 돌아오며 말했다.

단어가 있어요. 무슨 뜻인지 모르겠어요. 여자가 말했다.

아 그래요? 무슨 단어요? 페니는 발을 구르며 인기척을 찾아 길을 두리번거렸다.

제잉테. 여자가 말했다.

페니는 멈췄다. 제 ─ 뭐요? 그녀가 말했다.

여자는 단어의 철자를 불러 줬다. 페니는 고개를 흔들었다.

모르겠어요. 그녀가 말했다. 그 단어 뜻은 모르겠어요.
전혀 생소한 단어예요.

시에 나왔어요. 여자가 말했다. 나는 제잉테됐노라.

페니는 가방을 열었다. 펜을 찾은 다음 적을 만한 걸
찾아봤다. 여자는 다시 철자를 불러 줬고, 페니는 수표장
표지 안에 한 글자씩 받아 적었다. 문 닫은 도서관에서
그나마 비추는 불빛 아래 수표장을 들고 단어를 보다가,
고개를 저었다.

아뇨. 페니가 말했다. 들어 본 적 없어요. 외국어 같기도
해요. 프랑스언가? 미안해요.

놀라운 건 실제로 들었다는 거다, 미안한 마음이. 페니는
여자를 다시 바라봤다. 여자가 했던 틀린 말들, 심지어 달에
중력이 있다고까지 주장했던 걸 떠올렸다. 달에 중력이 없단
건 누구나 아는 사실이었다. 페니는 속으로 웃었다. 그리고
계속해 수표장에 뭔가 적었다.

이름이 뭐예요? 그녀가 여자에게 또 물었다. 이름을 알려
줘요, 부탁할게요. 오늘 당신과 아주 좋은 시간을 보냈어요.
오늘 당신을 만난 게 나한테 중요한 변환점이 됐어요.

여자는 기쁜 표정이었다.

엘즈베스. 그녀가 말했다.

엘즈베스. 엘즈베스 뭐요? 페니가 뭔가 끼적이며 말했다.

그건 알아 뭐하게요? 여자가 말했다.

그냥 알고 싶어요. 기억할 수 있게요. 페니가 말했다.

여자는 잠시 생각했다. 그러고는 말했다. 프리먼.
엘즈베스 프리먼.

페니 워너요. 페니가 말했다. 만나서 반가웠어요. 그녀는
장갑을 벗고 손을 내밀었다. 여자는 놀란 얼굴로, 기분 좋게,
페니의 따뜻한 손을 제 차가운 손에 잡았다.

자, 엘즈베스. 페니가 말했다. 언제든 필요한 게 있거든
말이죠.

페니는 반으로 접은 수표를 여자의 외투 주머니 깊숙이
집어넣고 주머니를 토닥거렸다. 망가진 부츠 생각은 잊었다.
심장이 부상해 마구 날기 시작했다. 심장은 한 마리 새가
되어 무아경 속에 페니의 머리 위를 높이 날았다.

그리고 마지막으로. 그녀가 말했다. 호텔까지 태워다
줄까요?

노숙자 여자는 고개를 저었다.

그래요. 그럼 이 근처 택시 승차장이 어디 있는지 알아요?
페니가 말했다. 혹은 말예요, 엘즈베스, 나한테 혹시,
그러니까 저기 전화기로 택시를 부르게 혹시 저, 잔돈 좀
빌려 줄 수 있을까요? 이만 돌아가야 해서요. 일해야 해요.

여자는 그새 벌써, 외투 안감 깊숙이 손을 집어넣어,
20펜스 동전을 하나 꺼내어, 페니에게 내밀고 있었다.

여깄어요. 그녀가 말했다.

호텔에 도착했을 즈음, 페니는 그런 거액의 수표를 쓴 것에 이미 마음이 초조했다. 승강기가 자기 층에 다다랐을 무렵엔 무슨 조치를 취할지 이미 결정을 내린 상태였다.

승강기 문이 열렸다. 페니는 고개를 슬쩍 내밀었다.

소녀는 사라지고 없었다. 잔돈도 사라졌다. 홀은 깔끔히 정리돼 있었다. 다만 벽의 흉터만은 여전히, 흉측히 남아 있었다. 페니는 벽에서 시선을 피해 고개를 비슷이 틀었다. 그녀는 방문을 열었다. 방 안 가득, 맑고 플라스틱스러운, 새 컴퓨터 냄새.

좋은데. 그녀는 생각했다.

커튼을 치고, 얼룩지고 망가진 부츠를 벗어던진 뒤 침대에 털썩 드러누웠다.

피곤해. 그녀는 생각했다.

전화기에도 핸드폰에도 메시지는 없었다. 페니는 노트북을 켰다. 시계가 오후 11:15이라고 알려 줬다. 새로 도착한 이메일은 없었다. 페니는 잠시 절망했다. 그러다 첫 문단을 술술 써 내렸다. 화면에 적힌 문단을 다시 읽어 봤다. 손댈 데가 거의 없었다.

좋아. 그녀는 생각했다.

수화기로 손을 뻗어 1번을 돌렸다.

네, 리셉션입니다. 목소리가 말했다.

네. 페니가 말했다. 34호실인데요. 클럽 샌드위치 주문하려고요.

물론이죠 손님. 목소리가 말했다. 룸서비스로 연결해

드리겠습니다.

아 그리고요. 페니가 말했다. 유료 방송 비밀번호 좀 알려 주겠어요? 방을 아무리 뒤져도 번호가 안 나오네요. 저녁 내내 찾았는데.

물론이죠 손님. 목소리가 말했다. 객실 내 제공된 글로벌 인포메이션 책자의 유료 방송 항목 아래에도 나와 있다시피, 유료 방송을 보시려면 손님이 계신 객실 번호를 두 번 연속해 입력하시면 됩니다. 예를 들어, 손님께서 현재 묵고 계신 방이 34호실이면 유료 방송 비밀번호는 3434가 되겠지요.

아. 페니가 말했다.

룸서비스입니다. 목소리가 말했다.

34호실인데요. 페니가 말했다. 클럽 샌드위치 하나 올려 주겠어요?

물론이죠 손님. 목소리가 말했다. 음료는 따로 필요하시지 않고요?

핫 초콜릿 주세요. 페니가 말했다.

알겠습니다 손님. 크림도 추가해 드릴까요?

아니요. 페니가 말했다.

페니는 전화를 끊었다. 리모컨의 전원 단추를 누르고 채널을 넘겨 몇 시간 전의 그 암호화된 채널을 찾았다. 페니는 번호를 입력했다. 화면에 단어가 뜨며 구매 버튼을 누르라고 지시했다. 페니는 버튼을 눌렀다. 암호가 해제됐다. 중절모와 단추를 채우지 않은 우비 차림의

여자가 집 바깥에 세워진 차 안에 앉아 있었다. 보나마나
사설탐정이었다. 황당할 정도로 긴 렌즈가 장착된
카메라까지 들고 있었다. 여자는 렌즈 너머로 부엌에서
섹스 중인 한 남녀를 지켜보고 있었다. 한동안 지켜보다가,
카메라를 내려놓고 손가락을 입에 물었다. 섹스 중인 여자가
신음했다. 팔을 뻗어 찬장을 붙들었다. 남자는 나지막한
목소리로 중얼거렸다. 그러더니 탁자에 기댄 여자를 돌려
세워 뒤로 삽입했다. 여자는 다시 신음했다. 여자의 머리
옆에는 식칼 꽂이와 날 베이컨처럼 보이는 음식물이 담긴
접시, 그리고 흰 아이싱과 빨간 체리를 얹은 케이크가 한
바구니 놓여 있었다. 남자는 베이컨을 검지에 말았다.
여자의 항문에 손가락을 집어넣으려는 순간 화면은 차에
앉은 여자에게로 이동했다. 그새 여자는 카메라에서 렌즈를
떼어 허벅지 사이에 끼고 있었다. 으음. 여자가 말했다. 차
속에 앉은 채 그녀는 렌즈에 몸을 비볐다.
　　페니는 두 번째 문단을 마무리하고, 큰소리로 읽어 봤다.
　　그럴듯한데. 그녀는 생각했다.
　　그러다 기억이 나, 수표장을 꺼냈다. 수표장엔 단어가
하나 적혀 있었다. 노숙자 여자가 알고 싶어 했던 단어였다.
반쯤 호기심이 인 페니는 노트북 화면에 맞춤법 검사기를
띄우고 한 글자씩 입력했다. ㅈ, ㅔ, 이어서 ㅇ, ㅣ, ㅇ, 그리고
ㅌ, ㅐ. 하지만 검사기는 아무 결과도 찾지 못했다. 대신
〈쟁이 태〉란 단어(들)로 다시 검색해 볼 것을 추천했다.
페니는 유의어 사전을 찾아봤다. 〈검색 결과를 찾지

못했습니다.〉 유의어 사전이 말했다. 〈다음 중 하나를 검색해 보십시오.〉 그리고 다음 단어들을 열거했다. 재앙, 재의, 재임, 재입, 재인식.

룸서비스가 도착했다.

페니는 계산서에 서명하고, 주문한 것을 먹고 마셨다.

그러면서 저녁을 되새겨 봤다. 무료하지는 않았던 저녁이었다. 오히려 예상 외로 흥미로웠다. 이 도시에서 가장 낙후한 동네들을 돌아다니며, 단어의 의미를 물어보던 노숙자와 함께 모르는 사람들 집을 기웃거렸다고 말해도 믿을 사람은 거의 없을 거다. 관심이나 가질까? 그래도 페니는 노숙자 여자가 마음에 들었었다. 여자 덕분에 사람들 앞뜰 구경도 했으니. 낡은 소파가 있던 앞뜰, 냉장고가 있던 뜰, 애들 장난감이 널브러져 있던 정원, 푸크시아와 장미와 그 사이사이 완벽하게 마름된 흑색 잔디를 심은 정원. 〈잉글랜드의 정원을 만나다〉 혹은 〈새 천년의 여명 맞은 블레어의 브리튼〉쯤 되려나. 돌아가거든 제안해 봐야겠다. 괜찮은 기삿거리였다. 독자들에게 생각할 거리를 주는, 키치적 가치와 한물간 계급적 가치에 사회적 가치까지. 페니는 뿌듯했다. 오늘 밤은 기대 못 한 많은 소득을 그녀에게 안겨 주었다.

노숙자 여자가 값비싼 물건이라도 있나 보려고 집들 물색에 나섰던 건 아닐까란 생각이 문득 들었다.

또 잊기 전에 페니는 24시간 뱅킹 서비스에 전화해 비밀번호를 입력했다. 그리고 남자에게 수표 번호를 알려

췄다.

취소하시게요? 남자가 말했다.

페니는 정지했다. 어디에선가 누군가가 페니에게
리모컨을 들이대고 〈일시 정지〉라고 적힌 단추를
누르기라도 한 듯, 무엇인가가 페니를 얼어붙게 만들었다.
정지된 순간 속에서 그녀는 기억했다 — 돈의 너비와
협소함, 템스 강과 국회 의사당 위로 우뚝 솟은 거대한
시계와 그 추를 돌아가게 만든다는 동전 기둥, 수염 달린
사내가 움푹한 손에 깃털 하나와 완두콩 한 알을 들고
비죽배죽한 계단을 오르는 모습, 그리고 페니가 빌린 돈이
공중전화 부스 속으로 사라짐과 동시에 수화기 너머로
누군가의 음성이 들리고 그 누군가 또한 페니의 음성을 들을
수 있었던 일.

여보세요? 수화기 너머의 남자가 말했다. 여보세요?

그러자 페니는 호텔 객실의 침대에 앉아 수화기를 들고
결코 문 닫는 법이 없는 은행에서 일하는 일체 모르는
사람과 통화 중인 현재로 돌아왔다.

그래 주세요. 페니가 말했다.

잠깐이나마 마음 약해진 줄 알았지 뭐람. 아주
잠깐이었지만, 우주가 자리 이동한 기분이었다. 하지만
아니었다. 다행이었다. 수표 번호의 마지막 두 자리를
발음하며 페니는 스스로 장하다고 생각했다. 이렇게
표현하는 건 다소 야비한 걸지도 모른다. 그날 저녁 일찍
페니의 방문 밖에서 벌어졌던 일과, 바로 그 순간 페니의

눈앞에, 호텔 텔레비전 화면에 펼쳐지고 있는 일을 생각하면
더더욱. 그러나 억지로 개봉되었던 페니의 속내는 이제 다시
굳게 봉해져 있었다. 잘했어. 페니는 다시 생각했다. 애초
그런 거창한 인심을 베풀었던 자신이 흐뭇했고, 또 스스로
알아서 제동을 걸었단 사실, 결정적인 순간에 분별력을
발휘한 자신이 흐뭇했다. 가난하면 가난한 거지. 가난한
사람은 돈을 감당할 수도 없다. 익숙하지 않은 사람에게
돈은 그저 골칫거리일 뿐이다. 오히려 한 푼 없이 사니
얼마나 마음 편할까. 가난할수록 순수하다는 말은 괜히
나온 게 아니었다.

〈女노숙자 뜻밖의 횡재.〉, 〈하늘에서 뚝 떨어진 페니.〉

페니는 웃었다. 아주 그럴듯했다. 오늘 제대로 불붙은
모양이었다. 페니는 호텔 기사의 마지막 문단을 작성하고
전문을 다시 한 번 읽어 봤다.

이거야말로, 명문일세. 그녀는 생각했다.

침대보를 정리해 달라고 부탁하자니 왠지
찜찜해서(혹여나 아까 홀에서 마주쳤던 그 여자애라도
올려 보낼까 봐) 페니는 제 손으로 침대 커버를 걷었다.
그러곤 노상 그러하듯 담배 자국이나 핏자국, 그 외 일체의
흔적이나 머리카락은 없는지 침대 곳곳을 살폈다.

기사는 완성했고 저장해 송고까지 마친 후였다.
텔레비전을 켜두어 배경에서는 살 소리가 나지막이
비걱거렸고, 불도 그대로 밝혀 둔 상태였다. (이러면 보통
괜찮기 마련이었는데, 그래도 페니는 오늘 밤 또다시

비행기에서 추락하는 꿈을 꿀 것이었다. 등에 멘 낙하산이
불량이라 끈이며 줄들은 죄 엉키고 낙하산은 열릴 생각을 안
하는 와중에 페니는 언덕진 잉글랜드의 쓸쓸한 전원 지대로
추락해 내릴 것이다. 나무들이 어찌나 작은지 엄지와 검지로
슬쩍 뽑아, 먹는 방법조차 알 수 없는 진기한 세계 별미인
양 혓바닥에 올려도 좋겠단 생각이 들 것이다. 근데 그러다
잘못 먹는 걸 누군가에게 들키면 어쩌지, 그리고 지상에
가까워질수록 나무가 위장 안에서 마냥 불고 불다가 어느새
저 밑의 나무들만큼이나 거대해진다면, 그러다 배가 터질
듯 부풀고, 나뭇잎이 나뭇가지가 나무줄기가 나무뿌리가
몸 밖으로 우럭우럭 갓 태어난다면?) 호텔 샴푸와 호텔
편지지와 호텔 펜과 호텔 연필, 호텔 면봉과 호텔 구두닦이
천과 호텔 핸드크림은 모두 짐 가방에 고이 꾸려져 내일
아침 일찍 집에 내려갈 준비가 완료된 상태였다.

　페니는 침대에 누워 기지개를 켰다. 침대는 거대했다. 향이
달콤했다. 페니가 누워 있던 자리는 체온이 배 따끈했다.
페니는 깊고, 아득하고, 급격한 잠에 막 빠져들려는 참이었다.

　완벽해. 기어이 빠져들며 그녀는 생각했다.

월드의 추천 호텔

　여러분이 세계 어디에 있는지는 중요치 않습니다.
근처에 글로벌 호텔만 있다면 여러분은 말 그대로
세계 어디든 있는 셈이니까요. 설사 집에 앉아 있대도
마찬가집니다. 일할 장소로도, 휴식처로도, 이상적인

도피처로도, 그리고 세계적으로 각광받는 글로벌 호텔 특유의 고급스럽고 개성 넘치는 디자인을 자랑하는 세련되고 널찍한 객실만으로도, 글로벌을 당해 낼 수는 없습니다. 그만큼 훌륭합니다.

왜 글로벌 호텔인가?

이유가 필요한가요? 트렌드로 앞서 가는 글로벌의 아늑하고 편안한 소규모 호텔들은 그 자체로 존재 이유를 증명합니다. 적당한 가격과 우아한 내부는 타 경쟁사의 추종을 불허하며 부족함 없는 만족감을 선사합니다.

왜 글로벌 호텔에 묵어야 하지?

한번 발 디디면 떠날 수 없을 테니까요! 뉴욕, 브뤼셀, 리즈, 어디든, 글로벌에 들어서시는 순간 여러분도 (저희처럼) 객실을 영영 떠나고 싶지 않을 거라고 감히 장담합니다. 글로벌의 장기인 호화롭고 아늑한 분위기를 최대한 누리고 싶으실 테니까요. 객실뿐인가요. 객실 내 제공된 안락의자에 한번 앉아 보시죠. 고향 집에 온 듯한 그 포근함에 다시는 의자에서 일어나기조차 싫으실 겁니다. 음식은 또 어떻고요! 그 매력은 이루 다 설명 못 할 정도랍니다. 객실 밖으로 한 걸음도 내딛기 싫어질 또 한 가지 이유기도 하고요. 글로벌 호텔은 유행을 주도하는 숙련된 셰프들을 고용하기로 유명한 만큼, 세계 어느 곳에 계시건 여러분은 최정상급 식단을 만끽하실 수 있으실 겁니다.

도심지 한복판에

비즈니스를 위한 탁월한 선택으로, 나 홀로 여행객은 물론 소규모의 본격 회의 장소로도 적합한 만능 설비를 갖춘 글로벌 호텔은 매력적인 비용으로 여러분의 요구를 충족시켜 드립니다.

겨울 주말 나기

인정합시다, 겨울은 고되고 춥고 깁니다. 하지만 대안은 있습니다. 따뜻한 욕조에 몸을 담그는 호사와 직원들의 무결한 고객 서비스, 여러분만을 위해 제공되는 최신 텔레비전 기술을 마음껏 누려 보시죠. 또는 글로벌 객실만의 전망을 감상하시며 즐거움을 누려 보세요. 그 무아경에 몸과 마음을 모두 맡기는 건 어떻습니까? 스타일 만점, 불만 제로의 안성맞춤 은신처로서, 클래식하고도 현대적인 글로벌은 개선의 여지없는 우수한 환경을 제공합니다. 초월적 시간이 여러분을 기다리고 있습니다.

「월드 퍼펙트」는 글로벌 체인에 10점 만점 중 9점을 선사합니다.

부담 없는 스타일, 부담 없는 방문.

월등한 선택.

과거 속 미래

future in the past

   & 어쨌거나 제일 중요한 건 내가 재봤다는 것 직접
가봤다는 것

   & 어쨌거나 엄청 새끈한 신발까지 얻어 집에 왔으니까 &
아침도 얻어먹고 & 맛도 있었고

   & 어쨌거나 그 5파운드짜리 지폐도 있으니까

   & 어쨌거나 알고 있었으니까 그 전부터 알고 있었어
거꾸로 매달린 거 그 안에 몸을 구겨 넣은 거 신문에서
다 읽었던 내용이라 별로 놀랍지도 충격적이지도 않았어
어쨌거나 알고 있었으니까

   & 어쨌거나 빨랐으니까 언니는 항상 엄청 빨랐어 지금도
그래서 기분 좋을걸 분명 좋아하고 있을 거야 자기가 그렇게
빨랐단 사실에 언닌 이제 공기만큼 가벼우니까 공기보다
더 가볍지 사진에 찍힌 자동차 불빛처럼 왜 도심지에서
너무 빨리 달리는 차들을 카메라로 찍으면 차는 보이지
않고 불빛만 씽씽 지나가다 렌즈에 잡히는 것처럼 아마
언니도 지금 그런 걸 거야 그러니 하루 종일 & 밤새도록

도시 전체를 돌아다닐 수 있겠지 엄청난 빛과 속도로 건물
꼭대기를 마음껏 날아다니다가 마음 내키거든 호텔 꼭대기
창가에서 다이빙할 수도 있겠지 그래도 떨어질 리 없으니까
이제는 그럴 필요 없으니까 그저 둥둥 떠다니면 되니까 이젠
물에선 물론이고 공중에서도 선헤엄 칠 수 있을 테니까 그냥
살아 있기만 한 사람들이야 물속에서나 그럴 수 있지만
아무튼 내 생각은 그래

　　& 어쨌거나 평소 이 시간이면 이렇게 늦은 밤이면 아니
아니다 밤이 아니라 아침이지 몇 시나 된 거야 대체 4시
반 그래 평소였으면 이렇게 이른 아침 시간에 난 천장의
아르텍스[13] 무늬나 쳐다보고 있기 마련이니까 그러면서
또 떠올리지 지난 일들이 머릿속을 빙빙 돌지 애초에 언닌
후보감이었다고 국가 대표 팀 후보가 될 수도 있댔어
주전 선수 대타로 뛸 후보 선수들을 선발하는데 잘하면
그 시험에 응시할 수도 있댔어 접영만 시간 내에 통과하면
된댔어 버터플라이 기록만 좀 깎으면 된다고 0.5초 정도만,
아니 0.5초도 안 되지 0.45초만 빨리 통과해도 후보 자격을
주겠다고 했대 언니한테 들은 말이야 바로 저기서 저기
침대에 누워서 나한테 얘기했거든 입단 자격을 얻을 수
있다고 0.45만 기록에서 0.45초만 줄이면 충분하다고 이미
그 나잇대 선수들 중엔 빠른 편에 속하니까 0.45면 아무것도
아니니까 1초의 반도 안 되는 찰나의 찰나니까 눈 한 번

13　걸쭉한 회반죽의 일종.

깜빡하면 앗 앗 앗 앗 지나쳤잖아 그 정도로 순식간이야
지나갔는지도 모를 정도로 그러니까 딱 그만큼만 분발하면
된댔어 그만큼만 깎으면 & 아직 아무한테도 얘기 안
했댔어 혹시 안 될 수도 있으니까 괜히 말했다가 징크스
걸리면 안 되니까 그래서 나도 얘기 안 했어 아무한테도
누구한테도 하지만 후보라니 그건 그러니까 보결 선수를
말하는 건데 상상이나 돼 세라 언니가 내 언니 세라 윌비가
국가 대표 팀 후보로 출전할 수도 있었다니 얼마나 근사해
존나 대단하잖아 & 그때 언니는 언니 목소리는 내 바로 저
옆자리에 손 내밀면 닿을 거리에 있었다고 하지만 깎는다니
생각해 봐 버터플라이를 깎다니 얼마나 끔찍해 나비를
깎는다고 상상하면 게다가 엄청 신중해야겠지 잘못하다가
더듬이라든가 주둥이를 싹둑 잘라 버리는 수도 있으니까
그럼 깎을 데도 안 남을 테니까 근데 나비에 깎을 데가
있기는 한가 그건 수요일 밤이었어 수요일 밤 언니는 저
침대에 누워 나한테 그 얘기를 해줬지 & 그건 진짜 희한한
일이었어 평소 언니는 나한테 그런 얘기 해주는 법이
없었거든 아예 별말을 안 했어 수영이건 뭐에 대해서건 &
바로 그다음 월요일 밤에 그런 일이 월요일 밤 언니는 집에
돌아오지 않았어 올 때가 다 됐는데도 올 때가 지나서도
그 뒤로 영영 돌아오지 않았어   그날 이후로 밤만 되면
언니가 조각조각 떠올라 아니 달려들어 날 막 닦달해 뭐
때문에 그러는 건지 나한테 바라는 게 뭔지 모르겠지만 &
그건 마치 어떤 느낌이냐면 그러니까 예를 들자면 언니가

내 침대 발치에 서 있다가 어느 순간 아무 예고 없이 와장창
부서지는 것 같아 폭파된 듯이 내 앞으로 흩어져 내려
조각조각 & 부위별로 언니의 귀가 목이 목 아래 움푹 팬
부분이 손이 손가락이 발가락이 뒤꿈치가 발이 & 수영복
가장자리가 & 어깻죽지가 눈이 입이 근육이 & 아 존나
생각만 해도 속이 뒤집히는 단어 그러니까 가슴 가슴이 날
빤히 바라볼 때도 있어 외눈을 동그랗게 뜨고 어떨 땐 두
눈을 다 말똥거릴 때도 있지 아빠가 나보고 어디서 그런
막돼먹은 짓이냐고 소리칠 때처럼 그런 눈빛으로 그래
세라 언니 언니는 가슴까지 어쩜 그리 막돼먹었니 아니
막돼먹었었다고 해야 맞지 아 씨 그런데 정말 난 어쩌다
이렇게 된 걸까 완전 또라이 식물인간 뇌가 녹았나 봐
그래도 어쨌든 오늘 밤은 조용해 아직까지는 조각들이
덤벼들지 않아 나타나지도 않았어 그러거나 말거나 잠은
여전히 안 오지만 하지만 오늘 밤만 지나면 괜찮아질지도
오늘은 아까 그 일 때문에 아직까지도 심장이 엄청 빨리
뛰고 있거든 아니면 아까 너무 많이 먹어 그런 걸지도
세상에 그렇게 폭식한 것도 얼마 만인지 기억도 안 나
언제부터 얼마나 오랫동안 음식을 아예 잊고 살았던 건지
   & 어쨌거나 이젠 확실히 알았으니까 물론 이미 알고
있기도 했지만 여하튼 언니가 일부러 그러진 않았다는 거
아마 그것 때문에도 잠이 안 오는 거겠지 물론 평소에도
이맘때면 밤과 아침 사이 이 시간까지 안 자고 누워 있기
마련이었지만 누워서 생각하느라 지나간 일들을 예를 들어

언니가 곧 스무 살이 되었을 거란 생각 그러니까 내년 1월
22일이면 딱 두 달 후면 스무 살 & 그게 2000년이니까
2000년 1월 22일에 20세가 되는 거야 2000 22 20 &
학교에선 언니가 일부러 그랬다고 생각한다는 사실 다들
그래 영어 시간에 그 애들처럼 & 재수 없는 엘리스 쌤도 칠판
앞에 서서 열라 재수 없게 슬프고 불쌍해 죽겠다는 눈으로
날 쳐다보지 내가 무슨 죽을병 걸린 환자냐 괴물이냐 그날
우린 그걸 읽고 있었거든 『테스』 T. 하디가 쓴 책 & 거기 보면
그런 장면이 나오잖아 거울을 보다가 걔가 문득 그런 생각을
하잖아 우린 자기가 태어난 날은 알아도 다른 날짜는 모르고
산다고 매년 생일은 기억하면서 생일만큼이나 중요한 그
다른 날짜 자기가 죽을 날짜는 모른 채 지나 버린다고 그
장면을 읽는데 반 애들이 심지어 남자애들까지 전부 다 날
쳐다보는 거야 등에 걔들 눈이 꽂히는 걸 느낄 수 있었어
& 옆에 앉은 제마랑 반대쪽 옆에 앉은 샬럿이 일부러 눈을
피하는 것도 걔넨 이미 다 알고 있었으니까 그래서 난 기분이
이상해졌어 온몸에 소름이 돋듯 따갑고 간지럽고 아우 진짜
어찌나 지랄 같던지 마치 무슨 일인가 생겼는데 아무도
그 일에 대해 언급 못 하는 것처럼 & 나도 모른 건 아니야
다들 내가 언니를 떠올리고 있을 거라 생각했겠지 언니는
자기의 그 다른 날짜가 언젠지 알아 버린 거라고 어쩌면
자기가 직접 날짜를 골랐는지도 모르고 다들 내가 그 생각을
하길 기대한 거야 24일이라고 5월 24일 그렇지만 그날 그
순간만큼은 난 그런 생각 안 하고 있었단 말이야 쌍 간만에

진짜 아무 생각이 없었다고 아니 어쨌든 딴생각 중이었다고
거울 보는 여자 그 여자 얘기에 빠져 있었으니까 하지만
그다음부턴 어쩔 수 없이 그 생각을 해야 했지 반 애들도
다 아는 사실이라니까 & 나도 당연히 그 생각을 하고 있을
거라고 생각했으니까 그래 봤자 대놓고 그렇게 말할 놈
하나 없으면서 절대 아니지 그럴 배짱이나 있나 아무튼 결국
그래서 그날 밤 & 그날 이후로도 한동안 내 머리엔 온통
그 생각뿐이었어 언니가 지금껏 살아온 5월 24일들 열아홉
번에 걸친 5월 24일들 말이야 매년 그날이 되면 보통 때랑
똑같이 일어나 아침을 먹었겠지 & 노상 먹던 대로 사과 한
알로 아침을 때우다가 엄마한테 야단을 맞았겠지 한참 크는
아이가 사과 한 알로 아침을 때워 되겠냐고 끼니 중 제일
중요한 게 아침 식산데 엄마가 잡지에선가 텔레비전에선가
봤댔어 분명 그 전에 우리가 더 어렸을 땐 언니도 딴 음식을
먹어야 했었겠지 아직 어려서 엄마 아빠가 시키는 대로 해야
될 때는 프로스티스 시리얼 & 라이스 크리스피 뭐 그딴 거
잘은 몰라 난 기억 못 하니까 암튼 & 언니는 학교에 갔을
거야 물론 아주 어릴 때야 아니지만 특히나 내가 태어나기도
전이었다면 하지만 내가 태어난 이후엔 언니가 벌써 거의
다섯 살이었으니까 그 뒤로는 걸어서 학교에 다녔겠지
에드워드 가에 있는 초등학교로 & 열한 살이 되면서부터는
본 중등학교로 매년 5월 24일만 되면 & 그날이 주말만
아니었다면 & 또 수영장이니 뭐니 딴 데도 갔었겠지
그런데 이제 막상 알고 나니까 일부러 그런 게 아니란 걸

& 그날이 그날이란 걸 알고 그랬던 건 아니라는 걸 알고
나니까   그 책에 나온 말이 너무 끔찍해 끔찍한데 머리에
자꾸 맴돌아 잊히질 않아 누구에게나 그날이 있다던 말 &
언젠가는 찾아온다는 말 나한테도 있겠지 나한테 그날이
찾아오면 나는 알기나 할까 무슨 느낌이라도 날까 예감같이
그날이 그날인 걸 알 수 있을까 실제로 그런 일이 생기지만
않았다면 아무 생각 없이 학교에서 책을 읽다가 알게 된
사실이었다면 그냥 재밌는 아이디어라고만 생각하고
말았을 텐데 책 자체는 엄청 옛날 책이고 길기도 엄청 길지만
& 자꾸 운명 어쩌고 하는 부분이 나와 엄청 따분하지만
사실 그것 말곤 생각나는 것도 없어 내용도 다 잊어버렸어
그나마 말이 죽었던 거랑   & 그 애기   & 수염 기른
남자   어쨌든 그땐 지금보다 사람들이 죽기도 더 많이
죽었고 아 & 천장에 묻은 피도 있었지 영화에 나왔어 수업
시간에 보여 줬어 지금처럼 침대에 누워 천장을 보고 있는데
갑자기 피가 스며 나오면 어쩌지 그래서 방으로 뚝뚝 떨어져
내 침대로 떨어진다면 으악 몰라 왜냐면 언니가 아니야
그런 말은 없었어 아까 그 사람도 그 남자도 언니가 그랬단
말은 안 했어 어쩜 안 그랬는지도 모르지 몸이 한꺼번에
깨지면 피도 안 나는 건지 몰라 근데 무슨 생각하다가 원래
딴생각하고 있었는데 뭐였더라 맞다 5월 24일 책에 나온
그 날짜 얘기 그러니까 막상 그런 일이 실제로 벌어지고
나니까 그 아이디어에도 흥미를 잃었어 하지만 생각을 안
하려도 안 할 수가 있어야지 자꾸 생각나 그건 마치 무슨

느낌이냐면   그러니까 마치 마치 그래 마치 책을 읽는
기분이야 응 책을 읽는데 무슨 책인지는 중요하지 않아
암튼 벌써 책을 절반쯤 읽어 이야기에 푹 빠진 상태고
등장인물이니 줄거리니 뭐니 다 빠삭한데 그러다 책장을 한
페이지 넘겼더니 글쎄 다음 페이지가 중간에서 뚝 끊겨 있는
거야 글이 없어 단어가 하나도 없어 페이지의 절반이 비었어
분명 처음에 그 책을 집어 들었을 때만 해도 완벽히 정상인
책이었는데 & 마지막 장이랑 마지막 페이지랑 분명 다 갖춘
책이었는데 그런데 이젠 맨 뒷장까지 책을 휘리릭 넘겨도 빈
종이뿐 아무 얘기도 안 적혀 있어   그래 마치 그런 느낌
대충 그런 느낌이야

　　& 어쨌거나 9월에 아빠랑 엄마가 이미 줘버린걸 헨더슨네
친구라는 사람들한테 헨더슨네가 그랬거든 친구들 중에
싱글 침대를 구하는 사람들이 있다고 그래도 누가 쓰던
침대였는지까지는 얘기 안 해줬겠지 원래 침대 주인은 이미
꼴까닥 죽었단 얘기는 죽은 침대 죽음 침대 하하 지금은
누가 쓰고 있으려나 사실을 알고도 계속 거기서 자려 할까
& 이제 여긴 내 방이지 우리 방이 아니야 매트리스까지 빼
갔거든 옆으로 세워 밖으로 끌고 나가 차 지붕에 얹고
갈빗살을 분해해 낡은 히터에서 뽑아낸 전기선으로 칭칭
감은 다음 매듭을 지으려 했는데 고무라서 잘 안 됐나 봐
갈빗살만 보도 위로 우당탕 떨어져서 아저씨가 그걸 또
일일이 주워 차 뒤쪽에 넣어야 했어 그나마
스테이션왜건이었거든 매트리스도 차 지붕에 올리고 보니

엄청 작더라 집에서 창밖으로 내다봤는데 생각보다 무지
작아서 깜짝 놀랐어 가까이서 볼 땐 그렇게 커 보이던 게
멀어지니까 작더라 꼭 애들 침대처럼 & 좀 있다 침대 틀을
밖으로 옮기는 소리가 뒤에서 들렸어 그러더니 나사를 전부
풀어 틀을 분해해 짐칸에 실었어 뒷좌석까지 접어서 말이야
그래서 여긴 이제 빈 공간이 덩그러니 남았어 방은 똑같은
방인데 어딘가 모르게 달라 보여 비어 보여 너무 가벼운
것도 같고 삐딱하게 기운 것도 같고 그래도 카펫에 그나마
자국이 남아 있어 침대가 있던 자리란 걸 증명하듯 손으로
만져 보면 침대 다리가 버티고 서 있던 자리가 움푹 팬 걸
느낄 수도 있어 & 먼지도 장난 아니게 많았어 침대를
치우고 나니 그래서 아빠가 청소기로 치웠는데 생물 시간에
먼지 중에는 사람 피부에서 나온 것도 많다고 그랬거든 그게
사실이라면 세라 언니의 일부도 지금 청소기에 들어 있단
건데   맙소사   그래도 깔깔대며 웃고 있겠지 기왕
청소기 돌릴 때 침대 밑까지 좀 청소하면 안 되겠냐고 만날
잔소리 듣던 언니니까 아빠가 싹쓸이해 간 뒤에 난 남은
먼지를 최대한 주워 모았어 & 손수건으로 싸서 맨 위 서랍에
넣어 뒀어 내 바지랑 스타킹 밑에 보관돼 있어 왜냐면 그것도
언니 몸에서 떨어진 건지 모르니까 그렇지 세라 언니 충분히
그럴 수 있잖아 여름마다 피부가 벗겨지던 식으로 그러니까
저 서랍엔 지금 1999년도 봄 무렵의 언니 피부가 들어 있는
건지도 몰라   쌍   미치겠다 이게 말이나 한순간
멀쩡히 저기 있던 사람이   & 다음 순간 그냥   조각

파편 부스러기   이물질   눈에 제대로 보이지도
않는   쌍   이제 서랍장도 전부 내 거 내 옷으론 다
채울 수도 없지만 그러기엔 옷이 부족해 전에는 우리 옷이며
잡동사니로 아주 터질 지경이었는데 서랍이 제대로
닫히지도 않았지 & 이제 옷장도 반이 비었어 언니가 어느
날인가 짐 싸 들고 가출이라도 한 것처럼 내 옷만 봉에
걸렸어 최대한 띄엄띄엄 빈자리가 티 안 나게 걸었지 하지만
언니 옷은 남김없이 가져간걸 아니 제복 윗옷 여별로 하나
있던 윗옷은 못 봤는지 아직 남아 있지만 여하튼 아빠가 다
가져갔어 그림도 전부 떼고 벽지까지 싹 바꿔 버렸어 접착제
자국을 가린다고 빨간 줄무늬 벽지로 도배해 버렸지 그것도
한쪽 벽만 멍청하게시리 원래는 조지 클루니 & 캐럴
해서웨이 & 펄프 & 「로미오와 줄리엣」 포스터가 붙어 있던
자리였는데 어우 글구 보니 기분 묘하다 요즘엔 그만
포스터로 벽 장식할 사람도 없잖아 그러니까 엄청 오래된 일
같잖아 실은 얼마 되지도 않았는데 불과   그다음엔
심지어 수영 물건들까지 바깥 쓰레기통에 내다 버린 거 있지
난 몰랐어 나중에 양파 껍질 버리러 나갔다가 알았어 뚜껑을
열었는데 온통 금빛과 은빛인 거야 메달 & 동상 & 상패
들이 쓰레기통에 한가득 난 전부 주워 집으로 도로 가져갔어
언니가 탔던 상들을 한 아름 챙겨 갖곤 거기엔 언니가 아직
어릴 때 탄 상도 있었고 학교간 체육대회랑 주니어 선수권
대회에서 탄 상들 & 작년에 탄 다이빙 상도 있었어 내가
쓰레기 냄새 나는 상들을 거실로 끌고 들어와 카펫에

내려놓았더니 아빠 완전 빡 돌아 나사 빠진 사람처럼
고래고래 소릴 질렀어 내가 경고했지 두 번은 얘기 안 한댔지
클레어 지금 당장 밖에 돌려놓지 못해 두 번 얘기 안 하긴
벌써 몇 번쩬데 메달 중에는 언니 이름이 적힌 메달도 있었어
뒤에 이름이 새겨져 있기도 했고 난 거실 카펫에 깔린
트로피랑 메달들을 내려다봤어 & 말했지 그래 내가 말을
했어 내가 입을 벌려 말을 했다니 나도 안 믿기지만 내가
그랬어 하지만 이 로즈볼 트로피는 내년에 다른 사람한테
넘겨줘야 하는걸 내년에 수상한 사람한테 줘야지 그냥
내버리면 어떡해 아빠 것도 아니잖아 그랬더니 아주
조용해졌어 대신 숨을 식식대는 게 아까보다 더 열불 난 것
같았어 그리고 뭐라도 묻힐까 겁난 사람처럼 살금살금 상을
쥐어 찬장 꼭대기에 올려놓더니 문을 열어 상을 찬장 속에
집어넣고 다시 닫아 버렸어 & 카펫에 놓인 물건들을 몽땅
챙겨 마른 행주에 둘둘 말아 다시 쓰레기통에 처넣었어 &
다음 날 일하러 나가면서 유리 트로피를 쇼핑백에 넣어
나가더니 그 후로 며칠은 똥 씹은 얼굴로 집을 어슬렁거렸어
어깨까지 곱사등처럼 웅크리고 제가 무슨 그 뭐시기의
꼽추라도 되나 등에 짐이라도 진 것처럼 뭐가 그리 무거운데
돌멩이 벽돌 바위 뭔진 몰라도 존나게 무겁길 바라 어쨌거나
지금도 소리가 들려 저놈의 끝도 없는 코 고는 소리 잠결에
돌아눕는 소리 잠 하나는 쿨쿨 잘만 자지 어찌나 잘도
처주무시는지 & 그 와중에도 우리 엄마는   우리가
아니지   이젠 내 엄마   완전 혼이 빠져 갖곤 종일

유령처럼 돌아다니지 의사한테 받은 약에 취해 갖고는 그
뭐냐 아미 뭐였나 마지 뭐였나 4학년[14]에 브렛이 그랬어
누나 어머니나 아버지 장례식 끝나고 약 같은 거 뭐 드시는
거 없어 있으면 가져와 내가 팔아 줄게 난 꺼지라고 했어
그래도 계속 떠들었어 개수만 넉넉하면 돈 꽤 받을 수
있다고 꺼져 버려 꺼지라고 새끼야 뭐라고 지껄이건 결국 다
똑같아 나쁜 새끼들 허구한 날
클레어월비네언니가   자폭했대
클레어월비네언니가   자폭했대 재수 없는 놈들 북문에
서서 만날 외쳐 댔지 내가 건너편 길을 지나갈 때마다
하지만 이제 알았으니까 언니가 일부러 그런 게 아닌 걸
알았으니까 & 증거도 있으니까 그만 닥치라 그래 다 꺼지라
그래   엄마 아빠한테도 말해 줘야지   아니 얘기는
무슨 어떻게 얘기해 차 마시다가 불쑥 꺼낼 얘기도 아니잖아
그래 봤자 아빤 또 빽빽 소리나 질러 대겠지 또 그 얘기냐고
음식엔 손도 안 대는 엄마는 눈에 뵈는 것도 귀에 들리는
것도 없는 사람처럼 의자에 멍하니 앉아 있을 테고 죽은
나뭇가지처럼 지나가던 사람이 나무에서 분질러 뚝 동강 내
버린 것처럼 잔가지를 반으로 접으면 딱딱 끊어지듯이 &
설사 말할 수 있다 쳐도 그러니까 엄마한테만 따로 아빠가
외출했을 때라든가 딴 방에 있을 때 아님 또 욕실에 처박혀
면도질하고 있을 때 그놈의 빌어먹을 면도기 소리

14 한국의 고1에 해당함.

240

위이이이이잉거리는 소리 때문에 아무 말도 못 들을 막간을
틈타 엄마한테 말할 수도 있겠지 이제 괜찮아 엄마 일부러
그런 게 아니었어 특별한 이유는 없어 확실해 내가 가봤거든
호텔로 가서 거기 일하는 사람들을 만나고 왔거든 & 거기
어떤 남자가 말해 줬거든 사고였다고 분명 사고라고 자기가
그 자리에서 봐서 안다고 그 주 내내 언니랑 당번을 같이
서기로 돼 있었대 그래서 이런저런 얘기도 많이 하고
장난치며 놀고 있었대 & 쉬는 날엔 같이 영화도 보러 가기로
했었대 이미 약속까지 다 잡았었대 「해피니스」[15] 보러
가기로 언닌 그냥 장난삼아 그런 거래 실수였대 원래
그러려던 게 아니래 하지만 난 생전 입 한 번 벙긋 못 하잖아
만날 눈에 안 띄게 짜져 있으라지 존나 웃겨 내가 입을 열면
집이 무너져 내린다냐 내가 무슨 귀신이냐 내 말 한마디에
그 충격에 벽이 와장창 주저앉게 하여튼 진짜 중요한 얘기
얘기다운 얘기라곤 절대 하는 적이 없지 입에 담지도 말래지
하긴 말하고 싶어도 대체 어떻게 말해 그러기엔 너무
생생한걸 어디서 어떻게 시작해야 될지도 모를 거야 무슨
말부터 해야 좋을지 무슨 단어를 & 어차피 어떻게든 얘길
꺼낸대도 엄만 듣지도 못할 거야 멍하니 눈만 껌뻑대겠지
아님 또 질질 짜대거나 그럼 아빠 또 분개하겠지 저번에
사진들을 몽땅 없앴을 때처럼 아님 수영 물건들을 전부
내버렸을 때처럼 금이랑 은이랑 그 돌고래 모양 다이빙

15 토드 솔론즈 감독의 1998년작.

트로피까지 이젠 죄다 땅에 묻혔지 매립장에 그 컴컴한 암흑
속에 매립장에도 가로등이 설치돼 있는 게 아니라면 거기도
있긴 있으려나 어쨌거나 다른 쓰레기에 섞여 땅속에
파묻혔을 거야 오래된 티백이니 먹다 남은 음식 콘돔들
따위에 & 겉에는 곰팡이가 잔뜩 폈겠지 저기 철교 뒤쪽에
버려진 몇 달째 쌓여 썩어 간 쓰레기 봉지들처럼 &
지금쯤이면 다른 수백 가지 똥통 쓰레기까지 뒤덮여
메달이며 트로피며 아주 깊이 매장됐을 테지 무슨 땅속
보물처럼 그러다 어느 날 누군가 파낼지도 몰라 그 뭐냐
유적 발굴 프로에서처럼 옛날 사회는 어땠는지 알아보는
그런 텔레비전 프로 있잖아 귀한 물건을 한 보따리 찾은
기분이겠지 & 물건마다 언니 이름이 적혀 있는 걸 보고 다들
언니가 누군지 궁금해할 거야 앞으로 백 년 후 & 몇 세기가
지난 후에도 박물관에 진열된 걸 보고 유리장 안에 든
물건들을 보며 사람들이 그러겠지 세라 윌비가 대체
누구였을까 1996년도 주니어 선수권 대회에서 접영 50미터
부문을 수상한 세라 윌비 수백 년 전에 살았던 저 사람은
어떤 사람이었을까 어떤 인생을 살았을까 상을 탈
정도였다면 수영 선수 중에서도 굉장히 빠른 선수였을
텐데라고 아니 어쩌면 미래에는 우리가 빠르다고 부르는 게
느린 게 될지도 모르지 그땐 우리보다 몇십 배 더 빠르게
살고 있을지 모르니까 하지만 언닌 정말이지 엄청 빨랐잖아
무지무지 빨랐어 예전에 같이 구경 가고 그랬으니까 아직
내가 엄마 아빠 말을 듣던 시절에 그때마다 언니는 항상 딴

사람보다 몇 미터 선두에 있었어 몇 배 빨리 수영장 끝에
다다라 물속에서 몸을 빙그르 돌렸지 그 왜 공중제비 돌듯
물에서 한 바퀴 도는 동작 있잖아 & 수영장 옆구리를 발로
냉큼 밀치면 딴 선수보다 저만치 앞서 나갈 수 있었어 &
내내 숨 참기 그렇게 오랫동안 숨을 참을 수 있다니
대단했어 도저히 믿기지 않을 정도였어 그러다 어느 순간
수면 위로 푸아 터져 나오는 어깨와 머리 상상해 봐 그렇게
오래 숨을 참다가 다시 숨을 들이쉬었을 때의 느낌을 참고
참다가 드디어 다시 숨을 쉬게 됐을 때의 느낌 얼마나
황홀했을까 최고였을 거야 언니는 경기에 출전할 때마다 늘
1등으로 들어왔어 수영 잘하는 선수가 없는 경기였다면 &
수영 잘하는 선수가 있는 경기에서도 못해도 2등은 하거나
입상권에는 들었어 아주 뛰어난 선수들과 경쟁하는
경기였다면 대신 엄청 쟁쟁한 선수들이여야 했어 수영을
엔간히 잘하지 않고는 언니를 못 이겼거든 & 그 내내 우린
관람석에 앉아 구경했지 고함치는 아빠 손뼉 치며 팔을
흔들어 대는 아빠 & 경기가 끝난 뒤 어깨에 수건을 두른
언니 다리랑 어깨랑 목에선 물이 줄줄 흐르고 머리는 산발이
되고 얼굴도 몸도 물에 흠뻑 젖어 있었지 & 수영장
가장자리에 옹기종기 모인 우리 맞아 그때 엄마 친구가 그런
얘길 했었지 동생한테도 수영 좀 가르쳐 봐 세라 혹시 아니
그러다 대회마다 메달 싹쓸이하는 자매로 유명해질지 그
말에 다들 웃었지 아빠는 또 그 눈으로 날 째려봤고 그럴 리
절대 없다는 식으로 수영장이건 어디건 날 물가 근처에

데려가는 일은 죽었다 깨도 없을 거란 식으로 특히나 다른
사람들 눈에 띌 만한 자리라면 그랬다간 망신살 뻗칠 게
뻔하니까 언니는 줄줄이 메달을 거머쥘 동안 난 수영은커녕
물에 들어가지도 못하니까 & 요즘도 난 밤에 언니의 신체
부위들이 둥둥 떠다닐 때면 그때 언니 몸을 타고 흐르던 물을
생각해 그러면 그나마 그 부위들이 하나로 이어지는
느낌이거든 머리는 어깨에 연결돼 있고 목은 어깨에
연결됐고 어깨는 팔이니 기타 등등이 달린 나머지 몸과
이어져 있다는 뜻이니까 & 또 클로린인가 뭔가 수영장 물에
넣는 그 소독약 냄새 우리 방에서 항상 나던 냄새 언니 침대
주변에 & 복도에도 늘 희미한 그 냄새가 배어 있었지 빨래
바구니에 든 수영복 때문에 지금도 여전히 냄새가 나 아니
나는 것 같아   저 멀리서   아니 내 상상일 뿐   언니
침대에선 아직 그 냄새가 날까 그래서 헨더슨네 친구라는 그
사람들이 방에서 나는 이 희한한 냄새의 정체가 대체 뭘까
의아해하고 있을까 무슨 냄새가 나긴 하는데 무슨
냄새인지는 모를 테니까 저번에 한번은 그런 적도 있었잖아
밤중이었는데 난 아직 깨어 있었고 언니는 막 잠든 것
같았는데 언니가 갑자기 몸을 움찔하며 잠에서 깼어
팔다리를 막 휘저으며 그래서 내가 뭐야 했더니 언니는
깜짝이야라고 말하며 웃었지 그리고 이렇게 말했잖아
꿈에서 길을 가다가 인도에서 떨어진 거 있지   그게 불과
2주 전이었어 언니가 죽기 2주 전 나 참 사람들은 정말 웃겨
그 단어 하나 입 밖에 안 내겠다고 어찌나 기를 쓰는지

게다가 그런 일을 겪은 사람이라면 근처에 얼씬도 안 하려
하지 학교에서도 그래 다들 엄청 민망해해 내가 지네들
민망할 짓이라도 한 것처럼 얼마나 슬픈 일이야 아니 그런
건 슬픈 게 아니지 슬프긴 플러프가 죽었을 때가 슬펐지
어쨌든 내가 기억하기론 그래 집을 아무리 둘러봐도
고양이의 흔적을 찾을 수 없다니 부엌에도 의자 위에도
빈자리 그건 정말 슬픈 일이었어 대신 그건 고양이 크기만
한 슬픔이었다면 지금 이건 부엌 자체가 의미 없게 느껴지는
부엌이 있다는 사실 자체가 그렇게 한심하고 멍청하게
느껴질 수 없는 그런 슬픔 의자도 무의미하고 이젠
의자보다도 의자 위의 빈자리가 세상에서 제일 중요한 것만
같아 지금까지 내가 유일하게 알던 죽은 사람이라고는
할아버지뿐였는데 그건 게다가 엄청 오래전 일이잖아
마당에 앉아 웃통 벗고 햇볕 쬐던 할아버지 모습 얼굴이랑
어깨 주변이 축 늘어지고 살에 주름이 잡혀 있었어 피부가
몸에 안 맞는 것처럼 너무 커진 것처럼 그래서 할아버지 몸이
자꾸 그 안으로 접혀 들고 있는 것처럼 언니랑은 전혀
달랐지 다르지 할아버지는 떠날 준비를 하는 사람처럼
보였으니까 속은 점점 가벼워지는 반면 겉의 피부는 갈수록
두꺼워지고 무거워져서 더는 못 버틸 것처럼 보였지 하지만
언니는 그렇지 않았어 언니 피부는 몸에 딱 맞았어 완벽하게
신축성 있게 언제든 어디로든 떠날 준비가 된 것처럼 아주 먼
길을 갈 준비가 돼 있었지 마치 무슨 화살처럼 그래서
언제고 활에 끼워 공기 중으로 쏘기만 하면 될 것처럼 그래

쏜살처럼 & 또 장례식장에서 만난 사람들 하나같이 언니
이름을 잘못 발음했어 다들 어쩔 줄 모르겠다는 듯 무안한
얼굴 요즘도 이웃에 사는 사람들 & 엄마 아빠랑 아는
사이인 사람들을 길이나 가게에서 마주치면 꼭 이상한
눈빛으로 곁눈질하지 & 꼭 한다는 말 어떻게 지내니
부모님은 안녕하시니 참 안된 일이지 마치 우리가 지갑이나
개라도 잃은 것처럼 아니면 그렇게 목숨을 잃다니
끔찍하기도 하지 마치 언니가 길 가다가 가방 내려놓듯
목숨을 잠깐 내려놓았다가 고개를 드는 순간 어디 놓았는지
잃어버리기라도 한 듯이 아니면 언니를 잃어서 어쩌면
좋으냐는 둥 마치 우리가 백화점 스포츠웨어 매장에라도
갔다가 언니를 잃어버린 것처럼 그래서 언제고 고객 안내
데스크로 찾아가 구내 스피커로 안내 방송만 부탁하면
해결할 수 있을 것처럼 안내드립니다 세라 윌비 세라 윌비
가족이 찾고 있으니 고객 안내 데스크로 찾아와 주십시오
세라 윌비 살아서 돌아와 주십시오   아   빌어먹을
        아   & 이제 & 이제 그렇게 이젠 정말 세상을 떴으니
떠났으니 혹은 지나쳤으니 그래 그게 차라리 낫다 지나쳤어
눈 깜짝할 사이 빌어먹을 0.45초도 안 될 사이 다음 세계로
저세상으로 그래 죽은 사람들이 둘러서 웃고 있을 저세상
세라 언니 & 할아버지 & 할머니들까지도 & 플러프도 & 길
건너 살던 그 할머니까지 이미 죽어 버린 사람들끼리 한데
모여 노래하고 있겠지 우는 자에게 오소서 쿰 바이 야
초등학교 3학년 때 담임이었던 죽은 킨처 선생님의 기타

반주에 맞춰서 그래도 여전히 입에 담으려고들 하질 않아
절대 그 단어만은 죽었다는 말만은 너희 언니 죽었다며 죽다
죽은 언니 길 아래 사는 존스톤 부인만 해도 그래 학교 가는
날 붙잡아 세우고 한다는 말 아줌마도 안단다 이해해 네
심정이 어떨지 완전 사이코처럼 내 팔을 붙잡고 서서 눈을
휘둥그레 뜨곤 한다는 말 심연이란다 아무도 채우지 못할
심연이야 하긴 그 말도 아주 틀린 말은 아닌 것 같아 아까
호텔에서 그 통로 속을 들여다보면서 그런 생각이 들었어
통로 뒷벽에 붙은 쇠로 된 홈을 보면서 쇠인지 철인지 암튼
금속으로 된 그 홈들을 따라 음식이랑 접시들 옮기는 그
엘리베이터가 위아래로 움직였던 거겠지 엘리베이터는 이제
없지만 그 홈들은 아직 그대로 붙어 있어 허 그래도 그깟 건
처음부터 없었단 듯이 나무 판때기 하나 갖다 붙이면 또는
벽이랑 같은 색깔의 그림 하나 걸어 두면 구멍도 감쪽같이
가려지겠지만 그래 봤자 안에 붙은 금속붙이까지는 못 떼어
낸 모양이지 아니면 그럴 성의조차 없었던 걸까 아무튼
그래서 지금까지도 그 통로엔 홈이 죽 이어져 있어
꼭대기서부터 저 아래까지   완전 밑바닥까지   & 홈
맨 위쪽에는 작은 바퀴가 붙어 있었어 쇠밧줄이 매달려 있던
바퀴야 바퀴는 아직 그대로 달렸고 크기가 딱 다이제스티브
과자만 했어 난 팔을 뻗어 바퀴를 밀어 봤어 술술 잘만
돌아가더라 여전히 멀쩡히 작동할 것처럼 달라진 건 전혀
없다는 듯이 그나저나 저 구멍을 저 시커먼 충치 구멍을 다
메우려면 대체 콘크리트가 얼마나 들까요 치과 의사 선생님

콘크리트 트럭만 몇 대는 동원해야겠지요 아직은 안 채웠어
여전히 뻥 뚫린 구멍 판때기로 앞을 가린 게 고작이었어
고개를 쑥 집어넣어 들여다보면 그만이었지 난 들여다봤어
그 안을 그 시커먼 속을 한순간 언니는 꼭대기에 있었어
내가 오늘 밤 서 있던 바로 그 자리에 그러다 다음
순간   그 금속 조각이 여태 붙어 있는 걸 보니 기분이
뭐랄까 그러니까 그건 앞으로도 영영 거기 붙어 있을 테니까
나중에 설사 콘크리트로 메워 버린대도 구멍은 여전히
구멍인 것처럼 다만 그땐 콘크리트로 채워 넣은 구멍이 됐다
뿐일 테지 & 설사 호텔을 통째로 부숴 버린대도 & 승강기
통로를 흔적 없이 분해한대도 그래도 어떻게 보면 그 호텔과
통로는 여전히 거기 있는 거라고도 볼 수 있잖아 아무리
눈에 보이지 않더래도 그런 게 있었다는 사실조차 알 수
없대도 뭐랄까 흔적은 어떻게든 남지 않을까 하지만 그게
사실이라면 세라 언니도 다를 바 없잖아 한때 여기
존재했으니까 한때 길도 거닐고 & 수영할 때마다 두 팔로
물살을 끌어당겨 가며 앞으로 앞으로 헤엄쳐 나가곤 했던 걸
생각하면 언니도 아직 여기 남아 있다고 보는 게 맞을 텐데
언니는 떠났지만 그래도 흔적은 남았다고들 할지도 모르지
하지만 그건 개소리 언니는 없으니까 사라졌으니까 정말로
완전히 완벽히 사라져 버렸다고   안 그래
언니   그러니까 설사 그 건물을 박살 낸대도 아님 건물
내부만 부수고 외관은 그대로 놔두는 식으로 용도를 혹은
건물 자체를 개조해 버린대도 왜 메렛 가에 있던 그

영화관도 그랬잖아 언니가 「해피니스」를 보러 가려 했던 그
극장도 건물 껍데기는 건드리지 않고 속만 싹 바꿔 버렸어
하지만 설사 그런대도 그때쯤 되면 아무도 신경 안 쓸 거야
한때 누군가 그 건물에서 추락해 죽었다는 사실쯤에야
그때쯤 되면 어차피 그 일을 기억할 사람도 없을 테니까
그런 사실을 아는 사람도 없을 테니까

   & 어쨌거나 거기서 벌어진 일이긴 하니까 내가 자꾸 거길
찾아갔던 것도 아마 그래서였는지 몰라 그 밖에 죽치고 앉아
있었던 것도 달리 그럴 만한 데도 없었고 왜 그래야 했던
건지도 모르겠지만 어쨌든 난 알아야만 했거든 뭐가 그리
궁금했던 건지도 모르겠지만 어쨌든 집에 있어 봤자 카펫에
팬 망할 침대 자국 & 멍청한 의자에 앉아 꺼진 텔레비전
화면이나 바라보는 사람들 빌어먹을 빈 공간 빈 사람
빈자리뿐이었으니까 그래선지도 모르지 모르겠어 내가
무슨 생각으로 그랬던 건지 뭘 기대했던 건지 그러다 보면
언니가 살아 돌아오기라도 할 줄 알았던 걸까 아무렇지 않게
모퉁이를 돌아 나타날 줄 알았나 손 흔들며 안녕 인사라도
건넬 줄 알았나 안녕 내가 죽은 줄 알았지 하지만 보다시피
아니야 여태 여기 있었어 여기 방을 하나 빌렸어 이젠 여기
살아 나 때문에 걱정했지 웃기지 마 그런 말도 안 되는 일을
기대했던 걸 리 없잖아 & 어차피 한번 죽었던 사람들은
죽었다 돌아오더라도 그런 식으로 돌아오지는 않는다고
언니처럼 그렇게 카디건 차림에 멀쩡한 보통 사람의 모습을
하고 나타나지는 않아 절대 아니지 대개는 흡혈귀로

돌아온다든가 이상한 소름 끼치는 목소리로 복수와 저주를
외치며 돌아오는 법이라고 혹은 방 안의 물건을 주인 몰래
옮겨 놓는다거나 그 뭐냐   폴터가이스트처럼 아니면
「공포의 별장」이란 영화에서처럼 창밖을 둥둥 떠다닌다거나
하지만 그런 건 지어낸 얘기일 뿐이야 실제론 그렇지 않아
세라 언니는 그렇지 않을 거야 이상한 이빨 달린 흡혈귀가
아니라 원래 모습 그대로일 거야 근데 그 원래 모습이라는
게 지금 모습 그대로라면 땅속에 묻혀 있는 지금 모습대로
나타나면 어쩌지 그럼 얼굴이 다   아니야 아니야
예전처럼 멀쩡한 모습일 거야 아무렇지 않게 저기 내
발치에 나타날 거야 수영복을 입고서 아니면 잠옷 윗도리랑
청바지 차림으로 평소 집에서 입던 대로 그렇게 저기 설
테지 얼마 전까지도 그러고 나타났었으니까 혹은 나만의
상상에 불과했던 걸까 여하간 한동안 난 그런 상상을
했어 그러다 언젠가부터 뚝 끊겼어 상상하려고 상상할
수가 없어 빌어먹을 식물인간 그 후론 조각난 부위들만
제멋대로 떠다니지 그런 건 이제 그만 보고 싶은데 암튼
그러다가 제복을 찾은 거야 그래서 입어 봤는데 좀 컸어
단추가 앞에 쪼르륵 달린 윗도리 아마도 여벌이었나 봐
여벌이니까 집에 있었겠지 안 그럼 그때 입고 있다가 당연히
여벌이지 그때 입고 있던 제복일 리가 없지 그랬다면 그때
떨어졌을 때   옷장 안에 떡하니 놓여 있었어 내 코트
밑에 가지런히 접힌 채로 엄마 아빠가 옷장을 비울 때 미처
못 봤던 건지 눈에 띄었다면 당장 내버렸을 테니까 나도

여태 못 보고 지나친걸 그렇다면 이건 일종의 신호일지도
모른다고 난 생각했어 & 그 옷을 내 몸에 꿰어 보면 확실히
알 수 있을 거라고 그런데 그 여자가 왜 프런트 데스크에서
일하는 여자 있지 만날 날 쫓아낼 듯 길을 건너던 그 여자가
오늘도 당번을 서고 있었는지 초저녁부터 또 내가 있는 데로
건너왔어 그래서 난 또 한 차례 내빼야 했고 그래서 오늘은
날이 아닌가 보다고 생각했는데 그건 섣부른 판단이었지
결국 오늘이 날이었으니 아무튼 난 저녁 느지막이 다시
돌아갔어 플리스 스웨터 밑에 제복 윗도리를 챙겨 입고 &
회전문을 열기 직전에 스웨터를 벗었지 로비로 들어가서는
새로 온 직원인 양 프런트 앞을 슥 지나칠 생각이었어 여자
몰래 혹은 여자가 눈치 못 채게 근데 막상 들어가 보니
여자가 곯아떨어져 있는 거야 아예 데스크에 머리까지
처박고 해명하느라 진땀 흘릴 일은 애초 없었던 거지 내가
누군지 뭐하러 왔는지 묻는 사람도 따지는 사람도 하나
없었으니까 막는 사람도 없고 날 본 사람조차 없었어 그래서
난 계단을 올라 꼭대기 층으로 갔어 꼭대기 층이라는 건
이미 알고 있었거든 신문마다 다 그렇게 적혀 있었으니까
언니가 12학년 때 찍은 학교 사진 옆에 〈차세대 수영 유망주
사망〉　　〈변고로 목숨 잃은 수영 선수〉　　〈비극 맞은 10대
선수 최후의 다이빙〉 도서관에서 다 찾아 읽어 봤거든 난
벽을 두드려 속이 빈 데를 찾아냈어　　한참 더 지나서
데스크에 있던 그 여자 리사란 여자가 꼭대기 층으로
올라와 날 보고도 내쫓거나 그러진 않았어 화도 안

내더라 그냥 복도가 엉망이네라면서 자기가 호텔 관리부에
연락해 알아서 처리하겠다고 말했어 실은 되게 착했어 항상
재수 없을 거라고 생각했는데 길 건너에서 볼 땐 왠지 그런
인상이었거든 하지만 알고 보니 아니더라고 & 주머니에
특별한 열쇠를 넣어 갖고 다니는데 그걸론 아무 문이나 다
열 수 있어 여자는 옆에 있던 방문을 하나 두드렸어 & 아무
답이 없는 걸 보곤 열쇠로 문을 열고 안에 들어가더니 좀
있다 클리넥스를 들고 나왔어 난 코가 심하게 막혀 있었거든
숨 쉬기가 힘들 정도였어 울고 나면 호흡이 곤란해질 때가
종종 있는데 실은 나 그 여자가 나타나기 전까지 좀 심하게
울고 있었거든 그놈의 망할 엘리베이터 통로 때문이었던 것
같아 그 구멍을 내 두 눈으로 직접 들여다보고 있자니 존나
어찌나 깜깜하고 냄새는 또 어찌나 케케묵었는지 게다가
아무리 봐도 바닥은 안 보이니 얼마나 멀리 떨어진 건지
아님 가까운 거린지도 도통 파악이 안 됐어 시간상으론
또 얼마나 오래 혹은 짧게 걸렸을지도 그래서 난 깨달았어
그 구멍을 보는 순간 쩍 벌어진 그 아가리를 보는 즉시
깨달았던 것 같아 슬퍼할 이유야 여러 가지지만 그중에서도
가장 슬픈 건 아무 상관없었다는 사실 결국엔 그래 따져 볼
것도 없어 언니가 원했느냐 안 원했느냐 일부러 그랬느냐
아니냐는 애초 아무 의미 없었어 어느 쪽이건 차이는 없어
오로지 한 가지 사실밖에 없으니까 한순간 언니가 그 자리
내가 서 있던 바로 그 자리에 서 있었다는 것 그리고 그다음
순간에는 없었다는 것   & 여자가 어느새 클리넥스를

내밀고 있었어 신발 한 짝은 어쨌냐고 물었지만 난 모른
척했어 그랬더니 바닥에 저 돈은 다 누구 거냐고 묻데 난
계속 생까면 알아서 사라지겠거니 싶어 가만있었는데 그때
여자가 이러는 거야 벽에 구멍이 뚫린 게 꼭 거대한 슬롯머신
같다고 & 난 지금 막 대박 터뜨린 사람처럼 보인다고
그 말을 들으니까 갑자기 웃음이 나올 것 같더라 실제로
그랬거든 딱 그런 꼴이었어 벽이 카펫 한가득 동전을 토해
낸 모양 여자는 다시 방으로 사라지더니 이번엔 쓰레기통을
들고 나왔어 & 돈을 줍기 시작했어 & 이제 자기랑
아래층으로 내려가자고 말했어 난 경찰이라도 부를까
싶어 냅다 튈 작정이었는데 여자가 팔을 꽉 붙들더니 날
리셉션 뒷방으로 데려갔어 사물함이랑 전기 주전자가 있는
사무실 같이 생긴 방이었어 & 잠깐 밖으로 나가 손님한테
열쇠를 건네주고 전화를 받더니 좀 있다 다시 돌아와 또 내
팔을 붙들었어 & 무슨 벽장 앞으로 데려가 문을 두드렸어
그랬더니 문이 열렸어 & 온갖 잡동사니가 널린 방에서 남자
하나가 걸어 나왔어 무슨 동굴에 잠들어 있던 곰처럼 눈을
껌뻑대면서 그 남자가 세라 언니랑 알던 사이였다고 여자가
말해 줬어 그러면서 내 이름을 말하랬어 여자는 남자한테
내가 신발을 잃어버렸다고 & 새 신발이 필요하다고 말했어
그랬더니 남자가 나한테 신발 사이즈를 묻더니 제법 낡고
앞에 지퍼가 달린 닥터 마틴 한 켤레랑 꽤 새것처럼 보이는
흰색 나이키 발목 운동화 한 켤레를 양손에 하나씩 들고
돌아왔어 운동화는 아주 날렵하게 생겼어 몇 번 신지도 않은

새것 같았고 내 발에도 딱 맞았어 그새 데스크로 돌아갔던
여자가 청소기를 들고 나타나더니 남자한테 꼭대기 층으로
올라가 청소를 하라고 시켰어 & 나보고도 한 번 더 올라가
보고 싶으냐고 물었어 그래서 난 혹시 당신 손목시계에
초침이 있다면 잠깐 빌려도 되겠냐고 물었어 여자는 있다고
대답하더니 계단 난간 사이로 시계를 건네줬어 & 꼭대기
층으로 올라가 보니 세라 언니랑 알던 사이였다는 남자가
벽을 뚫어져라 보고 있었어 우아 장난 아니다 남자가 날
보더니 말했어 네가 이런 거냐고 묻기에 난 고개를 끄덕였어
이제 또 한바탕 혼나게 생겼다 싶었는데 남자가 갑자기
복도에 주저앉더라 아니 다리가 저절로 접힌 것처럼 주르륵
미끄러졌어 & 그날 얘기를 해주기 시작했어 처음부터
끝까지 난 알고 싶지 않았는데 적어도 그 순간은 그랬는데
막상 알고 나니 또 엄청나더라 그 일이 있기 바로 직전에
둘은 텔레비전을 보고 있었대 무슨 서부 영화였다나 폭설에
갇힌 사람들 얘기였는데 워렌 비티도 나오고 누군지는
몰라도 유명한 사람이 또 한 사람 나왔대 & 언니가
엘리베이터 안에 들어가 보겠다며 5파운드 내기를 건 얘기도
해줬어 설마 했는데 진짜 들어가더라고 몸을 요만하게 접어
허공에 거꾸로 매달리는 걸 봤다고 그걸 보곤 언니한테
한마디 할 생각이었대 너 뼈가 고무로 된 거 아니야라고
말하려 했대 그 승강기는 여덟 살짜리 애나 겨우 들어갈
크기였다거든 근데 그 하려던 말의 반도 못 꺼냈는데 그새
이미 쇠밧줄이 복도를 채찍질하고 있고 그 문장의 끝까지

말하고 났을 땐 이미 저 밑바닥에 가 부딪는 소리까지 난
후였다고 했어 아 소름 끼쳐 하지만 이미 다 알고 있던
얘긴데 뭐 거꾸로 매달려 있었느니 뭐 어쨌느니 그런 건
이미 알고 있었어 신문에서 다 읽은 내용이니까 그러니까
그렇게 새로운 얘기는 아니었어 남자는 이제 고개를
절레절레 흔들고 있었어 손으로 눈을 틀어막고 & 얼마 후
먹먹해졌던 내 귀가 다시 정상으로 돌아온 후에 & 그놈의
전자 기기 소음 위이이이이잉거리는 빌어먹을 면도기 같은
소리도 귓가에서 사라져 다시 생각이란 걸 할 수 있게 된
후에 왜냐면 그런 것까진 사실 알고 싶지 않았었거든 난
그저 직접 재보고 싶었던 것뿐이니까 그래서 난 그 자리로
돌아갔어 아직 운동화가 한 짝 남았으니까 그걸 쓰면 되겠다
싶었고 게다가 이번엔 시계까지 있으니까 제대로 할 수
있겠다 싶었어 난 아주 조심스럽게 운동화를 떨어뜨렸어 &
조심스레 귀를 기울였어 & 조금 후 뒤를 돌아봤는데 남자가
눈에 댔던 손을 떼고 날 멀뚱히 보고 있었어 그러거나
말거나 난 하려던 일을 완수했으니 알 게 뭐람 그러곤
아래층으로 막 향하는데 남자가 날 따라오더니 문틈에 발을
끼우고 무슨 소린가를 냈어 아마도 목에서 난 소리 같았어
& 손에 뭔가 보란 듯이 들고 있었는데 얼핏 봐선 뭔지 알
수 없었어 회색빛 도는 푸른색 구겨진 종이 같기도 했어
남자가 이거 말야 하고 말했어 우린 내기를 했거든 개한테
빚진 건데 너한테 줘도 될까라고 아마도 언니 얘기였을 거야
세라 언니 언니한테 빚졌단 소리였던 것 같아 펼쳐 보니까

그건 5파운드짜리 지폐였어 그걸 어찌나 꼬깃꼬깃 접었던지
지폐를 펼쳤는데도 앞뒤로 작은 사각형 무늬가 남아 있었어
& 1층으로 내려가 봤더니 데스크 뒤에 다른 사람이 서
있었어 난 딱 걸렸다 된통 혼나겠다 싶어 잔뜩 쫄았어 &
최대한 빨리 밖으로 도망치려 했어 손님인 척 아니면 손님의
딸인 척 흉내 낼 생각이었어 근데 그때 그 리사란 여자가
리셉션 뒤에서 나타나더니 다시 날 그 사무실 같은 방으로
데려갔어 & 자리에 앉으라더니 풀 코스 조식을 시켜 줬어
메뉴에 나온 그대로 나보고 뭐든 먹고 싶은 걸 고르랬거든
난 여자한테 시계를 돌려줬어 그새 1시 반이 돼 있었어 내가
위층에 올라가 있던 사이 새벽이 돼버리다니 얼마 안 된 것
같았는데 & 여자가 또 사라지더니 아침을 들고 돌아왔어
엄청 푸짐했어 계란도 무려 두 알에 베이컨도 있고 소시지도
두 조각에 무슨 검고 둥그런 것도 있었어 블랙푸딩이었나 잘
모르겠어 & 또 옆 접시에 따로 담겨 나온 베이크드 빈스도
있었어 콩을 싫어하는 사람들을 배려해 따로 서빙하는
건지도 & 토스트도 물론 있었어 세모꼴로 자른 토스트가
접시 한가득 아마도 일부러 많이 가져왔던 것 같아 다들
조금씩 나눠 먹으라고 프런트 데스크에 있던 새로 온 여자도
접시에 몇 조각 덜어 갔고 작업복 입은 어떤 아저씨도 잠깐
들러 토스트를 먹고 갔어 아주 친절한 아저씨였어 & 좀
있다가는 꼭대기 층의 그 남자 언니랑 알던 사이였다는 그
남자도 나타나 몇 조각 먹었어 흰 종지에 담긴 버터는 물결
모양이었어 & 잼도 종류별로 있었는데 일반 유리병 대신

내 엄지손보다도 작은 병에 들어 있었어 라즈베리랑 딸기랑
살구랑 블랙커런트 중에서 고를 수 있었는데 난 라즈베리
잼을 골랐어 아주 근사한 아침 식사였어 돈도 안 내도 됐고
하지만 나 혼자선 도저히 다 먹을 수가 없었어 사람들이
자꾸 더 먹으라고 넌 할 수 있다고 옆에서 얘기해 줘서
기분이 좋았어 다들 나랑 친한 사이인 것처럼 오래전부터
알고 지낸 사이처럼 내 등을 도닥이거나 아주 다정하게
말을 걸었어 그러고 나서 리사란 그 여자가 날 집까지
데려다 줬어 새 나이키 운동화를 신고 집에 걸어가려니까
기분이 묘했어 땅이 그새 달라진 느낌이랄까 나랑 땅바닥
사이에 공기가 한 층 끼어든 것도 같고 & 집에 도착해서도
리사는 내가 잘 가라고 손을 흔들고 문을 닫을 때까지
밖에 기다리고 서 있었어 그렇게 한꺼번에 기분이 좋고 또
슬플 수 있다니 웃긴 일이지 집에 돌아오는 길에 리사가
나한테 그랬어 잠 좀 자야 할 것 같다고 그래서 내가 요즘
잠을 거의 안 잔다고 말했더니 리사는 자긴 잠을 너무 많이
잔다고 그럼 앞으론 남는 잠 시간을 나랑 나누면 되겠다고
집에 가서 보내 주겠다고 말했어 상상해 봐 실제로 그럴
수 있다면 얼마나 좋을까 내가 쓰지 않는 시간 내 나머지
시간을 다른 사람한테 빌려 줄 수 있다면 얼마나 멋져
봉투에 넣어 우편으로 보내 줄 수 있다면 남아도는-시간을-
보다가-네-생각이-났어 웃기잖아 하하 우습다 식의
웃기다가 아니라 그거 되게 신기하네 식의 웃기다 그렇게
슬펐는데 그 자리까지 찾아가 그렇게 엄청 슬퍼하다가

그다음 순간 어마어마한 아침 식사를 해치우고 & 또 새로
얻은 나이키 운동화까지 챙겨 신고는 정말이지 오랜만에
그렇게 즐거워할 수도 있다니 그건 마치 책을 읽을 때의
느낌과 같아 책을 읽다가 갑자기 이야기가 멈췄을 때의
느낌 왜냐면 이야기가 얼핏 보기엔 멈춘 것처럼 보여도 실은
멈춘 게 아니었거든 계속 이어졌던 거거든 & 실은 안도해도
되는 거였거든 이야기가 계속됐다는 사실에 왜냐면 실제로
계속됐어도 괜찮은 거니까 계속돼도 괜찮은 거니까 괜찮은
정도가 아니라 좋은 일일 수도 있어 전에 그 날짜처럼 그때
수업 시간에 반 애들이 내가 어떠어떠한 감정을 느끼고 있을
거라고들 생각했을 때처럼 그런데 난 막상 잠깐 동안이나마
그게 뭔지 내가 느껴야 하는 감정이 뭐였는지 잊고 있었거든
그러니까 어떻게 보면 그때 누군가 나한테 잠깐의 짬을
보내 줬던 걸 수도 있지 1분의 여유를 1분의 안도감을 혹은
다른 무언가를 이-1분을-보는데-네-생각이-났어 딱 그런
식으로 오늘 밤이 시작할 때만 해도 여느 때나 똑같이 끝에
대한 생각뿐이었는데 그러다 어느 순간엔가 전혀 예상하지
못했던 평소와 전혀 다른 종류의 밤이 되어 버렸던 것처럼
누군가 오늘 저녁을 보고 마음속으로 나를 떠올려 준 듯 내
생각을 한 듯
  & 언니는 워낙 일찍 떠났으니까 언니가 간 직후부터 난
목록을 만들기 시작했어 여기 이렇게 누운 채로 언니가
될 수 있었을 될 수 있었던 것들 목록을 물론 수영 선수도
포함해서 그야 당연하지 하지만 사실 언니는 뭐든 될 수

있었잖아 의사라든가 가게에서 스웨터 파는 사람이라든가
신발 가게에서 신발 파는 사람 신문 가게에서 신문 파는
사람 화원에서 나무랑 관목 돌보는 사람 왜냐면 요즘 들어
학교에선 자나 깨나 새 천년 타령이거든 새 천년 이러쿵
새 천년 저러쿵 너의 새 천년 계획은 살기 좋은 새 천년
살기 좋은 세계를 만들기 위한 나의 미래 구상을 5백 자
내로 작성하시오 & 그 와중에도 내 머릿속엔 언니가 했을
수도 있는 일들 그 목록이 끝도 없이 이어지고 이어져서
이젠 아주 자동으로 새 항목이 추가될 정도야 언니는
텔레비전에 출연하는 수의사가 됐을 수도 있어 학교에서
만날 얘기하는 컴퓨터랑 인사과랑 관련된 일을 했을 수도
결혼을 했을 수도 혹은 병원에서 일하는 사람이었을
수도 그래서 엘리베이터 통로에서 떨어져 죽은 여자애가
실려 온 날 밤 응급실에서 일하고 있었을 수도 그랬다면
「ER」에서처럼 언니 이야기도 끝나지 않고 계속됐겠지
생각해 봐 그 드라마에 어느 날 환자가 등장했는데 그
환자가 죽는 걸 끝으로 이야기도 중단된다면 사람들이
어떻게 생각할지 그 드라마를 보려고나 할지 아무도 안 볼걸
환자가 죽은 뒤에도 이야기가 계속 이어지니까 의사들 &
간호사들 이야기가 매주 계속되니까 사람들도 계속 보는
거지 「캐주얼티Casualty」도 마찬가지야 아무리 환자들이
많이 죽는 프로그램이라도 이야기는 계속 이어지잖아 안
그럼 어떻겠어 상상해 봐 사람들이 멈췄다고 이야기까지
멈춰 버린다면 그럼 전국 방방곡곡의 텔레비전들이 전부

빈 화면으로 변해 버리고 말걸 에피소드가 시작한 지 불과
5분도 안 돼서 암전 그럼 사람들은 열 받아 텔레비전을
두들겨 대거나 리모컨을 내던지겠지 길거리로 쏟아져
나와 시위를 벌일 거야 텔레비전은 계속 챙겨 보고
있어 언니 대신 언니가 혹시 보고 싶어 할지도 몰라서
「브룩사이드Brookside」도 언니를 생각해 열심히 보고는
있는데 무지 유치해 & 또 「ER」에서는 말이야 조지 클루니만
관둔 게 아니라 캐럴도 머지않아 안 나온다는 소문이 돌고
있어 그걸 알면 언니도 엄청 열 받겠지 다른 사람들 이 세상
모든 사람이 다 아는 사실을 언니만 모른다고 생각하니 좀
웃기다 & 토스트를 먹을 때도 일부러 천천히 먹어 언니를
생각해서 그 맛을 최대한 기억하려고 애쓰면서 예를 들어
처음엔 탄 맛 그다음엔 버터가 녹아들어 간 부분의 맛 & 잼
맛이 나기도 해 오늘 밤에 먹은 토스트처럼 그다음에는 질긴
빵맛 껍질 맛이 나 난 먹어 이것저것 천천히 씹어 가면서
맛을 일일이 음미해 가며 진짜 맛을 정확한 맛을 확인해
보듯 오렌지를 먹을 때도 & 닭고기도 & 그레이비소스
뿌린 감자 요리도 언니가 좋아하던 거잖아 오늘 점심 때
나왔거든 그 옆엔 냉동 완두콩도 있었어 거기선 완두콩
맛이 났어 냉동 완두콩 맛 그 맛 기억하니 & 또 한번은 방에
아무도 없을 때 소파 팔걸이를 밟고 올라가 언니 대신 문
꼭대기를 손으로 만져 봤어 거긴 딴 데보다 나뭇결이 거칠어
페인트칠도 안 돼 있는 것 같아 이 집을 누가 지었는지는
몰라도 이 집을 지은 이래로 그 위까지 페인트칠한 적은

한 번도 없을걸 먼지가 그렇게 많은 걸 보면 수십 년어치의
먼지며 다른 이물질이 층층이 쌓여 있어 어쩌면 우리 식구들
몸 부스러기가 몽땅 거기 올라가 있는 건지도 모르지
고양이들 것까지 포함해서 말이야 소파에서 내려온 다음에
난 안락의자 팔걸이에 덮인 천을 만져 봤어 언니한테 어떤
느낌인지 말해 주려고 사실 난 우단만 만지면 등에 소름이
돋는 사람이지만 왜 있잖아 언니가 아빠 레코드판에
손가락을 긁을 때처럼   언니가 아니라   내가   &
또 언니 대신 주변 물건들을 열심히 관찰 중이야 언니가
혹시나 그 생김새를 궁금해할 수도 있으니까 예를 들어
화물차에 실려 시내로 들어오던 신형 자동차들처럼 얼마나
새 차였으면 아직 번호판도 안 붙였을 정도였어 되게
멋지더라 반들반들하고 날렵하게 잘빠진 게 속도도 무지
빠를 것 같았어 요즘 차들은 나날이 빨라지고 있으니까 &
심지어 수영장에도 찾아갔었다 응 진짜야 내가 수영장엘 다
갔어 언니 대신 냄새를 맡아 주려고 수영장 물 냄새 & 화학
약품 냄새 & 샴푸 냄새   그건 언니 냄새였어   지난주
화요일 점심 때 갔었는데 물 튀기며 노는 애들이 몇 명 있고
옆에선 한 남자가 다이빙을 하고 있었어 되게 못하더라
물에 너무 세게 떨어졌어 소리만 들어도 엄청 아팠을 것
같았어 응 알아 수영장엔 절대 안 가겠다고 했던 거 난 돈을
준대도 심지어 죽는 한이 있어도 수영장만은 안 간다 했었지
하하 재밌지 죽어도 수영장은 안 가겠다니 물론 농담이야
그러니까 생각나는 농담이 있는데 개 한 마리가 서부 황야의

술집에 들어갔어 & 바텐더한테 한다는 말 내 앞발 쏜
사람을 찾고 있소만 알겠지 앞발 아빨 썰렁한가 동생들이나
좋아할 유치한 농담인가 & 알고 보면 언니한테도 다 들리는
걸지도 모르지 이런저런 데서 사람들이 주고받는 농담들
말이야 예를 들어 전에 로라가 신문 가게에서 나한테
저 얘길 해줬을 때도 실은 언니가 옆에서 듣고 있었을지
모르지 그래서 좀 헷갈려 그런 걸 기억해 뒀다 지금처럼
나중에 언니한테 다시 얘기해 줘야 하는 건지 아님 굳이
얘기 안 해도 다 아는 건지 어쨌든 이미 들은 농담이었다면
미안 너무 지루하지만 않았길 근데 그럼 이 농담도 벌써
들었으려나 어떤 남자가 종이 가게를 지었어 근데 짓자마자
바람에 날려 갔대 나 아무래도 미친 게 아닐까 죽은
사람과 얘기를 하고 앉았다니 이미 죽어서 아무것도 못
듣는 사람한테 이렇게 떠벌리고 있다니 썰렁한 농담이나
지껄이고 있다니 완전 정신 나갔지 클레어 윌비의 정신을
찾습니다 클레어 윌비의 정신은 안내 데스크로 돌아와
주시기 바랍니다 농담이랄 게 뭐 따로 있나 내가 농담거리다
내가 그래도 여전히 내 심장은 백 미터 달리기를 하고 있어
너무 빨라 따라잡을 수가 없어 왜냐면 언니랑 이렇게 얘기할
수 있다는 것만도 나한텐 엄청난 일이거든 요즘은 밤낮으로
매일같이 언니랑 얘기하니까 전에는 서로 거의 얘기도
안 하고 지냈는데 이젠 쉴 새 없이 수다를 떨지 & 아무리
생각해도 납득이 가지 않아 죽은 사람이 죽었다는 사람이
어떻게 살아 있을 때보다 더 살아 있는 것처럼 느껴질 수

있는지 아 완전 돌았어 완전 식물인간 자꾸 이런 후진
생각만 하면 안 되는데 저능아도 아니고 거기에 자꾸 사탕을
갖다 놓는 것도 실은 나라는 걸 다른 사람들이 알게 되면
당장에 날 정신 병원으로 끌고 갈 거야 하지만 왜 안 되지
뭐가 다른데 구린 크로커스를 심는 건 괜찮다면서 사탕은
왜 안 되는데 게다가 언니가 좋아하던 거라고 난 알아
예전에 언니가 겉에 묻은 가루 설탕 빨아 먹는 법도 보여
줬다고 & 그 밑에 남은 토피 사탕을 보여 줬는데 색깔이 꼭
흙탕물이라도 탄 것 같았어 탁한 흰색 그걸 이 사이에 물고
입을 열어 나한테 보여 줬어 & 토피 사탕을 먹는 방법은
두 가지랬어 설탕이 묻은 채로 바로 입에 넣고 씹어 먹는
방법이 있고 또 다른 방법은 맛을 봐가면서 & 겉에 묻은
설탕부터 핥아 내고 난 다음에 씹는 방법이 있는데 그 둘 중
어떤 방법으로 먹느냐에 따라 맛이 달라진다고 언니한테
들은 얘기야 그래서 나도 사탕을 갖다 놓으면 좋겠다고
생각한 거야 오히려 꽃보다 나을 수 있지 특히나 언닌 수영
때문에 체중 줄인다고 사탕도 끊었었으니까 체중을 줄이면
속도가 빨라진댔거든 언니 입안에 들었던 그 사탕이 아직도
기억나 사탕에서 빛이 나는 것 같았어 침이 잔뜩 묻어서 아
뭐래 나 왜 이러니 진짜 갈수록 이상한 생각만 하고 내가
이런 생각하는 걸 사람들이 알면 또는 내가 무덤에 사탕을
놓고 다닌다는 걸 그것도 죽은 사람 죽어서 먹지도 못하는
사람 무덤에 하지만 난 도무지 이해가 안 가는걸 사람이
죽다 & 언니가 죽다 그 두 가지가 어떻게 같은 말일 수 있지

그래서 어디로 가는 건데 언니는 어디 있는데 어떻게 한순간
멀쩡히 걸어 다니던 사람이 다음 순간 못 걷게 되지 땅에서
번쩍 집어 올려진 것처럼 하늘로 솟아 사라진 것처럼 혹은
길모퉁이를 돌다 세상 옆구리로 홀연 떨어져 버린 것처럼
그래서 전화로도 뭐로도 연락조차 할 수 없는 사람이 되는
건지 예전에 그 쥐처럼 되는 건가 아직도 기억나 플러프가
한 마리 물어다 놓은 걸 언니랑 내가 발견해 헛간에
데려갔었잖아 피는 나지 않았지만 쇼크 상태였어 엄마가
그렇게 얘기했어 그래서 우린 쥐를 작은 접시에 눕히고 그 옆
접시엔 물을 받아서 놔줬어 & 휴가를 갔는데 나중에 집에
돌아와 헛간 문을 열어 보니 아무것도 없었어 뼈 같은 것도
없고 그냥 허연 것들만 접시를 맴돌고 있었지 그래서 어쩔
수 없이 내버려야 했잖아 접시째로   & 또 & 또 규칙
같은 것도 엄청 많다며 테레사 드류한테 들었어 테레사는
식구들이 가톨릭이라 가톨릭 학교에 다니다가 우리 학교로
옮긴 애야 한번은 미술 시간에 날 찾아왔어 타임캡슐 만드는
시간이었는데 개가 오더니 성자들이 어떻게 성자가 된 건지
얘기해 줬어 그런 고통스러운 죽음을 견뎌 냈기 때문에
성자가 된 거라고 그러니까 그렇게 죽는 것도 어쩌면 나쁜
건 아닐지 모른다고 하지만 그래 놓고는 언니가 일부러
그랬다는 소문이 사실이냐고 또 물었어 일부러 그런 거라면
언니는 천국에 못 들어가는 법이라고 & 언니가 어디 묻혔든
그 땅은 축성받지 못한 땅이 될 거라고 하지만 일부러 그런
건 아니었잖아 & 또 그런 얘기도 했어 행운을 갖다 주고

위험에서 보호해 달라고 죽은 성자들 몸의 일부를 들고
다니는 사람도 있다고 부적처럼 아님 열쇠고리에 진짜 흰
토끼에서 자른 토끼 발을 달고 다니는 그런 사람들처럼
예전에 마틴 삼촌이 보여 준 발톱까지 붙어 있던 토끼
발처럼 말이야 하긴 그렇게 치면 저 손수건도 서랍에 든
내 손수건도 일종의 부적인지 모르지 그렇다고 안 갖고
있기는 싫은데 저기 있다는 걸 아는 한은 마음이 편하거든
물론 다른 사람한테는 절대 말 안 하고 보여 주지도 않을
생각이지만 그랬다간 다들 징그럽다며 기겁하거나 내가
식물인간이라도 된 줄 알 테니까 하지만 언니는 세라
언니만은 웃을 거야 확실해 청소기를 보고도 웃었겠지 여기
있었다면 & 난 언니한테 우스갯소리로 이렇게 말했겠지
언닌 이제 엄청 가벼워졌으니까 이젠 체중도 전혀 안
나가니까 버터플라이에서 0.45초 깎아 내는 것쯤은 식은 죽
먹기라고 마음만 먹으면 전 세계에서 가장 빠른 수영 선수가
될 수도 있을 거라고 말이야 언니가 원한다면 그게 언니의
장래 희망이라면 이제 언니는 바람만큼이나 빠르게 수영할
수 있으니까 빛의 속도만큼이나 빠르게 그렇게 난 말하겠지
그러면 언니는 엄한 표정으로 내 머리를 툭툭 치겠지 유치한
동생들이나 할 한심한 얘기라면서 & 실은 아까 내가 언니랑
닮아 보였을지 궁금해 제복을 입었을 때 혹시 비슷해 보이진
않았을까 사실 우린 전혀 안 닮았지만 안 닮았었지만 그래도
조금이라도 아주 조금은 비슷해 보이지 않았을까 아주
요만큼 눈곱만큼이라도

    & 어쨌거나 오늘 밤은 조각조각 부서진 언니 부위들이
나타나지 않았으니까 어쨌든 아직까지는 나타나지 않았어
천만다행이지 존나 다행이야 그러니 오늘 밤 아니 새벽
아니 지금 내가 잠을 못 자는 이유는 그 조각들 때문이
아니라 내 벌렁거리는 심장 때문이야 & 저놈의 코 고는
소리 때문에도 아직까지도 코를 골고 있어 한 사람이 어쩜
저렇게 코를 많이 골 수 있지 저런 소음에도 어떻게 잠에서
안 깰 수 있지 진짜 잠귀 하난 어둡다니까 하 그런 과찬을
아니 과장의 반대말이 뭐지 암튼 올해 최고의 아니 이번
세기 아니 지난 천 년을 통틀어 그런 과찬이 없을 거다 꼭
집 밖에서 누가 드릴로 벽돌이라도 뚫고 있는 소린걸 아님
잔디 깎는 기계로 풀이라도 깎고 있는 것 같아 왜 있잖아
모터도 안 달려서 손으로 직접 밀어야 되는 그런 기계
말이야 대신 그보다 훨씬 시끄러워 모터 소리보다도 더
시끄러워 그러니 내가 밤에 잠을 못 자지 쌍 괜히 못 자겠어
지난 몇 달간 괜히 잠을 설쳤겠냐고 아까 그 리사란 여자가
남는 수면 시간을 정말로 보내 주려나 말이라도 고맙잖아
아빠도 그 일이 있기 전엔 저렇게 시끄럽게 코 골지 않았던
거 같은데 어쨌든 내가 기억하기로는 둘 중에 하나야 코
골며 자고 있거나 일어나 어슬렁대거나 곧 또 일어날 테지
또 망할 위이이이이잉 소리가 들릴 테지 머지않아 조금만
있으면 아침이니까 요즘은 허구한 날 화장실에 처박혀
있어 허구한 날 면도질이야 하루에 세 번은 깎는 것 같아
전에는 어땠는지 잘 기억나지 않지만 그 정도는 아니었을

거야 그랬을 리 없어 아빤 내가 버르장머리 없다고 생각해
그것도 한두 번이 아니라 노상 아예 천성이 그렇다고
생각할걸 내가 말을 한마디도 안 해서 그런 거기도 하지만
그보다는 하필 둘 중에 남은 애가 나여서 그게 싫어서   &
또 한 가지 분명한 사실이 있어 쟤네가 날 수영장에 던져
넣기라도 하는 날에는 응 던져 넣어야 돼 그렇지 않고는 나
혼자 뛰어들든 언니처럼 다이빙해 들어가든 물에 들어갈
일은 절대 없을 테니까 그러니까 언젠가 날 던져 넣는다면
나는 그 즉시 바닥으로 가라앉아 버릴 거야 그러면 엄청
쪽팔리겠지 구조 요원이든 누구든 뛰어들어 바닥에
들러붙은 날 구조해 내야 할 테니까 무슨 벽돌처럼 잠수
연습할 때 수영장 바닥에 던지는 그런 벽돌처럼 말이야 난
내가 몸이 없어도 괜찮을 것 같아 그냥 귀 한쪽만 있어도
될 텐데 귀 한쪽이 내 몸의 전부라도 혹은 눈이라든가
눈썹 그도 아니면 속눈썹 딱 한 가닥이라도 괜찮은데 그럼
누군가 날 손끝에 올리고 소원을 빌며 후 불어 버릴 수도
있겠지 & 난 눈썹에 불과하니까 아주 가볍게 날아갈 수
있을 거야 아주 가볍고 아주아주 작을 테니까 나뭇잎에서
찢어져 나온 조각만큼이나 조그맣겠지 그렇다면 얼마나
좋을까 부담이 덜할 텐데 이렇게 노상 몸에 매여 있는
거에 비하면 두 발에 두 손에 하루 종일 이 생각 저 생각
떠다니는 머리도 없이 말이야 그러니 언닌 운이 좋은 거야
아 이런 미친   내가 지금 무슨 맙소사 아니야 언니 절대
진심이 아니야   언니는 속눈썹이 진짜 예뻤어 길이도

엄청 길고 다른 어떤 사람보다 앞으로 내가 만날 어떤
사람보다도 길었지 눈꺼풀 끝에 매달려서 언니가 눈을
감거나 열 때마다 아님 눈을 깜빡일 때마다 눈꺼풀이랑 같이
위로 아래로 움직였어 우리 모두 하루에 수천 번은 눈을
깜빡이니까 그런데 이젠 어디로 간 걸까 언니의 그 속눈썹들
속눈썹까지 다쳤던 걸까 토요일에 이상한 일이 있었어
엄마랑 세인스버리 슈퍼에 갔었는데 엄마가 문 옆에 앉아
기다릴 동안 난 계산대에서 돈을 내고 있었어 & 잔돈이랑
영수증을 받아 영수증을 주머니에 넣으려고 막 구기는데 맨
밑에 적힌 글이 보이는 거야 안녕히 가세요 또 뵙겠습니다
& 난 엄마를 찾으러 갔어 엄마는 신문지 코너 근처에 앉아
있었어 그런데 갑자기 뜬금없이 그날 밤이 기억났다 끝이
얼마 안 남았던 날 밤이었지 난 막 잘 준비를 하고 있는데
언니가 침대에 누워서 날 쳐다보는 거야 어두워도 언니 눈은
보였거든 그런데 언니가 딴 데도 아니고 나만 보고 있는
거야 그건 마치 모르겠어 진짜 이상하고 끔찍한 기분 배
속이 내 온몸이 열 받은 기분 분노로 차는 기분이었어 몸이
막 쓰라릴 정도로 잔에 물이 흘러들어 가듯 욕조에 물이
차듯 혹은 수영장에 강에 바닷가에 그렇게 술술술 흘러 내
몸을 꽉 채웠어 그게 뭔지는 정확히 알 수 없었지만 암튼
언니 때문에 생긴 언니가 내 몸에 넣다시피 한 그 감정이
홍수를 이루듯 막 밀려와 난 숨도 못 쉴 지경이었어 깊은
물에 들어갔는데 키가 너무 작아서 바닥에 발이 안 닿아
허우적거리는 기분 그건 기억해 언니 그때 언니가 배탈

났다고 했었잖아 호텔에서 일하던 첫 주에 그런데 그 약병
뚜껑에 분홍색이 조금 남아 있었어 언니가 마시고 남은
거였는데 그새 컵 안에서 굳어 버린 거야 난 손톱으로 그걸
긁어서 빼냈어 컵하고 똑같은 모양으로 굳었더라 & 심지어
아래쪽에 글씨까지 새겨져 있었어 컵 뚜껑에 적힌 글씨랑
똑같이 대신 앞뒤가 뒤집혀 있었지만 진짜 신기하지 않아
그렇지 재밌지 응 지금은 내 캐비닛 안에 들어 있어 안쪽
깊숙이 잘 넣어 놨어 보관이 되는 한은 계속 갖고 있을
생각이야 얼마나 오래 갈지는 모르겠지만 벌써 종이처럼
서걱되는 느낌이거든 색깔도 탁해졌고 냄새는 전혀 안
나지만 혀로 살짝 건드려 봤더니 약간 달착지근한 맛이
나긴 했어 알아 식물인간 같은 짓인 거 하지만 그렇다고 안
갖고 있을 순 없었다고 그건 그러니까 그 남자가 언니한테
빚졌다던 5파운드랑 비슷하거든 그 돈도 캐비닛에 넣어
뒀어 절대 안 쓸 거야 언니 거니까 언니를 의미하는 거니까
그 돈이 언니를 다시 불러올지도 모르거든 아니면 언니가
돈이 여기 있는 걸 알고 언젠가 챙기러 올지도 모르잖아
그러지 않더라도 내가 간직해 둘게 그건 내가 가진 어떤
물건보다 귀한 거니까 지금은 구겨진 걸 펴려고 책 두 권
사이에 껴놨어 린다 굿맨의 『태양 점술』 & 언니가 학교에서
쓰던 사전 사이에 그 안엔 언니가 찾아봤을지도 모를
단어들이 한가득 들어 있어 사전을 볼 때마다 난 언니가
어느 단어들의 뜻을 찾아봤을까 궁금해 웃기지 단어가
그렇게 많은데 실제로 주고받는 말은 몇 마디 되지도 않잖아

지금껏 내가 우리 방 아니 내 방에 앉아 생각해 낸 단어들만
해도 얼마나 셀 수 없이 많은데 단어의 늪을 헤엄치는
기분이야 하 그보단 가라앉고 있다고 해야 하려나 깊이가
몇 미터는 될 테니까 이 침대도 단어의 바다 위에 떠 있는
건지 모르지 배처럼 노 달린 보트처럼 아니 어쩌면 난 이미
그 밑으로 가라앉은 건지도 몰라 & 생선처럼 아가미로 숨을
쉬고 있는 건지도 내 몸에 아가미란 게 붙어 있는지도 미처
몰랐는데 말이야 어쩌면 난 사실 수영에 천부적 재능이 있는
건지도 모르지 단어들 틈을 자유자재로 누비는 내 모습을 봐
산소 따위 필요 없어 난 수영이라면 자신 있으니까 아 뭐래
역시 새벽까지 깨어 있다 보면 머리가 헬렐레해져 마약보다
더 직방이라니까 난 이제 갑판 위를 헤엄치고 있어 배는
지금 바다 깊은 쪽에 빠져 있어 바다에서 수심이 제일 깊은
데를 뭐라 부르더라 단어가 있었는데 어쨌든 내가 미처 말
못 했던 단어들의 산더미에 파묻혀 있어 단어는 가벼울까
무거울까 단어의 종류에 따라 다르려나 혹은 단어에 담긴
의미가 얼마나 의미심장한지 혹은 그렇지 않은지에 따라
그것과 별개로 사전이란 것들은 존나게 무겁지만 앗 방금
저거 새소리 아니었나 한 마리가 시작하면 금세 다른
놈들까지 줄줄이 짹짹거리기 마련인데 곧 아침이니까
아침이 밝을 때가 머지않았어 태초의 아침 어쩌고 학교에서
배운 그 찬송가 가사처럼 지빠귀가 말문을 열어 어쩌고 기타
등등 말문을 열다니 하하 장난하셔 그보단 고막 터져라
외쳐 대는 꼴이거든 아침이야 아침 어서들 일어나 얼른 일어나

아침이라고 어릴 적에 난 날이 밝는다는 건 어두운 방에 불을
켜는 거랑 같은 원리일 거라고 생각했는데 실제론 그렇지
않지 첫 빛살은 회색에 가까워 빛이라고 보기조차 힘들지
그보다는 빛이 사그라지는 느낌에 가깝달까 여태껏 내가 본
아침들 중에서 가장 죽이게 근사했던 건 안개가 낮게 깔린
날 아침이었어 평소나 마찬가지로 새벽빛이 떠올랐는데
안개 외에는 아무것도 볼 수 없었지 창문이랑 나머지 세상
사이로 다른 사람 눈에 안 보이는 빛의 덩어리가 끼어든
것처럼 마치 바깥세상이라곤 더 이상 존재하지 않는 것처럼
& 곧 날이 밝으면서 안개가 걷히기 시작했는데 그 모습이
마치 마당 위로 커튼이 걷히는 것 같아서 무엇인가가 커튼을
뒤로 물려 버리는 그런 느낌 세상이 제자리로 돌아오는
모습이라니 정말 기막힌 광경이었어   맙소사   그날
밤 끔찍했지 처음 그 일이 벌어졌을 때 지금보다 훨씬 이른
시간이었어 먼저 전화가 울렸어 전화 소리에 난 깼어 그런
다음 문 두드리는 소리 난 일어나 우리 방문 밖을 내다봤어
이미 현관엔 사람들이 서 있었어 남자 & 여자 경찰 아빠는
벌써 옷까지 챙겨 입었더라 근데 작업복 바지춤 사이로 잠옷
바지가 삐져나왔어 & 벽에 납작 기대선 엄마 & 아빠 옆에
선 남자 경찰은 팔 밑에 헬멧을 끼고 있었고 아빠는 그 옆에
난쟁이처럼 서 있었어 허리라도 다친 사람처럼 난 심장이
주저앉는 기분이었어 & 느낄 수 있었어 뭔가 달라진 걸 집이
예전 같지 않았어 문틈으로 뭔가가 들어와 집을 확 바꿔
놓은 느낌 우리 집만 그런 것도 아녔어 바깥도 마찬가지였어

유리창처럼 와장창 깨진 걸 누군가 본드로 덕지덕지 다시
이어 붙인 것처럼 보였어 그런데 순서가 하나도 안 맞았어
& 현관에 멍하니 선 우리 그새 밖은 절로 환해져 있었어
현관에선 아무도 꿈쩍을 않고 있는데 그러거나 말거나 여느
때나 똑같이 빌어먹을 날은 밝았어

　　& 어쨌거나 그날 이후 처음으로 다시 이유를 발견한 건
좋은 일이니까 그런 일이 생긴 이유 & 아침에 일어날 이유
& 아침밥을 먹을 이유 & 똑같은 일상을 반복하고 다시 또
하루를 보낼 이유

　　& 어쨌거나 아침밥이란 건 그동안은 잊고 지냈지만 사실
맛도 냄새도 무지 좋은 거니까

　　& 어쨌거나 언니한테서는 특별히 청소한 물 냄새가
났으니까 & 어쨌거나 이제 언니는 공기에 불과하니까
공기조차 아니니까 이제 뭔지 모르겠네

　　& 어쨌거나 학교 다녀와서 식탁을 차릴 때면 언니는
라디오에서 나오는 음악이나 텔레비전 방송에 맞춰
나이프로 찬장을 두드려 대곤 했으니까

　　& 어쨌거나 크리스마스 때 그러니까 작년 말에 언니랑
같이 찍은 사진을 난 갖고 있으니까 내 캐비닛 속에 사전
밑에 넣어 뒀으니까 아빠가 못 찾을 거야 둘 다 절대 못 찾아
그럼 엄마가 보고 슬퍼할 일도 없으니까 갖고 있어도 괜찮아

　　& 어쨌거나 언니는 청소기 얘기를 듣는다면 & 손수건
얘기도 & 컵에 든 분홍색 덩어리 얘기도 듣는다면 웃었을
테니까 언니라면 웃을 게 분명하니까

& 어쨌거나 그런 날도 있었으니까 언니가 내 머리채를
엄청 세게 당겼던 날

& 어쨌거나 언니는 엄마한테 대판 혼났으니까 엄마가 내
머리를 빗는데 머리카락이 완전 수북하게 빗에 묻어 나와서

& 어쨌거나 그 뒤로 그 자리엔 머리가 제대로 자라질
않았으니까

& 어쨌거나 언니는 누구보다 욕을 잘했으니까

& 어쨌거나 내가 욕한 걸 일러바쳤다고 언니가 내 팔을
완전 멍투성이로 만들어 버렸으니까

& 어쨌거나 내가 학교에 처음 간 날 새 교복 스웨터 입고
간 그날 언니랑 같은 학년 여자애들이 실은 언니 친구들이
남문에서 날 에워싸고 내가 언니 동생이냐고 물었던 적도
있었으니까 걔네가 그런 거 언니도 알았으려나

& 어쨌거나 난 절대 안 잊을 거니까 심장에 외워져 새겨져
있으니까 어둠 속에서 언니가 숨 쉬던 소리

& 어쨌거나 그런 밤도 있었으니까 내가 열한 살이었을
때 라디오에서 길고 굴곡진 길이 어쩌고 하는 옛날 노래가
나왔는데 이유는 알 수 없지만 내가 그걸 듣고 겁먹은 적이
있었거든 왠지 세상 가득 죽은 사람들이 묻혀 있는 것 같은
기분이 들어서 심지어 마당에 있는 꽃들 주변의 흙 속에도
그래도 무서운 내색 안 하고 그냥 침대에 누워 있었는데
언니가 왜 그러냐고 무섭냐고 물었잖아 내가 아무 말
하지 않아도 언니는 자동으로 알았던 거야 & 부엌에 가서
토스트를 만들어 왔지 & 내 침대에 같이 앉아 나눠 먹었어

& 난 언니 어깨에 기대 잠들었고 & 다음 날 아침 깨보니
침대 위에 아직 접시가 놓여 있었어 이불엔 빵가루가 떨어져
있고 그래서 진짜로 있었던 일이었단 걸 알 수 있었지

    & 어쨌거나 언니는 그렇게 오랫동안 물에서 숨을 참을 수
있었으니까

    & 어쨌거나 언니는 물 위를 걸을 수도 있었으니까 이게
무슨 뜻이냐면 예전에 한번 그런 적이 있었거든 수영장에
사람이 거의 없던 날이었는데 난 위에 관중석에 앉아 있고
언니는 내 밑에서 수심이 제일 깊은 쪽에서 선헤엄을 치고
있었어 그걸 보고 난 진짜 놀랐어 어떻게 저럴 수 있는 거지
저렇게 깊은 물에서 가라앉지도 않고 한자리에서 저렇게
둥둥 떠 있을 수 있다니 제자리 달리기라도 하는 것처럼
하고 엄청 신기해했어

    & 어쨌거나 어쩌면 이제 언니는 공기 위도 걸을 수 있을지
모르니까

    & 어쨌거나 언니가 이제 어디에 있건 우리를 나 & 엄마 &
아빠를 안전하게 보호해 줄 거란 걸 아니까

    & 어쨌거나 언니는 여기 있었으니까 분명히 있었으니까
수영장에 갔던 그 매번마다 그때마다 난 언니를 봤어 지금도
눈에 선해 꼭대기에 있는 제일 높은 다이빙대에 서 있는 언니
관중석보다도 훨씬 높아서 우리 모두 언니를 올려다봤고
언니는 물을 내려다봤지 & 뛰기 직전에는 꼭 그런 순간이
있었어 반에 반 초 정도 뜸을 들이는 순간 아예 다이빙을
안 할 것처럼 내키지 않으면 언제고 관둘 수 있다는 듯이

까짓것 어때 꼭 해야 되는 일도 아닌데라는 식으로 하지만
다음 순간이면 꼭 뛰었어 매번 어김없이 앞으로 한 발
내디뎌 다이빙대를 아래로 위로 아래로 흔들고는 팔을 쭉
뻗으며 공중 한가운데로 봉 & 떨어지기 언제 봐도 끝내줬어
진짜 멋졌어 공기 속을 쏜살같이 가로질렀지 너무나 쉽게
공중을 미끄러지듯 공기 자락에 몸을 맡기듯 아름다웠어
마치 글쎄 마치 뭐 같았다고 할까 물고기처럼 버터를 가르는
뜨거운 칼날처럼 물속으로 잠수해 들어가던 평소 언니의
모습처럼

   & 어쨌거나 마지막에는 마지막 잠수를 하던 그날 언니는
두 다리 두 팔을 그래 그래 나도 알아 거꾸로 매달린 채
옴짝달싹 못하게 구겨져 있었다는 거 나도 알아 & 다음
순간 모두 끝났지 전부 모조리 철썩하고 수면을 깨는
일도 그날로 끝이었어 그래도 말이야 들어 봐 언니 언니는
꼼짝도 못 했겠지만 그 상황에서 어쩌지도 못 했겠지만
그래도 말이지 들어 봐 그날 언니는 엄청 빨랐어 진짜 진짜
빨랐어 내가 알아 직접 확인했거든 오늘 밤 거기 갔었어
& 확인했는데 진짜 무지 빨랐어 그렇게 빨리 떨어지다니
믿기질 않아 대단했어 4초도 안 걸렸더라 4초가 채 안
걸렸어 고작해야 3초하고 조금 더 그게 다였어 그것밖에 안
걸렸어 내가 알아 내가 언니 대신 재봤거든

현재
present

아침.

어젯밤 내린 비로 정원이 젖어 있다. 겨울이지만 아직
다가올 겨울이 많이 남았다. 마당은 한 해의 잔류물들로
이미 부스스해졌으나 앞으로 석 달은 더 지나야 모든 것이
사멸하여 봄이 모습을 드러내기 시작할 것이다.

나무에는 노랑과 빨강이 맺혔다. 발톱에 파이거나 낙과한,
먹지 못하는 돌능금. 어느 쪽이건, 나무에서건 땅에서건,
곧 서리를 맞을 운명이다. 가지에 남은 잎사귀들은 그 뒤에
올 새 이파리들, 아직 안에 굳게 봉해져 때를 기다리는
이파리들에게 서서히 밀려나고 있다. 라일락은 헐벗었다.
루바브는 잎을 거두어 지하로 잠적했다. 잔디 깎는 기계에
비 막이 대신 덮어 둔 여름 잎사귀 두 잎은, 금속 날과 쇠틀에
들러붙어 썩어 간다. 겨울 기운이 스친 잔디밭은 한기에 끝이
그슬렸다. 개나리는 메마른 막대 더미다. 하지만 이질풀은
아직 꽃을 피우고 있다. 만수국도 꽃을 피우고 있다.
데이지와 초롱꽃은 이제야 꽃피우기 시작했다. 시스투스는

멈출 생각이 없다. 공중에 매달린 작은 파리들은 갓 허물을
벗어 무모하다. 화란국화는 파릇하다. 점나도나물도
파릇하다. 딸기밭에서는 한 해가 다 저물어 가는 지금도
푸른 딸기가 가장자리 잎사귀 밑으로 간혹 고개를 내민다.
새들이 눈에 띄는 딸기들을 쪼아 댄다. 새들은 여전히 많다.
하늘에, 마당에, 서서히 모습을 드러내는 나뭇가지들 틈새에.

  아침. 몇몇 유령들이 이른 시각부터 거리를 배회한다.
  바람이 울타리에 걸쳐 멘 막스앤드스펜서 쇼핑백 하나가
천 명에 육박하는 중년 부인 유령들을 되불러 올 수도
있다. 이들은 스웨터와 카디건들 사이를 맴돌고, 아직 문
열지 않은 매장 내 통로며 옷자락 사이를 서성인다. 동절기
신상품들의 모직 소매를 다시금 만져 보고 싶은 갈망에,
그럴 수만 있다면, 그리고 따분한 표정으로 팔깍지를 끼고
문가를 서성이는 남편 유령들이 영원한 조급성에 발을 구를
동안, 딱 한 번만 더 옷을 대보고 새 옷의 냄새를 맡아 보고
싶은 심정에서.
  나라 북쪽의 저 안개 끼고 강추위에 휘감긴 하일랜드
지역의 어느 마을 어느 길거리에선가, M. 리드 부인의
유령이 한때 자기 가게였던 점포 앞을 서성이고 있다.
이곳에서 그녀는 설탕 막대와 줄무늬 사탕, 껌과 감초 사탕,
박하사탕, 목 캔디, 틀에 부어 만든 각종 모양의 초콜릿,
공장에서 생산된 새로운 사탕들, 그리고 지금은 주차장
용도로 타맥을 깔아 둔 매장 뒤에서 제 손으로 직접 만들던

각종 수제 퍼지 등, 수많은 충치 유발의 주범들을 십 수
년에 걸쳐 유리병에 담아 진열하고 또 수많은 사람에게
판매했었다. 봉지에 담아 무게를 재고 포장을 하고 돈을
건네받아 가며. 어제는 두 사내가 키스 문구점 전면에 달린
간판을 부수러 왔다. 문구점에서 새 디자인으로 간판을
교체하기로 결정해서인데, 그 덕에 밑에 숨어 있던 원래
간판이 제 모습을 다시 드러냈다. 17년간 한자리를 지켰고,
그 후로도 한 세기에 걸쳐 꾸준히 교체돼 온 간판들 밑에서
꿋꿋이 제 모습을 간직해 온 리드 부인의 간판. 리드 부인은
남편이 세상을 떠난 뒤에나 간판 도색을 주문하고 가게를 열
수 있었는데, 남편은 체면 깎인다는 이유로 자기 생전에는
결코 상점 운영을 허락하지 않았다. 리드 부인은 남편을 썩
좋아하지 않았다. 마을 사람들은 주일마다 자유 교회에 모여
그녀에게서 산 박하사탕을 빨아 가며 저희들이 직접 조제해
낸 부부에 관한 소문을 입방아에 올리곤 했다. 분명 그
아내의 소행일 거라고, 외국 사람처럼 초콜릿을 불길에 직접
녹여 만든 핫 초콜릿에 쥐약을 탔을 거라고 숙덕댔다. 하지만
이젠 남편도 소문도 리드 부인을 건드리지 못한다. 그저
19세기 말엽의 중후한 프랑스풍 간판만이 여태 퇴색하지
않은 제 모습을 선연히 드러내고 있을 뿐이다, 불과 하루밖에
빛을 보지 못할지라도. 〈당과점·소유주·M. 리드 부인〉.

　거기서 다시 남쪽으로 내려가 국경을 건너면, 수 세기에
걸쳐 누적된 울분에 눈뜬 전사들의 유령이 집결하여 환부
훤히 드러내고 사마귀 돋은 방패 흔들며 행군하는 북부

유령 부대와, 그들로부터 재빨리 도망치는 다이애나의
유령. 웨일스 공작부인이자 영국의 왕세자 비 다이애나,
역사와 왕실의 유령, 장미의 유령, 어눌한 대화가 오가는
수백만 거실과 응접실의 유령, 판매 부수를 늘릴 심산으로
수시로 그녀의 유령을 불러내 나날이 아득해져 가는 옛
모습을 지면에 되살리는 「데일리 메일」의 오늘 자 조간에
다시금 호출된 — 수줍고도 달콤한 미소를 띤 소싯적의
모습으로, 혹은 왕관을 쓰고, 승마 재킷을 입고, 아이를
안고, 꽃다발을 안고, 겸손해서 더 매력적인 표정으로 옆을
바라보는 모습으로, 혹은 마차에서 손을 흔드는 모습으로.
몇 시간 후, 아침나절이 본격적으로 시작되면, 그녀는
인자하고도 슬픈 눈으로 떠오를 것이다. 신문 가게며 우체국
앞에 늘비한 삐걱대는 엽서 꽂이들과, 세기의 전환을 목전에
둔 잉글랜드의 여러 기념품 가게들을 장식하는, 기품 있는
그녀의 우아한 얼굴이 우아한 기품을 더해 주는 마른 행주며
찻잔, 쟁반, 컵받침 등속 위로.

그 와중에도 남쪽 발치의 희부연 도시를 떠도는 솔로몬
페이비의 아련한 그림자. 근 4백 년 전인 1602년 여름,
〈향년 13세의 아까운 나이로〉 세상을 뜬 이 어린 배우의
유령은 누군가 그를 기리는 벤 존슨의 추모 시를 읽을
때마다 영면을 방해받고 불쾌하게 이승을 방랑하곤 하는데,
지금도 그는 왕실 극단 시절 알고 지냈던 벤 존슨[16] 선생의

16 영국 르네상스 연극의 대표적 극작가 중 하나로 셰익스피어와 동시대
에 활약하였음.

펜촉 탓에 잠에서 깨어, 예전과 매우 흡사한 모습으로
재건되기는 했으되 그때만큼 훌륭하지도 충분히 더럽지도
않은 글로브 극장 안을 어정거리고 있다. 한낱 관념에
불과한 그의 흔적은 무대 뒤와 꼭대기 관람석과 발코니석을
배회한다. 시즌이 막을 내리면서 극장도 문을 닫은 상태다.
방문객들이 구내 레스토랑이나 기업이 후원하는 카펫
깔린 로비를 찾기에는 아직 이른 시간이다. 올해는 다양한
작가들의 다양한 극들이 상연되었으나, 솔로몬 페이비는
(존슨 선생의 애절한 애도의 시, 그 아가리에 붙들려 죽은
자의 응당한 망각과 평안을 박탈당한 만큼) 그중에서도
주로 윌 선생의 작품만을 골라 봤다. 솔로몬이 태어나기도
전에 「실수들」[17]을 썼으며 그가 살아 있을 동안은 시저의
죽음을, 그리고 그가 죽은 후에야 클레오파트라를 극작한
윌 선생. 특히 이 마지막 사실에 소년 배우는 영원히
안타까움을 금치 못할 것이니, 살아생전 노역만 연기하다
전성기도 못 보고 져버린 그이기에 자신이 연기한 줄리엣은
어떤 모습이었을지 영영 알 길이 없을뿐더러, 무엇보다도
클레오파트라를 연기 못 한 것이 — 클레오파트라를
연기할 수 있었다면 줄리엣 따위 죽거나 말거나 상관
안 했을 것이다 — 아 클레오파트라, 행복한 여자여,
안토니의 무게를 떠받들 운명이라니 — 영원한 미련으로
남을 것이다. 여전히 미성인 그는 침묵 속에 나무 무대를

17 셰익스피어의 「실수의 희극」.

가로질러 황량하고 인파 없는 야외로 나갔다가, 단숨에
담벼락을 뛰어넘어 강 둔치를 서성이며 아침 일찍부터
일터로 향하거나 일을 마치고 집으로 돌아가며 새로 닦은
강변길을 터덜터덜 지나는 사람들의 머리 위를 부유한다.
한편, 이 탁하게 이어지는 강줄기를 계속 따라가다 보면
밀레니엄 돔 터가 나오는데, 새해가 가까워질수록 공황과
공갈, 미사여구와 허풍이 내부를 부풀리는, 일시성에 바치는
그 역사적 기념물의 지붕에서 밧줄 하나가 바닥으로 뚝
떨어지며 다시 한 무리 유령들을 소집한다. 돔이 들어서기
훨씬 이전 시절, 이 부지를 선점했었던 교수대에서 목을
매달아야 했던 자들의 유령들로, 이들은 반쯤 잠든 야간
경비들 앞에 대롱대며 보안 장치된 출입구와 녹화 중인 감시
카메라 앞을 형체 없이 오간다.

　　남북 위아래의 어느 마을에서건 (그래도 기왕이면
간결의 미학을 위해 이 책의 묵직한 주요부와 희박한
주변부를 어설프게나마 정박시키는 닻 역할을 해온 예의
그 마을이라고 상정하자) 1960년대의 대중 가수 더스티
스프링필드의 유령이 솟아오른다, 꿋꿋하고 비통하게,
당당하게 머뭇대며, 쇼트 가의 모퉁이에 자리한 연속 주택의
열린 창틈으로. 그리하여 길 너머로 훌쩍 퍼져 나가는
그녀, 이어 각종 정원과 마당, 넓게 뻗은 공영 주택 단지와
쓰레기장, 시커먼 운하와 악취 풍기는 제방, 수영장과
호텔과 호텔의 단정하거나 흐트러진 방들을 지나 하늘로
올랐다가는, 이내 시내로 강하하며 희미하고 희미하게

잦아들다가 끝내 지워진다, 더는 들리지 않는다. 그렇다고
아예 사라진 것은 아니다. 쇼트 가에서만큼은 「사랑의
눈빛The Look of Love」을 피할 도리가 없다. 당신의 두
눈에 담긴 사랑, 숨길 수 없는 마음의 눈빛 — 머리채를 높이
쌓아 올리고 눈매를 짙게 그린 앳된 얼굴로, 그녀, 포옹하듯
두 팔을 모았다가 이윽고 다시 내던지며, 혹은 호소하듯
내뻗으며, 읊조린다 — 말로는 표현 못 할 진심을 담았네,
시간도 영영 못 지울 눈빛. 그녀는 얘기한다, 귀 기울이는
이들에게, 들을 수 있는 이들에게, 자기가 기다려 왔음을,
얼마나 오랫동안 기다려 왔는지를. 그리고 이웃들, 쇼트
가와 그 인근에 살며 주중 아침 7시만 되면 거의 매일같이
쇼트 가 14번지에서 쏟아져 나오는 저 소리에 잠을 깨야
하는 이웃들은, 침대에 누워 베개로 귀와 머리를 틀어막거나
너무 급히 또는 묽게 또는 진하게 뽑은 때 이른 커피에
얼굴을 처박고 인상을 쓰거나 침실 벽을 향해 욕설을 외쳐
대거나 민원 콜 센터에 또다시 메시지를 남기거나 창밖 혹은
열린 문밖의 소음이 들려오는 방향으로 성난 눈을 부라리며
급기야는 라디오 4의 8시 뉴스가 시작될 때까지 분통 터지는
그 소란을 견뎌 내다가, 야근을 마치고 막 교대할 참이던
파출소 순경에게 전화 너머로 다시금 정확한 주소를 받아
적도록 하고는 쇼트 가 14번지의 현관문을 두드리러 길을
건넌다 — 문을 열 정도 예의는 갖춘 사람이라는 전제하에,
오늘도 역시나 저로 인한 소란에는 개의치 않고 마냥 잠만
자는, 혹은 모른 척 노래를 듣고만 있던, 어쩌면 따라 부르고

285

있었던 건지도 모를 그 남자 혹은 여자에게 얻어맞고 싶어
환장했냐고 윽박지르러 — 하지만 그새 노래는 가냘프고도
조잡한 마지막 크레센도로 접어들었고 더스티가 〈영원히
떠나지 마세요〉라고 노래하는 것을 끝으로 3분 30초에 걸친
곡은 (그리고 그 뒤에 숨은 2분여 혹은 3분여 되는 인생
왕래와 득실과 희비의 교차에 관한 온갖 노래들, 끝없이
돌고 도는 사랑의 순환과 세상살이의 사소함을 노래한 모든
곡들이) 서서히, 어느 정원인가로 하강해 내려와 아직 젖어
있는 능금나무 가지에 안착하는 흔한 염주비둘기들의 회색
날갯짓처럼, 부드럽게, 단호하게, 돌이킬 수 없는 귀결을
맺는다.

*

아침. 매일 아침 건물 계단과 계단 앞 보도블록의
〈글로벌〉이라고 적힌 타일 장식을 청소하는 아주머니는
그새 양동이를 비웠고 대걸레도 진작 창고 제자리에
돌려놓았다. 퇴근해 집에 간 것이 벌써 몇 시간 전이다.
보도에 박힌 글자는 아직 깨끗하다. 아직까지는 밟고 지난
사람이 몇 되지 않는다.

슈퍼마켓에서 일하는 계산대 여직원들은 마을 곳곳의
각각의 집에서 제복 차림으로 아침을 먹는 중이다.
(파트타임 직원들과 오늘 일을 쉬는 직원들은 예외다.
이들은 대개 아직까지 잠들어 있거나, 혹은 아이들과
남자들을 위해 아침을 차리는 중이다.)

어제 부츠 약국에서 처방 약을 샀던 사람들은 몸이 조금
나아졌거나 더 나빠졌거나 아니면 어제 그대로다. 몇몇은
감기에 걸렸다. 몇몇은 염증이 생겼다. 몇몇은 아무런
이상이 없다. 몇몇은 머리가 혼곤한 것이 오늘 하루 기계
조작을 요하는 일은 피하는 것이 좋을 테다. 몇몇은 체온이
오르고 있거나 내리고 있다. 몇몇은 자는 새 말끔히 회복한
덕에 상쾌한 기분으로 잠에서 깰 것이다. 몇몇은 잠에서
깨어, 약을 먹었음에도 몸이 전혀 낫지 않았다는 사실을
깨달았거나 곧 잠에서 깨어 깨닫게 될 것이다.

　　영화를 보러 어제 극장 앞에 줄지어 섰던 사람들은 깨어
있거나 잠들어 있다. 그중 소수만이 애초 영화를 봤던
사실을 기억한다.

　　운전 강사는 아침 식사 대신 홀릭스[18]를 마시고 있다.
카페인을 섭취하면 마음이 불안해진다. 그녀는 운전
교습생의 몸을 떠올리고 있다. 그녀의 남편은 넥타이를
매느라 쩔쩔매고 있다. 그녀는 미소 띤 얼굴로 남편의 질문에
대답하면서, 옷가지 틈으로 파고들던 소년의 뜨거운 몸을
기억한다.

　　잠에서 깬 운전 교습생은 침대에 누워 지금까지 배운
것들을 복습하고 있다. 강사는 어때, 잘 가르치든? 그의
어머니가 어젯밤 그에게 물었다(어머니가 교습 비용을
대고 있다). 네. 그는 말했다. 얼굴을 붉혔다. 아주 좋은

18　우유를 타 마시는 맥아 분유.

선생님이에요. 그는 말했다. 좀 있으면 이중 브레이크를 떼도 될 거라고, 예정대로만 교습받으면 문제없이 붙을 거랬어요. 교습은 앞으로 열 번 남았다. 앞으로 또 어떤 기술들을 배우게 될지 교습생은 궁금하다.

카페를 운영하는 여자는 한창 분주해질 아침 러시 직전의 고요를 즐기고 있다. 베이컨 샌드위치를 만들어 먹으며 조간을 읽고 있다. 역시나 또 이상 변태들 얘기다. 어제의 그 상어 떼에 잡아먹힌 사람들 기사만큼 재밌지는 않다. 그래도 도덕적 확신을 고양시키기엔 충분하여, 그녀는 가책을 말끔히 씻은 느낌이다.

어제 아들을 떠나보낸 남자, 보도에 서서 떠나는 차 뒤로 손을 흔들던 남자는 창문 너머로 뒤뜰을 내다보고 있다. 나무에는 그가 새들 모이로 내놓은 견과류가 봉지째 달려 있다. 겨울새들은 그의 인생의 낙이다. 저기 되새 한 마리가 보인다. 저기 또 한 마리가 보인다.

어제 버스 정류장에서 서로 손을 떼지 못하던 연인을 보고 분개했던 남자가 부인에게 넥타이 매는 걸 도와 달라고 말한다. 이리 와요. 부인이 말하더니 그에게서 타이를 받아 옷깃 밑으로 집어넣고, 꼬리를 넘겨 위로 한 번, 밑으로 한 번 잡아 빼 매듭을 지은 다음 아래로 바짝 당겨 조인다. 그리고 그의 뺨에 키스한다. 그는 현관으로 향해 거울을 본다. 자꾸 화가 나는 이유를 모르겠다. 그는 현관문을 열며 다녀오겠다고 외친다.

어제 술에 취해 버스 정류장에 서 있던 연인은 침대에

누워 있다. 그는 좀 더 눈을 붙여 보려 하지만 눈만 감았다
하면 숙취가 눈꺼풀을 두드려 댄다. 그녀는 잠에서 깬 컵에
담뱃재를 떨고 있다. 그녀가 그를 보며 싱긋 웃는다. 그도
게슴츠레한 미소를 지어 보인다.

건설업자는 고미다락을 증축 중인 3층 집 꼭대기의
판자때기에 걸터앉아 있다. 머지않아 드릴을 켜고 인근에
사는, 아직 잠들어 있는 사람들을 깨워야 한다. 어차피
일어날 시간도 됐다. 누군가 자전거를 타고 지나간다. 어린
여자애다. 그는 손을 흔든다. 여자애를 아는 건 아니다.
소녀도 그를 알지 못한다. 소녀가 손을 흔든다. 안녕, 예쁜
아가씨. 그가 외친다. 기분이 한결 좋아진다. 그는 드릴을
내려놓고 동네를 내려다보며 소년 시절에 알던 노랫가락에
맞춰 휘파람을 불기 시작한다.

어제 끙끙대며 길을 가던 여자가 당시 들고 있던 버거운
짐 중 하나를 연다. 오렌지 주스가 든 플라스틱 통으로
크기가 여자 상체만 하다. 많이 살수록 가격이 저렴하다.
그녀는 통을 껴안아 몸으로 받쳐 들고 잔 네 개에 주스를
따른다. 그리고 식탁에 내려놓는다, 한 아이 앞에 한 잔씩.

수영장 탈의실에 들어가기에는 몸이 너무 큰 여자가
침대에 누워 있다. 책을 읽으며 바나나를 먹고 있다. 그녀가
키우는 고양이는 그녀의 주름진 뱃살 사이에 둥지를
틀었다. 지난 15분간 털을 핥아 가며 목욕과 몸단장을 마친
고양이는 애정 어린 눈으로 주인을 바라보며 가르랑거린다.

시계 가게에서 일하는 소녀는 막 샤워를 마치고 나와

침대에 앉아 있다. 머리카락이 얼굴을 가린다. 소녀는 귀
뒤로 머리를 넘긴다. 손목에 시계를 찬다. 자기 시계는
아니다. 다른 사람, 가게 손님의 시계다. 지난여름 한
여자애가 수리를 맡겼다가 여태 안 찾아갔다. 아주 근사한
시계다. 이런 시계는 사실 수백 개는 되고, 모두 동일하게
제작되기도 하지만, 이 시계는 오래 착용한 덕에 끈도
부드럽고 팔에 닿으면 따뜻한 느낌이 나며, 또 수리한
이후로는 시간도 잘 맞는다. 나중에 그 여자애가 시계를
찾으러 가게에 오거든 카운터 뒤에서 일하는 소녀는
기다렸다는 듯이 말할 것이다. 안녕, 시계 여기 있어요.
언제쯤 찾아가려나 궁금했어요. 그냥 내버릴 것 같진
않았거든요. 워낙 좋은 시계니까요. 여자애도 불쾌히
여기지는 않을 거라고 매일 아침 시계를 차며 소녀는
생각한다. 서랍 속 파일에 든 봉지엔 〈S. 윌비〉라고 적혀
있었다. 마이클스 씨가 영업 회의에 참석하러 간 사이
소녀는 서랍을 뒤졌고, 파일을 찾아 속에 든 봉지를 꺼내
시계를 구경했었다. 몇 주가 지나도록 시계는 수리된
손목시계들로 가득 찬 서랍에 갇힌 채, 저만의 봉지에
봉해져 저만의 리듬에 맞춰 재깍재깍 시간을 쟀다. 〈S.
윌비. £27.90. 기계 장치 침수.〉 28파운드, 모델치곤
수리비가 제법 세다. 소녀는 장부에 줄을 긋고 그 옆에
〈체납〉이라고 적은 다음, 컴퓨터 주문을 취소하고, 청구서를
접어 호주머니에 넣었다. 그리고 손목에 찬 시계를 풀었다.
대신 이 시계를 손목에 둘렀다. 버클이 알아서 제 구멍으로

미끄러져 들어갔다. 그녀와 S. 월비는 손목 사이즈가
엇비슷한 모양이었다.

시계 가게에서 일하는 소녀는 여태 다른 사람 시계를
슬쩍한 적이 없었다. 스스로도 놀랄 일이다. S. 월비는 가게
밖을 며칠씩 서성대며 수줍고도 별 존재감 없이, 특별히
요구하는 바도 없이 내내 발만 내려다보며 서서 보는 이의
호기심을 자극했었다. 소녀는 S. 월비를 못 본 체했다. 왜
그랬는지는 모르겠다. 그냥 그래야 할 것 같았다. 마음의
준비가 안 됐었다. 타이밍이 틀렸던 것이다. 창피하기도
했다. 이제 와 생각하기에도 창피하다. 이제 와서도 그 일을
생각하면 가슴속에서 날개가 파드닥거리는 느낌이다. 아니,
날개는 아닐 테지만, 여하간 뭔가가 빙글빙글 회전하듯
가슴을 조이며 가동 중이다.

시계 가게에서 일하는 소녀는 지역 전화번호부에 등록된
월비란 이름을 모두 찾아 그 사람들 전화번호를 일일이
옮겨 적었다. 언젠가는 용기를 내 그 번호들을 하나씩 돌려
전화를 받는 사람에게 혹시 손목시계를 수리 맡긴 S. 월비가
그 집에 사느냐고 물을 생각이다.

부엌에서 그녀는 그릇에 시리얼을 담고 우유를 붓는다.
엄마는 일하러 나갔다. 오빠는 아직 일어나지 않았다.
그녀는 식기 건조대에서 숟가락을 집는다. 손목시계의
얼굴을 확인한다. 거의 8시. 오늘은 가게까지 걸어가야겠다,
오빠가 아직 안 일어났으니. 지각하지 않도록 15분 안에는
나갈 생각이다.

매일 아침 시계를 차며 그녀는 생각한다. 오늘이야. 카운터에 맨 손목을 올리며 그 애가 말할 거다. 시계를 찾으러 왔어요, 성은 윌비예요, 하고. 시계 가게 직원인 소녀는 자기 팔에 매인 시계를 보여 줄 것이다. 불쾌해하지 마요. 그녀가 말할 것이다. 왠지 마음에 들어서요.

그녀는 아침을 먹고 다시 시계를 내려다본다. 5분 있다 나가야지. 그녀는 창밖의 정원을 내다본다.

봐요, 이젠 시간도 잘 맞아요. 그렇게 말할 계획이다. 그리고 말이죠, 요금은 없어요. 내가 처리했어요.

아침. 새 한 마리가 착지한다, 이어서 또 한 마리가. 나무가 가볍게 흔들린다. 놀란 빗물이 가지 위로 첨벙 튀어 아래로 떨어진다, 비의 축소판처럼.

기억해
살아야
한다는
걸

기억해
사랑해
하다는
걸

기어코
사막을
해돋는
걸

이야기를 선물하다

표지를 여는 순간 우우우 ─ 후우우우 추락하는 인물.

죽음으로 시작한다, 는 말은 일견 모순 어법 같겠지만 이
소설은 그렇게 시작한다. 게다가 그 끝의 시작이 어찌나
시끌벅적 활력이 넘치는지. 평소 우린 마침표를 찍을
즈음해서야 문장을 돌아보고 문맥을 살피는지도 모르겠다.
하지만 글을 쓸 때와 달리 입 밖에 내는 말들은 대개 적절한
마침표 하나 없이 이어지기 마련이다. 설사 그게 머릿속
독백에 불과할지라도 말이다. 그렇기에 우리 모두는
영락없는 수다꾼. 이야기를 먹고 마시고 숨 쉬고 배설하고
산다.

알리 스미스의 이야기들은 얼핏 보기에 가볍다. 줄거리랄
것도 크게 없고, 거창한 수식도 굵직한 서사도 없다.
〈낡은 깡통〉처럼 소란스레 따라다니는 단어의 과잉도
없다. 해변에서 똘망똘망한 조개며 엉뚱한 돌멩이를 줍듯
단어를 하나씩 손에 쥐어 보고 질감과 무게를 재어 제멋에
적절히 배치한 느낌이라 소소한 단어들이 이야기 속에 묻혀

가려지고 잊히는 것이 아니라 오히려 제자리에서 제 빛을 내는 느낌을 준다. 사소하다고 등한시되는 단어가 없다. 경쟁하지 않는 단어들. 경쟁하지 않는 상이한 인물들과 우열 없이 혼재하는 상이한 목소리와 관점.

그럼에도, 혹은 그렇기에, 이 책의 표지를 펼치는 것은 굳게 다문 입 뒤의 소란으로, 수다스러운 이야기로, 인생이라는 속도감 있는 사건으로 자유 낙하해 들어가는 경험이 된다. 단어들을 다 읽고 표지를 덮으면 온몸이 휘청, 반응한다.

알리 스미스의 목소리는, 문체는, 단연 독보적이다. 이야기 — 그것이 어떤 형태를 띠고 있건 — 의 힘이 어디로부터 나오는 것인지를 종종 망각하는 우리에게 구전된 일화의 파격을 전한다. 중간에서 시작해 중간에서 끝나는 이야기의 토막들로 세계를 묘사하여 낯설게 만들고, 이야기의 잔잔하고도 팽배한 영향력을 새삼 깨닫게 만든다. 이 점은 작가의 장편소설들보다는 단편들에, 또 초기 작품들보다는 근작에 더욱 잘 나타나기도 하지만, 『호텔 월드』 역시 작가 특유의 생명력 넘치는 문장과 각각의 세계를 지닌 다양한 인물의 언어를 과시하는 작품이다. 소재는 다소 어둡고 무거울 수도 있으나, 무겁지 않게 이야기를 풀어 나가는 연륜을 보여 준다. 그리하여 문학의 파격을 독자에게 선물한다.

독자로서 글을 반복해 읽고 역자로서 글을 옮기면서 이런 표면적 가벼움과, 그 뒤에 숨은 묵직한 의도를 온전히 느낄 수 있었다. 그러고 보면 알리 스미스가 이야기를 구상하고 집필하는 과정은 버지니아 울프의 『등대로』에서 릴리 브리스코가 그림 그리기를 묘사한 구절과도 닮은 듯하다. 〈표면은 밝게 빛나야 한다, 깃털처럼 무상하게, 언제고 홀연 사라질 듯. 하나의 색깔이 이웃한 색깔로 녹아 깃들어야 한다, 나비의 날개처럼. 다만 화포 밑은 무쇠로 조인 듯 굳건해야 한다. 가벼운 숨결에도 동요하도록, 한 무리 마필(馬匹)로도 해체 못 하도록.〉

화폭 밑에 숨은 거멀쇠는 이야기의 윤리다. 한 목소리에 힘을 싣지 않는 스미스 특유의 작법이 의도하는 바. 여러 인물들의 삶과 관점이 조각보처럼 맞붙어 연결되고 그 누빔 속에서 엇비슷함과 서로 다름이 서열 없이 드러난다. 알리 스미스의 작품이 〈정치적〉이라는 평가를 받는 것도 이 때문일 것이다. 다만 그는 빗대어 표현하고 에둘러 말하기를 좋아한다. 〈마치 ○○같다*like*〉고 비유하기 좋아하는*like* 작가. 세상이 맞닿는 지점들을 짚어 내는 작가. 그의 저작들에서 몇 가지 공통분모를 찾아볼 수 있는 것도, 다시 말해 주제의 변주와 소재의 반복이 눈에 띄고, 심지어 특정 단어나 구절을 반복해 언급하는 경우도 심심치 않게 볼 수 있는 이유도 이와 무관하지 않을 것이다. 알리 스미스의 의도는 가볍고도 진중하다. 농담과 노랫말, 말장난이 수시로 이어지며, 때론 대놓고 지시도 한다. 똑똑히 봐. 똑똑히 들어. 그리고 기억해.

혹은, 페니에 대해서는 다음과 같이 말한 바 있다.

〈다른 네 인물들과 마찬가지로 페니에게는 책임이 있다. 페니의 경우 단어 뒤에 숨은 의미들의 표현에, 그 단어들이 어떻게 수용되고 이해되는지에 책임을 져야 한다. 페니는 권력을 지녔다. 페니는 다섯 인물 중 유일하게 권력을 행사할 수 있는 인물인데, 사실 페니가 그 권력을 행사하는 방법은 서툴고 잘못됐다. 내가 이렇게 말하는 것이 저자로서 작중 인물을 재단하는 것이나 마찬가지란 걸 안다. 하지만 실은 그러한 재단이 이 소설의 숨은 동력이기도 하다. 우리는 재단하고 판단해야만 한다, 그것도 빨리. 그러지 않다가는 안 그래도 손상될 대로 손상되고 상실될 대로 상실된 것들을 영영 되찾지 못할 테니까.〉(이소벨 머리Isobel Murray 편집, 『스코틀랜드 작가들이 말하다Scottish Writers Talking(2006)』 3권, 알리 스미스 인터뷰 중)

죽음으로 시작하기에 이 책은 우리에게 잠깐 일상을 접고(표지를 펼침과 함께) 그 주름살 사이 낀 더께를 살펴볼 것을 권한다. 먼지를 보고 만지고 손으로 쓸어 입에도 넣어 보라고 한다. 먼지의 색깔은, 생김새는? 먼지는 왜, 어떻게, 무엇으로부터? 우리가 곧 먼지? 먼지가 되어? 이런 질문들과 마주하는 순간 어린 시절로 돌아간 기분이 든다. 길을 가다가 달팽이 한 마리를 발견하고는 그 자리에 붙박여 하염없이 길바닥을 바라보던 때, 그와 함께 무한정 팽창하던 시간과 세계. 사물이, 단어가, 사람이, 세계가, 낯설어서 새롭고 또 진기하게 여겨지던 장소 말이다. 알리 스미스의 소설들, 이야기들을 보고 있으면 자꾸 그 자리로 돌아가고 싶어진다. 이건 유혹이려나? 어느 순간 누군가 속았지!
하고 외치며 툭 튀어나와 경계를 늦추었다고 면박을 주지는
않을까? 그럴 리는 없다고 생각하지만, 설사 그런대도
걱정할 건 없다. 책을 읽는 행위는 철저히 독자 일인의
행위니까. 그 얍삽하고 관대한 표지 속, 책과 팔, 혹은 책과
머리통의 간격 사이, 그리고 당신 머리와 마음과 몸 속에서
이 순간 어떤 일이 벌어지고 있을지 짐작할 사람은 아무도
없다. 그러니 마음 놓고, 또 마음을 열고 이 익숙하고도
낯선 세계로 입장해 볼 것을 권한다. 알리 스미스가 내준
이 여권을 마음껏 활용할 것을. 이 세계는 때로, 다른 눈과
귀와 발로 겪을 때 더 실제에 가깝게, 생명력 있게 다가오기
마련이니까.

   즐겁고 마음 설레는 작업이었다. 알리 스미스의
이야기들은 남발할수록 때만 타는, 그래서 형체가 나날이
흐릿해지는 희한한 속성을 지닌 말과 글에서 힘을 빼고,
단어에 쌓인 먼지를 탈탈 털어 낸다. 역자로서 이 작품의
단어와 문장들을 곱씹으며 깨달은 사실이다. 그렇게 작가의
언어를 익히고 작가의 다른 저작들과 하나씩 인사를
나누면서 어느 순간 빠졌다, 풍덩, 사랑에.

2011년 여름, 기린

옮긴이 **이예원** 토론토에서 태어나 현재 번역가로 활동하고 있다. 옮긴 책으로 엘리자베스 녹스의 『천사의 와인』, 이언 뱅크스의 『다리』와 『공범』, 시배스천 폭스의 『초록 돌고래의 거리』와 『리옹 도르의 여인』, 에드워드 고리의 『윌로데일 핸드카』, 『독이 든 사탕』 등이 있다.

호텔 월드

발행일 **2011년 7월 30일 초판 1쇄**

지은이 **알리 스미스**
옮긴이 **이예원**
발행인 **홍지웅**
발행처 **주식회사 열린책들**

경기도 파주시 교하읍 문발리 499-3 파주출판도시
전화 **031-955-4000** 팩스 **031-955-4004**
www.openbooks.co.kr

Copyright (C) 주식회사 열린책들, 2011, *Printed in Korea*.
ISBN 978-89-329-1528-9 03840

이 도서의 국립중앙도서관 출판시도서목록(CIP)은 e-CIP 홈페이지(http://www.nl.go.kr/ecip)와 국가자료 공동목록시스템(http://www.nl.go.kr/kolisnet)에서 이용하실 수 있습니다.(CIP제어번호 : CIP2011002980)